让思想流动起来

我的
1980

李怡 著

四川人民出版社

图书在版编目（CIP）数据

我的1980 / 李怡著. -成都：四川人民出版社，2024. 10. -（60后学人随笔 / 李怡主编）. -ISBN 978-7-220-13829-4

Ⅰ. I267.1

中国国家版本馆CIP数据核字第2024Y17B70号

WODE 1980
我的1980

李怡 著

出 版 人	黄立新
责任编辑	李淑云
封面设计	张 科
版式设计	张迪茗
责任校对	申婷婷
责任印制	周 奇
出版发行	四川人民出版社（成都三色路238号）
网　　址	http://www.scpph.com
E-mail	scrmcbs@sina.com
新浪微博	@四川人民出版社
微信公众号	四川人民出版社
发行部业务电话	（028）86361653　86361656
防盗版举报电话	（028）86361661
照　　排	四川胜翔数码印务设计有限公司
印　　刷	成都东江印务有限公司
成品尺寸	135mm×200mm
印　　张	11.25
字　　数	189千
版　　次	2024年10月第1版
印　　次	2024年10月第1次印刷
书　　号	ISBN 978-7-220-13829-4
定　　价	69.00元

■版权所有·侵权必究

本书若出现印装质量问题，请与我社发行部联系调换

电话：（028）86361653

作者简介

李怡,出生于重庆,求学于北京。先后任教于西南大学、北京师范大学及四川大学,从事中国现代文学研究,有著作《中国现代新诗与古典诗歌传统》《现代四川文学的巴蜀文化阐释》《现代性:批判的批判》《作为方法的"民国"》《为了现代的人生》《日本体验与中国现代文学的发生》《文史对话与大文学史观》《反抗虚无》等,近年从事散文创作,在《传记文学》《随笔》等处重述人生故事。

目 录

序一 我们共同的寻路记／阿来 1

序二 走出象牙塔的历史抒情／丁帆 7

1980年代师大校园里的先生们 1

几代先生同堂的1980 3

昂首穿行在校园的老师们 18

导师王富仁 32

双子座蓝棣之 46

学生活动中的老师 57

那时的班主任和校长 70

生气勃勃的研究生老师群 82

我们都是"研究生" 94

师大的真性情 105

蒙 学 记 ……… 117

文学如水 ……… 119

我在露天看电影 ……… 133

读图的记忆 ……… 146

声音的启蒙 ……… 158

我的科幻我的梦 ……… 171

初 为 人 师 ……… 185

走在乡间的小路上 ……… 187

我的第一批弟子 ……… 198

乡村的鲁迅 ……… 207

学 人 随 笔 ……… 217

王得后："立人"的脉络 ……… 219

张恩和：永远属于师大校园 ……… 232

王富仁：启蒙的记忆 ……… 245

钱理群："活中国"的姿态 ……… 268

刘纳：历史的意义与学术的魅力 ……… 282

吴福辉：学者的趣味和气质 ……… 290

陈平原：学术逻辑中的情感关怀 ……… 299

杨义："大文学"史观的重启和实践 ……… 305

冯铁：遥远的怀念 ……… 315

为我们自己的人生作传——代后记 ……… 326

序一 我们共同的寻路记

阿来

李怡兄说要写一本书,在某个有酒的场合说起。

他不喝酒,我与其他人喝。他只笑着说话,一如既往,话多,语速快。总能说得有理有趣,很下酒。等我喝到酣处,他说要写一本书。我说,不是写了好多本了嘛。他说这本有点不一样。随笔,回忆性质。你要写序。酒上头,加上语速快的话似乎更有说服力,就答应了。听他说构想,是我喜欢读的那类文字,是求学记,问学记,师友记。我出身偏僻,上学少,乡下学校的老师,人善良质朴,学问则就未必了。所以,我爱读学者写的这一类书。喜欢里头的学问和情趣,还加几分羡慕。

该读什么书,怎么读书,怎样做一个读书人,多是从这一类书中得来。

有酒壮胆，当时就一口应承了。酒醒时已经忘记。但李怡兄没有忘记。过一阵子重提此事，我一拍脑袋，想起来真有这回事。想推脱，却不能够了。李怡还安慰我，不急，慢慢写。他自己也正在写。

这一来就放心了。我想，你写吧，慢慢写，写到猴年马月，忘记了，这事就算过去了。这样的事，不是没发生过。当今之世，拖一拖，好些事情就过去了。单说写作这件事，有规划的多，真正能完成的人并不太多。

不想这个人，说话快，写起来，上手也快，某一天，就发了若干篇章过来。读过几篇，求学问学的经历，从某一件小事，忽然开眼，又从某一情境，恍然醒悟。写来有理有趣，有些情境，也是自己亲历过的，读来就十分亲切。

我比李怡，年纪稍大几岁，但少年时代，都从上世纪荒芜年代生活过来。幸运的是，青年时遇到改革开放，本要在农村胼手胝足，不意间，求学之门訇然洞开，从此入了另一片天地，语词为骑意为马，得以畅游在另一个世界。于是觉得这文章也写得。

不想，他还另有埋伏，再发一个文件来，发现不只是他一个人的一本书，而是60后学者的一套书，命名为"60

后学人随笔"。作者有赵勇、吴晓东、王尧、王兆胜、杨联芬，加李怡自己。这些人，隔当代文学近些的，一年里也会见上一两面，比如王尧，前两月还在杭州一所大学《收获》杂志的活动上，看他操着吴地口音浓重的普通话从容主持颁奖典礼。更多的人，却连面都没有见过。好在爱读书，都读过他们好些文章。读过，还喜欢。认真的专著不说，即便是一篇短文，都透出他们有师承、成系统的学问。不像我，野路子读书，拉拉杂杂，最终都还是一鳞半爪。要我为他们的书作序，真就叫佛头着粪了。

我是50后，50后的尾巴，若晚生一年，也是60后了。和他们经历的是同一个时代。无论向学的经历，还是在80年代突然面临更宽幅面的社会现实，尤其是其间所经历的文化荡涤与知识谱系的构建，都有很多相似之处。在此过程中，所有获得与遗憾，也算是庶几近之了。

中国学者，不像外国人，爱作严肃的传记。如卢梭写《忏悔录》，太严肃了，那种真实并不真正真实。当然，也有例外，南美诗人聂鲁达自传《我承认，我历尽沧桑》，其写法，就颇为亲切自然，所呈现的人生片段，关涉颇多，包含个人情感与信仰，国家政治与经济，特别是作为一个诗人，那些著名篇章的生成，读来亲切有趣，使人受益良多。

近百余年的中国，中国文化，中国人，也历经沧桑。特别是新文化运动以来，不论是有名的师长，还是求学的生徒，将个人经历融于国家命运，将一己思索系于文化流变，所关乎的内容更加深广，每一朵情感与智慧的浪花都是时代大潮的某一面相。所以，相较于古人，我更喜欢读这一时期文化人的种种随笔，师友同道，共求新知，共探新路，切磋琢磨，聚合离散。看似写在人生边上，其实反映时代在变迁中的动荡，社会在动荡中的变迁。自此，现当代中国学人，相较于古人，人生书写大变。感慨兴亡，却不再如张岱的《陶庵梦忆》，偏于意趣。搜奇志怪，也不再是纪晓岚的《阅微草堂笔记》，微言或有大义。

新文化运动，陈独秀、鲁迅、蔡元培、胡适，革命和改良，论而起行，何等激情张扬，何等忧思深广。

抗战时期，延安、重庆、桂林、昆明、李庄，学者们毁家纾难，跋涉千山万水，在流亡中图存，在漂泊中振作，种种弦歌不辍，读书种子不死，中国不亡。

这样的风云际会，留下那么多真情文字，相较于大而化之，试图宏大建构的历史书，读来，更亲切自然，更生动真实，是一个时代无数面生动的侧影。更重要的是，因为有学养的渗透，有求学问道的追求，便显得有理有趣。这是文章大道："状理则理趣浑然。"这还不算，还要加上,"状事则事情昭然,状物则物态宛然"。

所有这一切文字,都来自前辈学人。

改革开放以来的我们这代人,最大的幸运是得以在青年时代重新启蒙,以问求学,以学解问。"苟日新,日日新"。我们所经历的这个时代,变动不居的不只是学术,更强大的是社会现实,是历史惯性。这一代学者,种种追问,种种回顾,种种坚持或改弦更张,都是面对中国文化与世界文化的关系,都要思考,中华文化从何而来,又要往何而去。这也决定,一个学者,还必须选择,在新旧文化冲突交融中,在现实考量与学者本分间,如何安身立命。

这样的处境,这样的经验,值得记录,值得形诸文字。以前,也不是一点没有,但总归是过于零星了。所以,这一回,四川人民出版社要出版这一套书,黄立新社长也和我说起过。我说,好啊,这一代也开始回忆了。这一代人也应该开始回忆了。这一代人幸逢国策变易,民族新生,也曾风云际会,该留下这一时代学者的求学问学记,师友记,我想也是一部时代大潮中的探险记或漂流记。

蒙田说:"我喜欢磨砺我的头脑,而不是装满我的头脑。"

今天的教育，今天的很多书，往往偏重于装满我们的头脑，而不是磨砺我们的头脑。

我相信，从这一套新一代学人的书，正可以看到，我们这一代人，面对纷繁复杂的现实，面对"数千年未有之大变局"，如何提升自己，砥砺自己，成就自己。而我们这些暂时不写，或永远不写的大多数，也能从他们的书写中，照见自己。

这一套书，是这些作者他们自己的，也是我们共同的寻路记。

序二 走出象牙塔的历史抒情

丁帆

李怡兄嘱咐我为他主编的"60后学人随笔"丛书写个序言，心中不禁惶惶起来，一看作者名单，顿时让我肃然起敬，作者皆是我的朋友，他们也都是学界各个领域的顶级专家学者，学有专攻，学术成就卓著。

虽然我是50年代出生的学人，但在我的脑海里，60年代生人就是我们最亲近的心理同龄人，因为我们的世界观和价值观几乎都是相同的；作为学术界中人，我们和他们情同手足，可谓江湖兄弟；更为重要的是，在他们童年、少年和青年时代的记忆中，对共和国历史的感性认知是完整的，我们是手拉着手，唱着"同一首歌"，走过荒原和绿洲的历史见证者。所以，历史长镜头里的具象认知无疑就折射在我们共同的学术研究中，这些珍贵的记忆，就变幻成了一条紧紧相扣的价值链，时时显影的历史底片，锚定了我们共同对学术研究的严谨，以及对历史强烈的责任感。我们一起走过了几个重要的历史阶段，在大饥荒、"文化大革命"、改革开放里，一切苦难和幸福让我们看清了中国社会发展的本质。所以，无论是在教学活动中，还是在学术研究里，60年代学者那种正气凛然的人性化的性格特征，便牢牢地镶嵌在他们的灵魂深处。

无疑，当60年代学人进入花甲之年时，他们的危机感也就来临了。虽然，从当今人文社会学科年龄来说，60多岁正是学术研究的壮年期，其阅历和历史的经验，决定了这一代人的学术趋向于最成熟的研究状态，是抽象思维和哲学批判最活跃的年代。

然而，他们念念不忘的另一个领域——如何用形象思维，去再现和表现他们的童年、少年、青年、中年和老年生活情境，完成他们从事文学创作的一生梦想，这个夙愿几乎成为每一个学者晚境中总结人生的呢喃话语。

诚然，大多数从事文学研究工作的人，尤其是五六十年代的学人，在他们的心底，都藏着一个作家梦。文学研究如果离开了文学的本源，其属性就会发生质的变化，一个教书匠，倘若没有形象思维能力的支撑，他就无法让自己的教学和研究灵动活泛起来，这就是高等院校在呆板的理论模式下，按照条条框框的模板去教大学生写作课的后果——学生不爱听，导致各校纷纷取消了写作教研室。而如今大批的作家进驻了高校，尤其是北师大的本硕博都有了这门"创意写作"课程；教育部也将它升格为二级学科，这显然是对死板的抽象化文学教学的一种讽刺、冲击和调整。

难道高校和研究机构的教师和研究者，真的就是不懂也不能进行文学创作实践的冬烘先生吗？在我的目力范围中，50年代和60年代学者从事文学创作的很多，他们早就打破了杨晦在50年代定下的中文系不是培养作家的地方的潜规则，写长篇小说和散文，成为众多学者的选择。

现在，60年代学者公开站出来，群体性地挑战这一墨守成规的高校文学教育格局，正如主编此丛书的李怡兄所言："生于1960年代，目睹历史的跌宕起伏，长于1980年代，见证时代的风起云涌。即将步入中老年之列的一代学人，在学院教育下发展成长，但学术化的训练并不足以穷尽文学的人生感受和情感书写，他们重新汇聚在'抒情与描写'的世界里，重拾文学初心，探求思想和表达的另外一种可能。"李怡兄这个集结号的吹响，无疑是"学院派"自主创作的一种宣言书，尽管许多60后的个体学者早就在从事这项工作了，其"学者散文随笔"在90年代就引起过很大反响，但集体性地向文坛挑战还是第一次。

从文体上来说，带有自传性质的散文随笔成为学者文学创作的首选，是有内在原因的。他们沉淀了一生的学养和学识，往往是带着历史的记忆进入创作的，其中的哲思特征，成为一种特定的风格。我的同事莫砺锋是共和国的同龄人，在他的散文背后，隐藏着强烈的社会背景，同时亦将自己的抒情有机地融入了具有隐喻功能的描写之中，使之成为"学者散文随笔"的一种楷模。这种风格同样折射在50年代生人古代文学学者詹福瑞的散文创作和肖瑞峰的现实主义长篇小说三部曲之中。反观60年代这批学人的散文随笔创作，这样的风格特征也同样十分明显。浏览他们的散文随笔，我由衷地感叹他们不仅在学术上都有各自独树一帜的研究成果，而且在散文随笔的创作中，也同样显示了自身特有的才华。

无论是人物肖像描写，抑或是风景画描写，书中都漫溢着生动有趣的故事摹写，一扫象牙塔里的学究气，走进生活，走近人性，在虚构与非虚构的叙写中，彰显出一个历史在场者的真切感受，这是他们人生真性情的自然流露。

赵勇先生的散文随笔我在网上看过许多,《做生活》就是他将艺术匠心植入散文随笔的范例。其"书里书外"的"流年碎影",以生动的笔触见长,人性的柔软之处打动了许多读者,其"情信辞巧"的语言风格和灵动的描写,广受读者好评。一个学者能够将散文随笔"做生活"似的干得如此漂亮,均为"贴着人物写"的慧眼所致。

吴晓东先生是一个严谨的学者,他的《距离的美学》用娴熟的学术笔法,去观照文学作品中的人物,其中不乏"记忆的美学"的风范。从"孤独者"的风景,到"心灵的风景",都是一个学者思想反射"永远的绝响",距离之美,是作者凝聚哲思的释放。

王尧先生不仅是散文研究的大家,而且是散文创作的高手,同时还是长篇小说的创作者。从深刻的理论和评论圈子中突围出来后,他在形象思维的天地里,更是游刃有余,其创作的活力和数量自不待说,就许多散文随笔篇什中充满着语言修辞灵性的文字,足以让文坛惊叹不已。

王兆胜先生不仅是一个严谨的编辑家,也是一个散文研究的大家,从他的散文集《生命的密约》中,我们看到的是一幅幅人物的肖像画:从师长到生活困苦的贫农,从父母到兄弟姐妹,从"高山积雪"到"会说话的石头",从"老村老屋"到"我的书房"。我们看到的是大写的人性光芒的辐射,听到的是亲情中感天动地的灵魂呐喊和悲哭,感受到的是风景和风情中的博爱,闻到的是自我灵魂倒影中"最熟悉的陌生人"的气息。兆胜兄用他独有的视角和文字,完美地阐释了人性之美。

李怡先生是我多年的兄弟,我总以为他是一个"书呆子"类型的学者,如今读了他的散文集《我的1980》后,方才领悟了他的文学真性情,尤其是对北师大"大先生"们的描写生动感人,其人物素描显影出了一代又一代北师大学人的风范。而更加生动有趣的故事就在"蒙学记"的篇什中,尤其是儿时和青少年时期,观看电影、听电台广播评书的历史记忆里那些生动的场景描写,记录的是时代下个人思想历程的变迁。1980年代无疑是这一代人最最不能忘却的年代——用狄更斯的名言来说:"那是最美好的年代!"也是60后人一去不复返的青春勃发的记忆岁月。

杨联芬女士也是我熟悉的朋友,我是从她的学术著述中认识这位女性的,但不曾想到的是,她的散文随笔写得亦很有味道,女性的独特视角一旦触摸到生活的日常形态,用细腻的笔调加以描绘,那就是一幅充满着情趣的水彩画。《不敢想念》中,其人生的每一次遭遇,每一次悲欢喜怒,都是情真意切的倾诉。"人与爱"构成的画面,奏响的是人类永不消逝的人性交响诗。

这套散文丛书共收集了60年代六位从事现代文学研究学者的散文随笔。作为现当代文学的创作实践团队集结人，我不知道李怡先生是否还会继续将此丛书编写下去，窃以为，这些学者散文在形象思维和抽象思维的交汇处书写发声，恰恰就是通过独特的视角和文体的变化，弥补了中国当代散文的些微不足——哲思的融入为散文的思想插上了翅膀，让它飞得更高一些。

2024 年 7 月 8 日写于南大和园桂山下

1980年代师大校园里的先生们

几代先生同堂的 1980

1980年代，说到自己的学校，北京师范大学的师生一向自称"师大"，绝不出现"北京"二字。这不仅是因为首都师范大学还没有从北京师范学院中诞生，不会与之混淆，重要的是所谓"北清人师"四大名校的说法一直流传甚广，干脆利落的简称更能彰显心中的自尊。时至今日，北京内外，大江南北，"师大"林立，来自祖国各地的学生早已自称"北师"。昔日的"师大"仿佛属于中国，而以地理坐标命名的"北师"则下降为一种区域性的称谓。时移名易，这常常让来自80年代的师大老人唏嘘感叹，不以为然。

在80年代，师大人的自尊或者说自傲似乎有着充足的理由。那个时候，流传着"穷清华，富北大，想找老婆到师大"，或者"师范大学，吃饭大学"之类的谐语，师大人也经常用来自我调侃。前者是说师大的女生多，后者是说师大的平民本色。但这都不是师大人自轻自贱的证据，相反可能倒是一种自我欣赏的说辞，女生如云是坏事么？趾高气扬的精英值得羡慕么？可能质朴的平民精神另有它的意趣吧！

但那时最令师大人扬扬自得的，还是校园里的先生们。无论名气大小，也不管长幼尊卑，师大的先生们皆个性鲜明、魅力十足。

一

我是1984年进的中文系。写作和书法是一年级中国语言文学师范生的重要课程。教书法的秦永龙老师是一个精瘦而热情的人，总是用粗大的毛笔蘸着清水在黑板上示范书写，重要的字体他都要书写好几遍。常常是在挥手完成一个漂亮典雅的字形之后，就回头告诉大家：这个字，启先生就是这么写的！言语神采之间满是崇拜，也有点自我欣赏的意味。秦老师的书法课激发了我们年级同学的书法热情，大家也在不断熟悉"启先生书法"之中持续增长着对这位无缘得见的中文系大师的崇拜。那个时候，习练书法在师大中文系学生中蔚然成风，每当午饭、晚饭后，推开许多宿舍的门，都能见到在公用书桌上铺开报纸挥毫练习的同学，当然他们经常模仿的便是"启先生书法"，久而久之，启功体便在师大中文人中代代相传。有几位特别痴迷者被我们戏称作"小启功"，他们时时称颂的启先生也被我们打趣为"启爷爷"。这些戏称有相互间的调侃，但却丝毫没有对长者的不恭，因为中文系流传着的各种传奇都一再烘托着这位白发圆脸、胖乎乎的、满眼天真的老教授，让人倍感亲切。他66岁写作的《墓志铭》曾在同学中传阅："中学生，副教授。博不精，专不透。名虽扬，实不够。高不成，低不就。瘫趋左，派曾右。面微圆，皮欠厚。妻已亡，并无后。丧犹新，病照旧。六十六，非不寿。八宝山，渐相凑。计平生，谥曰陋。身与名，一齐臭。"就在我们考入师大的1984年，72岁的启功先生出任中国书法家协会主席，又被教育部确定为博士生导师。那时研究生制度恢复不久，博导在人们心目中简直就是神一般的存在，但启先生的自嘲很快又流传开来："博导博导，一驳就倒。"先生的幽默渗透着一股浓浓的历经沧桑的通脱，因为通脱而解构了某些京城名流骨子里的傲慢与矜持，荡涤精英做派，还原平民本色。

启功，字元白，号苑北居士，别名察格多尔札布，雍正皇帝第九代孙，中国当代著名书画家、教育家、古典文献学家、文物鉴定家、红学家、诗人、国学大师。事实上，这些"高大上"的家族史与身份标签都好像与生活中的启先生格格不入。他流传在师大校园里的故事，他出现在各种合影中憨态可掬的样子，总是让我想起香港电视剧《射雕英雄传》里同样圆脸白发、浑朴天真的周伯通。直到前些日子我读满族史，才第一次细细进入了这个民族起伏跌宕的命运，那种从贵族到平民，遍历人世变幻之后，由绚烂归于平淡的丰富体验，可能才是我们感受和理解先生精神世界的一种方式。

真佛只说家常话。那时 70 多岁的启功先生已经不为本科生开课了，但却时不时出现在学校的讲座上，讲书法、讲音韵、讲诗词格律。他的讲述轻松诙谐，寓艰深的道理于平实的家常谈话之中，在中文系师生中留下了许多久久流传的"段子"。例如以火车过铁轨的铿锵解释诗歌节奏，学驴叫证明汉语有"四声"，自述如何创制"水墨南瓜"讽刺所谓的"后现代书法"，等等。但凡先生有讲座，总是座无虚席，席间笑声不断，掌声不绝。

唯一一次近距离拜见启先生的机会出现在我大学二年级的冬天。因为学生社团活动，我和一位姓吴的同学一起去了先生的寓所。那个年代的师生见面也没有什么预约，我们就这样冒冒失失地站在了小红楼的门口，前面还有一位中年先生也在敲门。房门开启，我们看见了令人惊讶的一幕，只见满头白发的启先生右手下垂，左膝前屈，后退打千，不仅对前面那位先生，连对我们也一并施礼。这是我们第一次在银幕外看到如此隆重的旗人礼数，又身为学生，一时间手足无措，竟不知如何是好。只记得匆匆完成任务告别出门之际，先生又一一握手送至门口，天寒地冻，我们两个穷学生手冷，先生蓦然一握，不禁微微一颤。那一瞬间，没有厌烦，却露出一丝无辜的委屈，迄今难忘。

二

80年代的师大中文系，课堂教学的主力是一批年富力强的中青年教师，其中相当一部分又是刚刚博士、硕士毕业留校的，正在"新启蒙"的学界冲锋陷阵，锐气十足。这些教师中，包括新中国第一位现代文学博士王富仁，还有毕业于中国社会科学院的蓝棣之，以及毕业于师大本校的赵仁珪、王一川、罗钢、郭英德、谢思炜，等等。他们意气风发，登上讲台挥斥方遒之间，新时期中国学术的热烈已然扑面而至，直叫人热血沸腾。那个时候，这些人气很高的老师们在院系都还属于青年教师，居住在师大院里狭小简陋的筒子楼内，楼道里拥挤不堪，塞满了炉具、灶台、锅碗瓢盆，能有一间住房已经不错。蓝棣之老师有一

1980年代的师大图书馆广场

双儿女，房间里还是上下铺。郭英德老师蜗居在博士生宿舍里，两张单人床拼成一张大床，占据了室内一半的空间。条件最好的可能是王富仁老师，给我们上课时已经分得两居室，小间上下铺，两个孩子住，大间作主卧，兼书房兼客厅兼饭厅。老师们不嫌寒碜，对愿意拜访请教的学生一律来者不拒，常常是屋里坐满了各路访客，国家、社会、学术、人生，满座高谈阔论，时至深夜而不退，家中的其他成员只能默默地躲藏在房间的某个角落。王富仁老师家的访客可能是最多的，从早上到夜半，络绎不绝，甚至到饭点了也有突然"驾到"者。有好几次，我都碰上王老师一家人挤在小茶几前用餐，而访客也径直围坐在不远处的床上、凳子上，王老师一家就在众目睽睽之下啃馒头、喝稀粥。

但王富仁老师两居室的生活条件已经让人羡慕了。据说首都米贵，居大不易，博士毕业后王老师已经联系好了山东大学，准备回乡任教。但是副导师杨占升先生爱惜后学，决心以一己之力为师大挽留人才，在与学校后勤几番交涉无果之后，决定亲自出马寻觅房源。每日饭后，他都在学校围着教工宿舍转悠，一栋一栋地查看，又一家一家地打探，终于发现合作社背后的工6楼顶层的一套房子长期黑灯瞎火，无人居住。再经过详细调查，证实此处确系无人，杨先生便带着自己详尽的调研结果找到校长王梓坤，要求学校特事特办，为"新中国第一个现代文学博士"解决住房。大概后勤无人料到师大还有如此较真的老师，在如山的铁证面前，最终让步了。于是，王老师得以全家迁入，算是接受了师大留人的诚意。其实，上上下下都知道，这更多的是杨占升先生的功劳，他是要为师大的中国现当代文学学科留住未来。

我读书的时候，杨占升先生已经不再为本科生上课了，也从来没有参加过什么讲座、沙龙之类，在学术上并不十分活跃，所以我无缘得见。只有在我自己工作多年后，才慢慢体会到两代学者之间的这种无私的提携虽然天经地义，实则并非理所当然，尤其对于已经开始从学术中心退出的一代，那需要一种无法用语言来表达的学术胸怀与人生理想。后来我又听说，有从未交往过的校园诗人在毕业求职上遇到了困难，不知怎么找到了杨先生，杨先生竟也为他四处奔走，仗义执言。

就在半年前，为了总结师大的鲁迅研究传统，我比较系统地阅读了从李何林、杨占升到王得后、张恩和直至王富仁的相关著述，可谓收获多多。其中，最大的发现便是深深地感到，王富仁在新时期提出"回到鲁迅那里去"，倡导以"思想革命"的阐释修正"政治革命"的不足，这并不仅仅是他一个人的呐喊,在这历史性突破的前后,我们不难清理出一个绵长的学术思想传统。李何林先生曾经被人称作"鲁迅党",他一生捍卫鲁迅,"在旁观者看来,李何林先生对鲁迅的态度带有一种个人崇拜的性质,有的学者甚至不无讽刺意味地戏称李何林先生为'鲁迅党',但这在李何林先生,却也是自然得再自然不过的事情。李何林向这个世界要求的并不是'学问',并不是'学术成就',他要求的是思想,是精神,是人格,是一种能够在黑暗中反抗黑暗的精神,一种能够在愚昧中注入健全的理性的思想,一种能够撑起中华民族的苦难而又在苦难中执着追求的人格。他能在哪里找到这些东西呢?在鲁迅作品中,并且只能在鲁迅的作品中"①。这是在用自己的生命接续鲁迅的信念,追根溯源,这种视学术如生命的方式也就是鲁迅式的"为人生",或者说就是"其首在立人"。新时期之初,师大现当代文学的学科带头人之一杨占升先生最早阐述了鲁迅的"为人生"的"立人"思想,在某种意义上说,这就是王富仁老师在1985年高举"思想革命"旗帜的学术基础与思想渊源。而杨先生的宽厚仁和与理想主义,也就是在实实在在地践行着现实世界的

---

① 王富仁:《他擎着民族精神的火把——纪念李何林先生一百周年诞辰》,《北京师范大学学报》2004年第4期。

"立人"追求。

杨先生个人的学术成果不多,他将大量的精力都投入到了师大中国现代文学学科的建设之中。只有在历经"文革"内乱,学术百废待兴的时代,我们才能体察到这种建设的迫切和紧要。杨先生不厌其烦地为青年教师修改讲义、推荐论文,为他们的职称评定而呼吁,耗时费力,这都是一些没有个人显示度的工作,只有以鲁迅式的"立人",才能解释其中的精神动力。

三

在80年代的师大,在生荒地努力开垦、最终打造出一片学科高地的,除了杨占升先生,成绩最为突出的就是童庆炳老师。杨先生力邀鲁迅博物馆的李何林先生到师大兼职,方才建成了中国最早的现代文学博士点,培养出了新中国第一个现代文学博士王富仁。李何林先生并不常来师大,是杨先生亲自带领一群博士生,搭车到史家胡同5号李何林先生的住处,陪着学生一起上课,和学生一起听讲、做笔记、讨论问题。师大现代文学专业在80年代人才辈出,杨先生厥功至伟。同样,童庆炳老师以"副博导"之名,勉力协助年逾八旬的黄药眠先生开创了中国第一个文艺学博士点,培养了新时期中国文艺理论界最为活跃的一批青年学者，直至在师大建成了教育部的重点学科、重点研究基地。童老师和师大的文艺学学科在国内声誉日隆，不仅带动了整个师大中文学科的发展，还在国内高校率先开学界进入创作界的先河。1988年秋天，时任师大研究生院副院长的童老师与中国作协鲁迅文学院联合举办了首届文学创作研究生班，亲自为一大批中青年作家授课，莫言、余华、刘震云、毕淑敏、迟子建、刘毅然、徐星等都是他班上的学员。2015年6月，童老师逝世，主流媒体以大篇幅加以报道，誉之为"文坛教父"，这可是国内学人前所未有的殊荣，美誉度当远在一般的"学术权威"之上。

就这样，在告别80年代之后，人们经常提及童老师之于学科建设的种种功勋。因为90年代至今，我们越来越知晓学科建设的重要性，也愈发熟稔地运行在各种各样的学科建设的道路上。一些学界同人聚首之际，时不时会说起童庆炳老师，对他谋划和打造师大文艺学学科的事迹满是叹服，仿佛他就是第一批精于此道的能人，因最早谙熟学术制度的规则而成为这一制度理所当然的获益者。但是，在我的记忆之中，童老师却一开始就活在他的文学理想之中，是一个满怀梦想而不断突破学术制度限制的理想主义的文学人。

1984年9月初，我怀着激动的心情第一次踏进了北京师范大学。在东门新生接待处登记之时，一位中年教师得知我要去西南楼住宿，便温和地说：我带你过去吧。说着就顺手拎起一件我的行李，另外一只手还提着自己的黑色公文包。从师大东门到西南楼学生宿舍，距离不近，我好奇地向他打听学校的情况，他都不紧不慢地一一作答。临末我问道：您是我们的班主任老师吗？中年人微微一笑：我是下周一为你们上课的老师。我的大学宿舍在331房间，这位老师一直帮我拎着行李走进房间。这时候，有几个高年级的学长在敞开门的房间里闲聊，一见老师立即毕恭毕敬地说：童老师好！我才知道他姓童。临别，童老师还对他们叮嘱：这是新同学，你们可不能欺负他！

周一开学上课时，在文学概论课上，童老师提早进了教室，手里还提着那只黑色的公文包。童老师是我大学第一课的老师，以温和生动的语言为我们讲述何为文学，何为文学的产生与生产。他善于将抽象的文学理论融入大量生动鲜活的生活与创作故事之中，因此成为中文系一年级最受欢迎的老师之一。他从不长篇大论地讲解枯燥的理论，总是在层出不穷的人生故事和信手拈来的文学片段中总结出自己的理性判断。他在课堂上讲述自己刚刚出版的中篇小说《生活之帆》（与师母曾恬合著），还取出黑色公文包里的物件——给我们展示：教材、讲义、从图书馆借来的资料，还有为家中晚餐购买的切面，等等。他说，这里面包含了生活的许多方面，酸甜苦辣，五味杂陈，文学就是在这样既现实又理想，既物质又精神的混杂中诞生的。

童老师对培养学生，包括上课，都是出于发自内心的热爱。他备课一丝不苟，为学生的小事奔走操劳，他在一篇文章中写过，作为教师，最向往的离世是在课堂上，倒在学生的怀里，我们从不怀疑这些肺腑之言。80年代的师大文艺学博士、硕士思想活跃，并非唯唯诺诺之辈，其中方头不劣者甚至会连累到导师的前程，但童老师皆以师长的仁厚、父母的慈爱待之，情感的宽容、理性的保护，都可以说是达到了他所能努力的极致，成为几代师大人都心知肚明的掌故。今天某些所谓的学术制度的谙熟人，其实主要的精力还是放在钻研和分析各种规则和章程之中，将自己的工作最大程度地对准"要求"，从中也发掘出一些空隙和可能，最终让自己的利益最大化。但是在80年代，童老师参加的几次文学批评奖，都是学生得了一等奖，自己反而屈居二等甚至三等奖，连主办者都有点歉意，他反倒是兴高采烈，声称师大师生包揽各等奖项，没有不高兴的道理！童老师推动的学科计划，说到底还是以培养青年后辈、促进学术研究为中心的,这与后来某些潮流的迎合或者策略的算计判若云泥。童老师是学术思想的推动者、探索者,而不是时代需要的顺应者,如果说他比别人更早地关注了学术建设的规则,那也是旨在推动这些规则更有利于学术自身的发展,而不是为了娴熟地操纵规则,所以说他从不回避对各种现实规则的批评,为规则的受害人呐喊申诉。童老师主编的《文学理论教程》在90年代初问世,是最近30年中国高校影响最大的文学理论教材,在今天大学生的眼中,似乎已经成为当代中国文艺理论主流思想的自然组成,也就是制度性的知识的一部分。然而,在90年代初,我见证了这本教材在重庆西南师范大学筹划、编写、讨论的全过程,我深深地知道,从此前纯粹反映论的文学概论,到融合了西方最新文艺探索与西方马克思主义的这一尝试,本身就需要多大的勇气。特别是在那个依然严峻的学术氛围之中,副主编王一川老师起草的教材大纲,在当时的开拓程度,足以引起相当的疑虑,但童老师的支持和鼓励一直坚定不移。也是在90年代,受制于严格的职称制度,诗人任洪渊老师无法顺利晋升教授,童老师仗义执言,在院内外为之呐喊申诉,令人动容。可能是这样一些细节,才能让我们发现童老师之于学术制度的真实的关系。

当然，大学一年级的我们还处于懵懵懂懂的阶段，对于文学思想的理解和认知都刚刚起步，尚不足以完全领悟童老师个人文艺思想的微妙之处，特别是他那种包容宽厚而非锐利先锋式的课堂讲授之于当代中国文艺思想的独创性贡献。倒是随着年龄与学业的增长，才越来越多地获知了童老师对于当代文艺思想发展的种种努力。尤其是他亲自指导的一批博士研究生，都纷纷出道，成为新时期中国学界强势崛起的群体。其中好几位既是我们二、三年级的老师，也是影响中国文论界甚至社会历史的重要人物。可以说，我们这一代人对文学的精深之处真正有所洞察，或者对人生与社会有所契入的时刻，实际上已经是在童老师弟子的启迪之下了。后来每每回想至此，更增添了一份对童老师的想象和怀念，如果时光能够倒流，我真想再回一次大学一年级的课堂，品一品那些文学理论课的细节，也许还会有新的收获。

昂首穿行在校园的老师们

1980年代的师大校园，流行过林林总总的思想文化潮流，包括弗洛伊德、尼采、青年马克思、加西亚·马尔克斯，也流行过集体舞、交际舞、迪斯科等娱乐活动与各门各派的气功，各种先锋诗人和先锋艺术家也时有出入，但是却没有听说过"学科建设""科研项目""国家级人才"之类庄严宏大的名词。学生们认同有思想有见识的老师，老师们也乐于接受学生这样的态度，师生互动，一时间竟形成一种浓郁的校园氛围：有个性、有思想才华的老师在学生心目中拥有崇高的地位，这与他的学历、资历以及有无学术权力完全没有关系；相反，学历、资历、地位俱足却缺少思想魅力的老师无人喝彩捧场，也是氛围使然。大概老师们也心中有数，偶有"受冷"都坦然接受，看不出有什么挟私报复的情形。

所以，中文系的学生明显簇拥着几个中心人物。例如启功老先生——与他中国书法家协会主席的头衔无关，而是他深厚的学识与风趣的语言令人高山仰止；王富仁老师——不是因为他是所谓的"新中国第一个现代文学博士"，而是因为他的鲁迅课真正引导了我们独立思考；还有童庆炳老师——不是因为他是学科负责人、研究生院副院长，而是因为他的文学理论课第一次给我们展开了文学的丰富景观；包括蓝棣之老师——大家不关心他有什么学术职务，只关心他对现代新诗的别具一格的理解；以及王一川等几位年轻的文艺理论课老师——也不是因为他们拥有当时看来光鲜靓丽的博士学位，而是因为他们令人惊艳的思想和与学生们融为一体的亲切……

一

一年级的我们，簇拥在侯玉珍老师的周围。

侯老师不是学位制度恢复年代正锋芒毕露的硕士或博士。她于60年代从师大中文系本科毕业，在相当长的一段执教时间中，职称都只是讲师，也没有发表太多的学术论文，但是她的写作课却完全俘虏了我们这些还做着"作家梦"的一年级新生。那个时候，都传说北大中文系系任有一句著名的新生训导：中文系不培养作家。可想而知，这一句掷地有声的宣言浇凉了多少"小作家"的梦想。幸好，师大中文系对此颇为宽容，至少在很长的时间内，没有谁宣讲过如此决绝的结论，倒是像侯老师这样的写作课老师，不断鼓励着我们的创作热情。

后来，有位中国现当代文学专业的博士生专门梳理过自女师大开始的文学创作传统，师大国际写作中心也推出过师大作家创作书系。是否这一潜在的精神传统影响了师大中文教育的理念，以至于对文学创作依然保留了相当的认可？这很难准确证明。不过，童庆炳教授作为文学理论家，一直都有小说问世，也尝试在大学里培养作家，王宁先生这样的语言学家也有专业创作的经历，年过八旬还能奉献流丽隽永的散文都是不争的事实。在我看来，更重要的还是有侯老师们的及时出现，在我们刚刚升入大学之际就能以更大的智慧接续每一个热爱写作之人的梦想，并以一位大学教师的视野和高度给予了及时有效的鼓励和指导。

我们的"写作第一课"令人难忘。严格说来，那是一堂写作能力测试课，能激发每一个爱好写作小孩的好胜心与表现欲的那种。侯老师在黑板上有力地写下了命题作文的题目"我"。这对刚刚结束了应试教育的我们来说，实在是新颖而富有挑战性。记得在第二次的写作课上，侯老师对各种风格、各种构思的作文进行了分类剖析，三言两语就点出了这些写作的关键之处、亮点与缺陷。侯老师的讲评精准透辟、直击人心，完全没有中学语文老师作文训练的那种刻板和机械。那一瞬间，我好像一下子就顿悟了思维飞翔的潇洒和自由写作的快感，天地突然为之开阔，浑身上下充满了创作的力量。就在那一次讲评中，侯老师对我的"反思式"写作大加赞赏，总结为"在各种的自我抒情、自我写实风格之外的独具特色的构思"，直让我受宠若惊。其实，我不过属于看小人书长大的一代，没有什么特殊的家庭文学启蒙，根本就缺少抒情状物与写实等写作基本功训练，只不过有点小聪明，注意从论说文、思想随笔中汲取一些思维的技巧而已，当年写下的《我》，也不过就是对鲁迅《一件小事》和杨朔散文的笨拙模仿罢了。估计侯老师在当时着意强调大学作文中思想训练的价值，所以对我歪打正着的写作格外夸奖。作为鼓励，侯老师还当即任命我担任写作课的课代表。我们都是在严格的学校教育中成长的一代，十分看重来自专业老师的评价，课代表的职位当然是莫大的鼓舞，它极大地提升了我的学习热情，也可以说是我进入大学之后所获得的"第一次推动"。

大学二年级之后，写作课没有了，但是侯老师又担任了我们的班主任。这不是中学时代那种思想教育型的班主任，也不同于如今大学教育中的辅导员老师，在当时这主要是一个从专业上帮助和指导学生的角色。得知这个消息，我们班一片欢腾。果然，从那以后，侯老师和我们班同学建立了亲密无间的关系。特别是女生，各种大大小小的学业与情感上的私事，都有了倾诉的对象。毕业后有机会返校，大家都会首先想到去看望侯老师。她一直关切我的专业发展，直到大学二年级下半学期还在和我讨论：你究竟是走文学创作的道路，还是走学术研究的道路呢？其实，你的创作也有发展前途。今天，一个中文系或文学院的学生也可能在人生的前途上充满纠结：是考研还是就业？是参加公务员考试还是出国留学？留学的话是继续学习文学专业还是转学心理学、教育学、传播学？但是多半不大会徘徊在"文学创作还是学术研究"之间了，因为这显然太理想主义，与当前的生活现实格格不入。即便决定考研也并不就意味着"走学术研究的道路"。如此想来，在80年代，来自侯老师的对文学创作的看重和嘉勉实在激荡着一个青年人的理想的热情，让他在理想的坚守上保留了较长时间的动力。

大学中文教育中的写作，究竟产生过怎样不可替代的意义？这在功利化实用化日趋严重的当下，是很难理性回答的。今天的我，大约已经不可能如侯老师所期待的那样，真正走上"有前途"的创作之路了，但是，这最初的理想却始终温暖着我的记忆，也给我所谓的学术研究注入了深沉的力量。

侯老师是有理想、有思想的师大老师。尽管她并非那种著作等身的高校教授，占据着自己的一方学术领地，在当今的学术评价机制中，她也不会获得太多的荣誉，但是，这丝毫不影响她身上洋溢着的对自己理想的自信。侯老师是上海人，我觉得她在骨子里有着上海人所特有的自尊与傲岸，但这不是对城市和身份的傲慢，而是一种对自己教育理想的笃定，她昂然穿行在拥有各种荣誉的师大同行中，赢得了学生们发自内心的尊重，也为师大80年代的中文教育，留下了值得回味的影像。

二

在师大，因为坚守自己的文学理想而昂然独行的老师还有不少，比如任洪渊老师。

任洪渊老师是足以载入中国当代诗歌史的诗家，他的诗歌理想也支撑着他默然走过教授林立、项目与成果堆积如山的世界，完成他多番描述过的汉语"红移"——"诗歌的任洪渊运动"。

我对任老师的印象，始于80年代后期，却清晰于90年代以后。今天，越来越深地感到，他更属于80年代的师大精神谱系。

我是北京师范大学中文系1984级的本科生，当代文学课程由刘锡庆、蔡渝嘉老师授课，无缘如伊沙他们那样亲炙任老师的诗歌课。不过因为向蓝棣之老师请教很多，所以也知道任老师的大名，在80年代的师大，他们是师大新诗的"双子灯塔"。我记忆最深的是有一次在教七楼，任老师将顾城请到了诗歌课堂，我赶过去旁听。那是一个下午，在一间不大的选修课教室里，顾城目光缥缈，看着窗外的天空轻声讲述自己的诗歌想象，末了则是任老师满怀激情地对顾城进行回应。那跌宕起伏的句子，似思想的奔流，如诗歌的朗诵，令人如遭电击般震颤不已。90年代，我已经在西南师范大学工作了，王富仁老师到那里主持研究生答辩，偶然间讲起任老师的故事：因为成果主要是诗歌创作，难以符合学校正教授职称的种种规定，任老师最终只能以副教授身份退休。当时王富仁老师是校学术委员，为此曾和童庆炳老师一起多番呼吁，激愤之中，甚至抗议说这是师大的差耻。但是，好像在那个时候，我们的学术制度已经露出了生硬的外壳，很难在规则之外理解特殊的人和事了。任老师终于还是退休了，成了一名大学体制时代的踽踽独行者。

直到那时，我其实还没有和任老师有过近距离的接触。但是，就是这一段故事令我对他产生了由衷的敬意，我暗暗寻找机会，请任老师到重庆讲学。不久，机会来了，记不清是参加吕进老师还是周晓风老师主持的诗歌研讨会，任老师到了重庆。我立即前往拜访，虽然是第一次相见，却格外地亲切自然。在此之前，我们已经有了通信联系，他的第一部诗歌与诗学合集《女娲的语言》曾经委托我帮忙推销，估计也是当时出版社派给他的任务吧。我几经努力终于推销了一些，当天见面，和他结算书款就理所当然成了第一要务。因为销量有限，我觉得很不好意思，支支吾吾不知怎么表达，没想到任老师完全不以为意，对账目等更是毫无兴趣，几句话就转到了他对汉语诗学的最新见地之中。那些大段落的连续不断的陈述，如哲学，更似诗歌的即兴抒情，你只能聆听，并在聆听中为之震撼。此情此景，一下子就把我拉回了当年的教七楼，有顾城出现的那个下午。

第二天下午，任老师为西南师范大学中文系的学生作讲座。中午，我们在家做了几个菜请他吃午餐，他对这几个简单的家常菜赞不绝口。十多年后我们重逢在师大校园，他还一再夸奖我爱人做的豆瓣鱼，为此还专门拉我们去师大北门外吃了一顿，作为十年前那顿午餐的回报。那一天，我印象最深的是出发去讲座前，任老师特意表示，需要单独准备一会儿。他将自己关在卫生间里足足有半个小时，其间不时传来电动剃须刀的声音，他在仔仔细细地修面，我想，这也是在静静地整理自己的思想。他对自己诗学思想的传达如此的庄重，这才是他的精神所系。

以后，我和任老师的来往就越来越多了。2006年我回到母校工作后，我们更有过多次交流、恳谈，也一起参加一些诗歌活动，我还通过我兼职的四川大学邀请他讲学。晚年，任老师有一个宏大的计划，将自己的诗学心得置放在东西方思想交流的背景下系统展示，同时也自我追溯，从故乡邛崃平乐古镇的生命记忆出发，梳理自己的诗歌历程。他甚至构想着如何借助多媒体的表现形式，作出形象生动的传达。在师大工作的时候，他也多次委托我寻找研究生做助手，记录下他那些精彩的思想火花。我猜想，在他的内心深处，十分渴望自己的这些重要体验能够与年轻的一代对话、分享，获得更多的回应和理解。

在中国当代诗歌史上，任洪渊老师无疑是一个独具才华的诗人。所谓才华，就是他几乎是我见过的唯一一个将诗歌的体验彻底融化进生命追求的人。与古典诗人不同，现代人很少有能够即兴脱稿大段落完整背诵自己作品的，更不用说那些长篇作品了。据说这是因为现代诗歌太长，不如古典作品短小精悍。其实这不过是一些表面现象，归根到底，还是一个诗歌体验能否融入生命感受的问题。当代诗界中人似乎都有过因任老师的即席朗诵而震撼的经历，数百行诗句滔滔不绝地奔涌而来，准确地说，那已经不是词语的朗诵，而是生命的奔腾了！诗人的每一个词语、每一个句子仿佛都浓缩了太多的人生感悟、太多的生命信息。他的每一声吐字，都具有石破天惊般的"炸裂"效果，令人惊醒于深宵，动容于倦怠。

或者是对历史如此尖锐的凝视：

我悲怆地望着我们这一代人

虽然没有一个人转身回望我的悲怆

——《我悲怆地望着我们这一代人》

或者是奇崛的想象传达着异乎寻常的力量：

从前面涌来　时间

冲倒了今天　冲倒了

我的二十岁　三十岁　四十岁

——《时间，从前面涌来》

或者是如此倔强的生命信念:

  他　　被阉割

  成真正的男子汉　　并且

  美丽了每一个女人

  ——《司马迁　阉割,他成了男性的创世者》

他的诗学文字也是诗,思想和情绪熔化成炙热的钢水一般滚滚向前:

  不是什么哥白尼的太阳中心说击毁了人的宇宙中心位置,相反,正是在哥白尼的意大利天空下,人才第一次抬起了自己的头。

  ——《找回女娲的语言——一个诗人的哲学导言》

当然,反过来说,他的诗也是充满思想力量的诗学:

  在孔子的泰山下

  我很难再成为山

  在李白的黄河苏轼的长江旁

  我很难再成为水

晋代的那丛菊花　一开

我的花朵

都将凋谢

　　——《我只想走进一个汉字　给生命

　　　　　　和死亡反复读写》

在任洪渊老师这里，思想、激情、语言共同点燃了生命爆发的火焰，是他自由倾泻的"词语的任洪渊运动"，是当代中国奇异的诗歌，也是奇异的诗学。我知道，前文所述"才华"一词已经太过庸俗，完全不足以承载他作为当代诗家的精神风貌。

但我更想说的是他的"独异"性。其实，早在50年代，任洪渊老师已经在这种个人化的"诗与思"的结合中构建自己的诗歌世界了，在那个时代，这是何等的稀罕。转眼到了80年代，那些让他的学生们惊骇的抒情却又远远地游离于"新诗潮"与"第三代"之外："正是在哥白尼找到了太阳的位置之后，人才找到了自己的位置。""也不是什么达尔文物种上升的线开始了人的尊严下降的线，相反，正是在达尔文进化的终点，人的复杂的躯体才代替自己简单的头脑整体地思考起来。"（《找回女娲的语言——一个诗人的哲学导言》）这是什么样的艺术的旨趣？

浪漫主义,现代主义?好像我们发明的所有概念都还不能概括它的形态。行走在中国当代诗坛的任洪渊老师,就这样成了一位踽踽独行者,他高傲地前行着,引来旁观者无数的侧目,却难以被任何一种刚刚兴起的"文学史思潮"所收容。在一篇文章中,我曾经用"学院派"来归纳他的姿态,其实,我十分清楚,这也不过是一种权宜之说。任老师身居学院之中,也渴望借助学院的讲台与青年一代深入沟通,希望在学院中传播他的诗学理念,但是,这个当代的学院制度却从来没有做好理解、接纳他的准备,因为,他的精神世界和精神形式本来就不是学院体制能够生成的。也就是说,生活于学院之中的任洪渊老师又是孤独的。

在我看来,任老师的孤独与寂寞也不仅仅来自学院。从根本上看,一个活在纯粹诗歌理想中的人注定将长久地与孤独抗衡。任老师家乡四川平乐的一位领导一度计划以任老师为基础打造"文学馆""诗歌基地"。这激发了任老师的献身精神,他也一度将自己的诗学溯源从现代西方拉回到了卓文君时代,幻想乐善桥美丽的曲线如何勾勒出现代中国的美丽的天空,甚至,他花费了相当多的时间为家乡撰写文化宣传的锦言妙语。我有幸在第一时间拜读过这些文字,一位当代中国的诗歌大家不计报酬地为小镇的经济开发撰写"文宣",这是怎样的赤诚,怎样的天真!后来,领导更换,计划调整,任老师的文学奉献之梦也告破灭。不难想象,他曾经多么的失望。不过,我也想过,对于长久地独行于当代诗坛的他来说,这种破灭也许真的算不了什么,孤独固然是一种不良的心境,但任老师却总能将挫折转化为一种倔强的力量。

退休之后的任老师曾与家人住在北京东郊,但他特别将师大院内的小居室装修一番,当作自己定期阅读和写作的空间,我想,他是在那里独享着自己的精神世界吧。

1980年代的师大校园,曾经有过多少这样的精神小居室,在那个物质还不丰富的年代,在北中国的漫漫长夜里,它们保持了一处处温暖的光明,成为一代学子迷醉的梦乡。

导师王富仁

一

大学二年级的时候,我担任师大五四文学社社长。当时,学校团委正在组织学生社团展览,这好像是师大学生社团的第一次整体亮相,各家精锐尽出,竭力展示各自的成果与影响。当然,其中重要的板块就是"指导教师介绍",大家都把这视作社团底气的主要证明,纷纷罗陈校内名家,排出豪华阵容。五四文学社原本是中文系内部的小社团,刚刚升格为全校性的组织,影响远不及当时的校级大社——摇篮文学社。压力之下,我们精心策划,将一批活跃在课堂上的中青年学者悉数聘请、盛装推出,包括王富仁、童庆炳、刘锡庆、蓝棣之、王一川等新时期学界的重要名家。展览刚刚开始,就有学生会人员匆匆忙忙跑来通知我:不好,不好,你们对王富仁老师的介绍,王老师很有意见，快去联系下王老师吧！

这消息多少有点令人意外，因为王老师是我们中国现代文学课的主讲老师，历来和我们关系亲密，支持学生活动从来是有求必应，是公认的"最好说话的人"。他会有什么意见呢？我急忙赶到王老师家。但见王老师双眉微蹙，指着一张小纸片上抄来的"王富仁介绍"说：这个，可能不应该这么写吧？我低头一看，介绍是这么写的："王富仁，新中国第一个现代文学博士，当代鲁迅研究最高权威，有著作《中国反封建思想革命的一面镜子》《鲁迅前期小说与俄罗斯文学》等。"王老师又说：这个什么最高……我一下明白了王老师的关切。的确，这种表述颇为张扬，至少在今天的我眼中也有点不知轻重的意味。不过，在当时中文系的课堂上，这却是一代学子的真实的声音，是我们在"不知道中国学术的天高地厚"之际，一种纯粹发自内心的感性表达。这种纯感性的，而非源自学术理性的评价也符合我们刚刚被五四点燃的本科生的本能。从某种意义上说，也正是五四和鲁迅点燃了王富仁老师的课堂，那种所向披靡、一往无前的开拓精神激发了我们重新进入现代中国史的勇气。因为这勇气的充溢，我们才敢于斗胆宣布自己的学习心得。所谓"最高"，与其说是一种严谨治学的知识结论，还不如说是我们个人情感体验的真切传达。

我是1966年出生的，伴随着"文革"而成长。在那个文化资源匮乏的年代，鲁迅几乎成了唯一进入语文教材的文学大家。到我们在新时期之初完成中学学业时，鲁迅一直都占据着语文学习的半壁江山，对鲁迅的解说是中学语文最重要的内容。每一个踏进大学门槛的学生，脑海中其实已经被语文课堂塑造完成了一个固定的鲁迅形象：如何从封建社会中来，又反戈一击；如何从进化论到阶级论，直到共产主义的战士；如何毫不妥协地揭露旧中国的黑暗；如何以笔化刀，向敌人掷出匕首与投枪。这样的鲁迅固然伟大，却离我们十分遥远，难以在我们人生道路的细微处引发真切的震荡。这一切的改变都是从王富仁老师的中国现代文学课开始的。

1984级的中国现代文学课堂，应该是王老师博士毕业后真正从事大学教育的第一讲堂。他格外认真，在我们一年级下半学期快要结束的时候，就通过年级主任将大家召集在教二楼外的草坪上，交代下学期中国现代文学课程开设的基本情况，也建议大家可以稍微了解一下"鲁郭茅巴老曹"的重要作品。几乎没有老师有过这样的课前交流。虽然也就是短短的几分钟，但是看得出来，他格外看重这即将开始的课程教学，盼望和我们建立起更多的沟通。

王老师的中国现代文学课从百年来中外文化的交流、碰撞讲起,大气磅礴,勾勒出历史演进中思想文化的博弈景象。他动情地描述五四时代人的觉醒,以及那声势浩大的"立人"思想与实践;他与鲁迅一起历险、探求,将高不可攀的伟人从神坛请回人间,和我们一起承受亲情和历史的考验,并给予人们生命的答案。现代文学课一般是三节连堂,讲到慷慨激昂之处,王老师几乎就忘了时间,总是在排山倒海的思想流泻告一段落之际,才满怀歉意地宣布:又过时间了,又过时间了,大家休息一会儿吧!其实,满座早已听得如痴如醉,根本忘记了时间,没人愿意从这思想的境界中回到现实。就是这样的课堂,让我们这一代人真实不虚地体验了"何谓启蒙"。启蒙并非如后来人们所进行的"知识考古"所说,是用另外一种"认知装置"置换了过去,不过就是一种知识的增加。王老师的课堂以无数真实的人生感受让我们领悟,启蒙归根到底并非知识的积累和更新,它是对自我生命的唤醒,是对人的固有的生存方式的反思和审视。毫不夸张地说,因为王富仁老师的中国现代文学课,师大中文系1984级的许多人脱胎换骨了。

在王老师的中国现代文学课堂上,鲁迅始终如影随形地存在着。关于五四,关于知识分子精神,关于启蒙的理想和限度，鲁迅思想不再是一个历史佐证的教条，而是直面当下、切入人生的利錾，它有力地凿击着社会文化的硬壳，发出电光石火般的光芒。课堂俨然就是思想翻滚的熔炉，钢水奔流、火花四溅。就是在这思想激荡的课后，我曾鼓足勇气向老师提出了一个"幼稚"的问题，那是一个曾经的"好学生""乖孩子"的怯弱的发问：老师，如此推崇"个人"的五四，如此排击"众数"的鲁迅，如何才能"牺牲小我服从大我"，又怎样最后实现"个人让位于集体"的共产主义理想呢？王老师似乎早有准备，从容作答：马克思的《共产党宣言》告诉我们，每个人的自由是一切人自由的前提。对个人权利和自由的尊重，本来就是共产主义的崇高理想。鲁迅和五四的思想先驱是以中国知识分子的方式，表达了这一人类共同的伟大理想的方向。"文革"极左时代，我们刻意夸大了个人与集体的矛盾，又往往以各种理由来压制和剥夺人的基本权利，这都不符合马克思的共产主义理想，更与鲁迅等现代思想先驱的历史探索相背离。一席表述朴素而透辟，如一阵大风扑面而来，一扫我心头多日的思想纠结。

当时如我这样的青年学生还是习惯于依凭过去简单的教育结论，对稍许的思想偏离都心存畏惧，我们那一代人还是在这种新旧能对接的轨道上小心前行的。也是在王老师的鼓励下，我开始阅读《鲁迅全集》，阅读马克思的《1844年经济学哲学手稿》，学会了透过"异化劳动"来反思我们的社会历史，也重新接受了人道主义的深厚内涵。广阔的人性体察，赋予了我思想发展新的基础。突然，我觉得大学生的学习不再是书本知识的记忆和背诵了，中国思想界正在轰轰烈烈展开的一切都与我们有关，我也能够大体触摸到新时期中国文学的脉搏，感知到当代思想的节奏了。

二

从课堂上痴迷的听众到自己迈入学术殿堂的大门，这是两回事。还得感谢王老师。1985年初夏的一个晚上，在师大图书馆的期刊阅览室里，我偶然间翻开了《文学评论》杂志，王老师的博士论文摘要位列刊首。此前在校园里，我们已经听闻老师作为"新中国第一个现代文学博士"的大名，而此时此刻，这文字所形成的论述是如此的铿锵有力、刻骨铭心，它们几乎是一字一顿地撞击着我的认知："从五十年代起，在我国逐渐形成了一个以毛泽东同志对中国社会各阶级政治态度的分析为纲、以对《呐喊》《彷徨》客观政治意义阐释为主体的粗具脉络的《呐喊》《彷徨》的研究系统，这个研究系统曾对《呐喊》和

王富仁老师的家，卧室即客厅

《彷徨》的研究做出了自己的贡献，但随着研究的深入开展，也逐渐暴露出了它的一些严重缺陷，现在有必要以一个新的更完备的系统代替这个旧的研究系统。"[1] 他认为，应本着"解放思想、实事求是"的态度，从文化意义上对鲁迅作出阐述。这是新时期学术突破的标志性的宣言，其意义已经超出了鲁迅研究本身，象征着一代学人走出藩篱、独立思想的勇气，当然也给了我这样怯生生的初学者莫大的精神鼓舞。从此以后，我开始告别自己曾经迷离的作家梦，满怀豪情地迈上了学术道路。从王老师的思考和论述中，我好像开了悟：原来，学术并不是对抽象理论的搬用，也不是随波逐流的才情游戏，它不过就是对真切的人生经验的概括和总结；学术不需要割舍掉丰富的感情，只留下理性的教条，它本身就可以激情充沛、灵性四溢，既可以是充满力度的思想，也可以是情满山川的诗篇。总之，在王老师体大思精的论著中，我读到了学术令人心驰神往的无比广阔的未来。1985年初夏的这天晚上，决定了我20岁以后的人生方向。

以鲜明的感性追求迎接新知识的到来，将真切的人生体验当作思想启蒙的起点，这是王富仁老师鲁迅研究对我

---

[1] 王富仁：《〈呐喊〉〈彷徨〉综论》，《文学评论》1985年第3期。

们的唤醒，也是80年代的我们开启文学认知与思想建构的基础。

王老师在工6楼的家就成了我无数次造访请教的所在。和那个年代的大学生一样，我们的造访都不经预约，不请自到，不分晨昏，但有疑惑，拔腿就往，也不管老师是否正在工作，或者家中是否有客人。每每怀着激动的心情拾级而上，在6楼的房门外屏息停留，轻叩大门，有时候会听到"哦"的一声回应，没有厌烦，没有敷衍。很快就见到王老师开启大门后一张热情洋溢的脸，接下来就是渐成习惯的程式了：王老师将我领进他的卧室兼客厅，我坐沙发，他坐在侧面的床上，听我讲述学术思想的疑问，然后他中外比较，侃侃而谈。这个过程中我几乎插不上话，但见他思如泉涌，汩汩滔滔，又层层推理，逻辑严密，往往由我一个细小的提问而引发出更多的话题，让你不由得莫名兴奋，因为兴奋而生发新的问题。但无论什么样的问题，王老师都能够略加思索就条分缕析，仿佛早已经成竹在胸、了如指掌。惊叹之余，我也推测，这是怎样强大的一种思维力量。有的问题王老师未必就有确定的答案，但他却拥有强大的分析能力，也可以借着这个表述的机会梳理一下自己的思路。好多次，我敲门进入的时候，室内已经高朋满座，有时候是学生，有时候是青年教师，也可能是各地游学人士，少则数人，多则数十人在展开思想盛宴，似乎更多智慧在空中碰撞激荡，王老师兴致也更加高昂，不断取出香烟散发给大家，有时自己还会脱去鞋子，盘腿在床，点起一支香烟。吞云吐雾、烟雾迷蒙之中，唯有王老师的山东普通话抑扬顿挫，声声入耳。不知不觉中，几个小时就这么过去了，待我们心满意足地鱼贯而出，已是夜深人静。在满天星斗之下，步行经过图书馆、教七楼、物理楼、体育场、新一教室、新二教室、科文厅、服务楼、水房，路程不近，但余兴未了，那一路真的是神清气爽，觉得浑身能量灌注，世界一片澄澈光明！

三

1980年代，我就是在王老师这样的思想熏染下开始成长的。受到思想激情的冲击，有时候也难免胆大妄为起来。王老师的博士论文《中国反封建思想革命的一面镜子——〈呐喊〉〈彷徨〉综论》出版以后，特意题签赠我一册，我如获至宝，细细品读，还自认为对《伤逝》另有心得，为王老师文中的论述所不能概括，于是捉笔成文，似乎要与王老师商榷。论文递上去后大约过了半个来月，王老师捎信让我去他家一趟。我是一天晚间过去的，刚好他家有客人，王老师立即关上客厅的门，把我带到平时吃饭的过厅里,打开折叠餐桌,坐下来摊开我的稿子。我看到那上面画了不少的红线,显然他已经仔细批阅过了。接下来,王老师的一番评点却让我亦喜亦愧。他说,论文写得很好,打中了他博士论文的缺陷。到目前为止,批评他论文的人不少,但是真正能够发现问题的却不多。他又说,汪晖对鲁迅研究历史的批判他是同意的,这是方法论上的商榷,有利于推动鲁迅研究的发展,而我这篇论文却是从具体的作品分析上发现了他论述中的问题,他也是同意的。不过,王老师沉吟片刻又继续说道,这些问题都不是他没有意识到,而是每一篇论述都只能设立一个集中的目标,只有首先解决了缠绕着它的问题才能走向下一步。对于新时期的中国思想界而言,第一是必须将政治革命与思想革命的关系说清楚,这样,汪晖的"精神探索"才有根基,而像我这样来解读涓生、子君的两性关系也才有了深化的可能。不得不说,王老师思想视野的辽阔性令人叹服,这番鼓励让我受宠若惊,又颇有羞愧,先前自以为是的那点得意完全折服于王老师的宏远、深邃和坦荡。末了,王老师说:论文还有几个错别字,你拿回去再好好打磨一番,我推荐给《名作欣赏》,可以吗?

一年以后,这篇徒有胆量却并不成熟的习作真的刊登在了《名作欣赏》之上,这本杂志在当时名家云集,万众仰慕。这也是我的学术论文第一次被正式期刊登载,欣喜之情难以言表。

1987年围绕王老师鲁迅研究的争论也是师大学生关注的事件,这丝毫无损于王老师在我们心中的崇高地位,相反,倒是这样的论争让我们第一次近距离地感受到了学术发展之不易,以及王老师这一代人所遭遇的挑战。这绝不是课堂上激情演说的浪漫,也不是工6楼同道聚会的畅快,新时期学术思想的每一步前行,都是一代人巨大付出的结果。出于本能的对老师的维护,更激于蓝棣之老师的义气,我决心撰写论文,参与论战。文章完稿后我投寄给了《河北学刊》,因为这份杂志刊登过论争之作。几个月过去了,有一天在从图书馆返回宿舍的路上,王老师在远处看见了我,他大步流星地走到我的面前,满脸严肃地瞪着我说:最近,你背着我做过什么事情啊?我还从来没有见过他这样的神情,一时间紧张莫名,不知道该怎么回答,因为左思右想,也的确想不出来做过什么不该做的事。过了一会儿,王老师口气才稍微和缓了一点:你悄悄给《河北学刊》投了什么文章呢?他们来问我意见,我已经明确回答,这种事不允许学生参与,文章最好退稿!哦!我这才知道王老师原来是因为这个生气。正准备解释几句,王老师却将手一挥,斩钉截铁地说:不用解释了,稿子已经寄回到我这里了,哪天你来取回去吧!但是要记得,不要自己又拿出去乱投啊!说完匆匆离开,几步之后,又突然折返,几乎是痛心疾首地对我说:你才刚刚踏在学界的门边,千万不要这样鲁莽行事!

三十多年过去了,在师从王富仁老师的无数的记忆中,师大路上的这一幕可能是最难忘的:那一天,黄叶飘飞,王老师有力地挥动手臂,严肃地警示了我的鲁莽。当然,我至今还有些怀疑,王老师是不是多虑了?自有格局的学界中人,确定会在意一个名不见经传的后学么?王老师的谨慎应该是他为人处世的一贯的原则,他的勇猛都存在于学术思想的领域,是对真理的赤诚;现实生活中的王老师,恰恰是颇为低调的,当年大学生社团活动的一句即兴表达他也格外警惕,严词拒绝。只不过,在我们熟悉的社会环境中,思想的姿态又常常被人混同于生活的方式,人们往往不能恰当区分思想者的勇猛与人世间的豪横,所以总是误读种种、误会重重。那么,在这样一个黄叶飘飞的深秋时节,王老师以他特有的谨慎留给了我什么呢?我想,还是一种深切的关怀,是一个长者以自己耳闻目睹过的沉重的历史教训努力保护着年轻的一代,如鲁迅所表述过的"幼者本位":"自己背着因袭的重担,肩住了黑暗的闸门,放他们到宽阔光明的地方去。"①

---

① 鲁迅:《我们现在怎样做父亲》,载《鲁迅全集》第1卷,人民文学出版社,2005,第135页。

双子座蓝棣之

一

1980年代的师大校园，蓝棣之是富有传奇色彩的独具魅力的老师。

新时期的中国文学界以种种思想论辩拉开了历史的帷幕，朦胧诗论争就是其中最具情绪色彩的，可能也是影响时间最长的一场论辩。直到新世纪初年，在香山召开的一次诗歌研讨会上，提及当年论争中的某次人际纠葛，已近退休年龄的当事人还激动不已，情绪激昂地向年轻的与会者倾诉过往的委屈与郁闷。

当年，蓝棣之老师也是在这样的激情氛围中亮相师大讲堂的。我还清清楚楚地记得，那是1985年秋天的一个夜晚，在日常讲座人气最旺的新一教室，朦胧诗论争的主角、北京大学的谢冕老师应邀出场。那不是一种悠然道来的知识性传授，而是重重压力之下的申述、剖白与呐喊，自始至终都裹挟着一种左冲右突的激愤。踏进教室的那一瞬间，你无须听懂什么道理，就会立即被这样的激情所感染，迅速成为谢老师诗歌命运的同情者。那天晚上，主持讲座的便是师大"中国现代诗歌"课的主讲老师蓝棣之。不过，与谢冕老师情绪激昂的表现有异，蓝棣之老师始终不紧不慢，操一口四川普通话，对谢老师的"朦胧诗学案"穿插点染，入乎其内又出乎其外：入则两肋插刀，执火助攻；出则跃身天外，鸟瞰历史经纬，机智透辟，妙趣横生。不得不说，在这里，学者的智慧和诗人的情志兼而有之、相得益彰，散发着一种极其特殊的迷人的风采。

大学三年级，蓝棣之老师为我们开设了"中国现代诗歌"选修课。依然是用那种不紧不慢的讲述，对中国现代新诗的史实与文本细细梳理，让一大批的台下学子神魂颠倒。80年代的师大中文课堂是五彩缤纷的，王富仁老师首重理论思辨，讲述中外文化的演化发展，汪洋恣肆，大气磅礴，以开天辟地之奋勇召唤每一个人紧随其后；童庆炳老师善于在社会生活的丰富案例中提炼理性的判断，是师者循循善诱的典型；任洪渊老师将个人的艺术追求融入历史的讲述，叙述的是他人的史实，渗透的却是自我的故事。一批更年轻的青年博士教师也是卓尔不群：王一川老师儒雅、温和地讲述他的审美体验，郭英德老师的元代文学故事深沉而隽永，还有一位激情四射的文艺学学科的青年博士，在童老师的课堂上教学实习，第一次让我们知道了弗洛伊德理论。他一边展示心理分析学说的惊艳，一边有节奏地狠狠踢着身后的白色墙壁，最后在那里留下了难以抹除的历史印记。总之，在那个时代，各种形式的激情式表达可能还是主流。与他们相比，蓝老师是平和的，常常在波澜不惊的叙述中谈论现代诗歌艺术，但也不似古典学者的克制和对文献知识的倚重，如王富仁老师那样纵横捭阖的社会历史考察也不是他的兴趣所在，出现在他口中的主要还是对诗歌的艺术感悟，包括意象、语言、节奏，等等，不过也并不陷入那些技术性的形式论，而是浸透着丰润的情感性的解读和分析。他后来将自己的这种文学阐释方式命名为"症候式批评"，结集为《现代文学经典：症候式分析》出版。其实所谓的"症候式阅读"，本来是法国哲学家、结构主义马克思主义的奠基人阿尔都塞提出的概念，指的是抓住那种被隐藏在作品所表达的明确意图之外的意义。受到精神分析学派影响的阿尔都塞相信，在作者有意识的文字下面一定隐藏了某些不容易被知晓的东西，而这些东西不能简单地通过表面的阅读来了解，需要利用一种更深层的方法来加以挖掘。

阿尔都塞的"症候式阅读"主要还是竭力挖掘文本断裂处、空白处的意识形态内涵——那些被掩盖、被忽略、被扭曲了的意识形态的因素,而这类社会政治内涵却不是蓝老师所感兴趣的东西,讲新诗、讲现代文学经典,他还是集中于探讨人生况味,尤其侧重于开掘人与人之间的各种隐秘情感——夫妻之间的厌弃、远距离的爱慕、男性内心的"洛丽塔情结",等等。他善于运用锐利的目光洞穿世事人情,又在文学艺术的字里行间发现蛛丝马迹,最后得到出人意料的结论。什么诗歌史上只有古典主义、浪漫主义和现代主义,根本不存在所谓的现实主义潮流;什么新月派就不是浪漫主义,而是更接近法国的"巴那斯主义";什么《二月》中的肖涧秋并不真爱陶岚,更不爱文嫂,最让他动心的是年仅7岁的小女孩采莲,只有这位少女才具备了"魔鬼引诱"的魅力;什么《骆驼祥子》《围城》之中所透露的不过是作家对现实家庭与婚姻的失望;等等。这些结论猛然问世,常常令人瞠目结舌,不敢置信,但细细回想,却又能够觉察出其中所蕴含的真知灼见。蓝老师颇为看重自己的这一套阅读方法,对自己的艺术领悟力也相当自信。一次课余,他不无自得地告诉我们:应当好好体会一下这类研究的精妙之处,不要被那些雄辩滔滔的社会历史之论所迷惑了,他们的判断只能存世五年，而我的这些研究可以存在二十年而不止！

"文革"结束后，刚刚进入新时期的思想文化界，深受机械唯物主义的社会历史批评之害，普遍向往"回到文学本身"，蓝老师对诗歌艺术的阐发和对文学经典文本的解读显然都是80年代的学术"新路"，是他超越陈旧方法的得意之作。不过，新时期同样有"新启蒙"的思想建构，有王富仁老师那样宏大磅礴的历史论述，所以蓝老师对自我学术选择的信心也还包含了另外一层含义：在同时代人的学术新潮中，他依然有自己的笃定和确信，他相信文学艺术自身具有经久不衰的魅力。

二

这份笃定有蓝棣之老师特有的执拗，但却没有多少文人相轻的狭隘。在当时，在热爱现代文学的学生眼中，长于历史文化分析的王富仁老师似乎更多被时代的追光灯所照射，而沉浸于诗歌艺术欣赏和"症候式批评"的蓝棣之老师却相对冷寂，但是这些明显的冷热之别并没有造成那一代学者之间的间隙。1987年，围绕王富仁老师的鲁迅研究方法论问题，一场论战发生了，关于其研究与马克思主义学术道路的关系，学界传出了不同的声音，而每一个从"文革"时期过来的人，都明白这样的争议之于王富仁老师学术前途的巨大影响。有一天，在蓝老师家中，谈到正在发生的这场论争，他突然严肃起来，神色严峻地说：王富仁的鲁迅研究是有重要时代价值的，现在一些人的指责既没有什么道理，也相当危险，作为师大的一员，我们是应该站出来写点东西啊。这番话，说实在的我还是有点意外，因为我们都知道蓝老师并不从事鲁迅研究，对于王富仁老师研究所涉及的一些历史文化问题，他可能也不那么感兴趣。在以往的课堂上，个性鲜明的蓝老师也主要是专注于自己的艺术理念，很少恭维其他领域的学术成果。今天这一番仗义执言真诚而动人，我一时间血脉偾张，暗下决心，呼应蓝老师的倡议，立马撰写声援之作。进入90年代以后，学界论争多多，似乎已成时代常态，少了些当年的紧张和焦虑，或者谁也不那么当一回事儿了。而如蓝老师那样跨越疆域的"袍泽之谊"也在淡漠，即便没有剑拔弩张的公开论战，知识分子圈子里的内在撕裂也在潜滋暗长。每念及此，我都不禁想起1987年。那个年代，是不是还有一种被称作"学术共同体"的东西在隐约构形？当然，可能它最终也还是未能成形。

　　课堂下的蓝老师也是这样性格鲜明、立场坚定，他真实、坦诚、不加掩饰，常常毫不客气地批评我们的思想和学习。有一段时间，他的居所也是门庭若市，各方诗人墨客纷至沓来，日夜无休。终于，他不愿如王富仁老师一般隐忍妥协了，某天清晨，赫然在大门上贴出大字通告："本室定于每周一三下午接待访客，其他时间恕不接待。"当天上午，一批不请自来的学生、诗人兴冲冲登门，却悻悻然而返，"蓝棣之告示"不胫而走，传遍学生寝室。在自由闯入老师家门已蔚然成风的80年代，蓝老师的告示的确引起了一点小小的议论。现在想来，如果没有这段插曲，我们这些放浪任性的学子何以能够领略到应有的规则，又何以能够真正触及老师的原则与个性呢？时过境迁，应该是信服胜于抱怨。事实在于，蓝老师的原则和严肃不过是人际关系所应有的界限和尺度，并不是什么苛刻，也不是怪异的癖好，只不过，在师生关系自由无拘、学生愣头愣脑散漫放任，而老师也大多宽仁迁就的氛围中，突然有人提醒人与人之间的畛域分寸，稍微有点让人蒙圈而已。

日常中的蓝老师，绝大多数时候都是亲切随和的，乐于与同学们交流。与蓝老师聊天是一件轻松愉快的事，他话题广泛，无论文坛掌故、世事人情还是艺术鉴赏，都说得津津有味，关键时刻常常有出人意料的发现和结论，他的"症候式分析"早已融为观察人生、世界及文学艺术等一切事物的基本态度。不知道从哪一天开始，他突然对

"星相学"有了心得，一有机会就拽住我们谈星相，剖析人性和命运，一些女同学被他一番"侦测"以后，尽数大呼小叫，惊为仙人。他又将"星相学"转移到文学研究，剖析贾宝玉、林黛玉、薛宝钗甚至孙悟空、猪八戒和沙僧的星座属性，既诡谲新奇，又醍醐灌顶。90年代，蓝老师和我见面，特地告诉我说，凤凰卫视邀请他主讲"星相学"。怕我不相信，还送我一册最新文集，扉页的作者介绍明明白白地写着："蓝棣之，属双子星座。据说双子座的人，喜欢观察，好奇心强，求知欲旺盛，对于不知道的事情，一定会设法了解。"我知道，这就是蓝老师对自己的一点归纳总结。

三

蓝棣之老师从不掩饰自己的内心世界，喜怒哀乐形于色，甚至不惧于表现自己精神深处的忧郁、脆弱和迷茫。在稳重矜持依然是师生交往常态的今天，蓝老师却比较另类，他不时将自己性情的本真暴露于众，让一批年轻的学生触摸到人性的真相和深度，可能这本身也是"言传身教"的重要形式。蓝老师有一双儿女，当时女儿念中学，儿子念大学，都是他的情感所系，好几次我们在他家，都目睹了一位父亲的温柔和耐心，其细腻情感，着实令人感动。师大住房紧张，好长一段时间蓝老师都只能住在四合院的筒子楼中，一个逼仄的小单间里塞满了他全部的家当、工作和生活，两个孩子只能爬着一张学生上下铺。1987年，就在我们大学三年级的时候，蓝老师的儿子发生了意外。中年丧子，这是何等的沉痛！有好长一段时间，蓝老师都无法从巨大的悲恸中恢复过来，见到我们这些年轻的面孔，他时而目光混沌，时而喃喃自语，完全丧失了那个在课堂上指点江山、机锋不断的智者的形象。因为蓝老师，我们班的一大批文学人、诗歌人也都同时堕入了前所未有的阴郁时期，大家时时都在留意蓝老师的动向和他的精神情形，为他揪心，为他焦虑。从中，也不知不觉地走过了一道关乎生死的人生关隘。

蓝老师是我走上新诗研究的领路人。因为他的"中国现代诗歌"课，我对新诗史产生了浓厚的兴趣，开始系统阅读相关的作家作品，原本散漫的文学知识有了一个自觉的认知框架，并以此为基础，吸收其他的知识和思想。在这个过程之中，蓝老师的指点和鼓励在许多关键时刻都产生了重要的作用。阅读诗歌史著作，我发现学界对象征派的开路人李金发一直缺乏足够的关注，甚至称其为"诗怪"，问题是，从1920年代的象征派到新时期的朦胧诗，这种象征主义的诗歌艺术早已深入骨髓，理当见怪不怪了，何以还有如此论断？蓝老师对我的疑惑大加赞赏，鼓励我坚持探索，撰文阐述。于是，我搜寻文献，苦读"怪诗"，终于觉得有了自己的答案。我一方面将誊抄的文稿面呈蓝老师讨教，一方面又按捺不住"发现"的激动，冒冒失失地将底稿直接投寄给《中国现代文学研究丛刊》（以下简称《丛刊》）。这是我从图书馆期刊阅览室读到的杂志，发现它专门刊登我关注的现代文学的文章，就记录下了编辑部地址。过了一段时间，并没有杂志的消息，却被蓝老师找过去表扬了一番。蓝老师说：文章写得不错，我帮忙推荐给学术期刊吧！我吓了一跳，心想，完了，我擅自投稿给《丛刊》的事情也没有给老师汇报，这一回两边撞车了，肯定不好交代。于是支支吾吾表示打算自己去投稿试试。蓝老师还是坚持己见，继续好言相劝：自己投，那可能两年都没有消息哦！蓝老师的坚持让我更加紧张，生怕他知道了我的莽撞和冒失，更发现我缺少在写作上精益求精的精神。那一天究竟是怎么从蓝老师的坚持下脱身的我已经记不清楚了，倒是一年多以后，这篇文章被《丛刊》刊登了，而蓝老师似乎也完全忘了这个细节，在校园里碰到我还热情夸奖呢！

也是在学习新诗史的过程中，我对穆旦的新诗产生了极大的热情，用了差不多整整一年的时间来阅读相关的作品和历史文献,最终以穆旦研究作为我本科毕业论文的题目,而指导教师也是蓝老师。在当时,穆旦研究才刚刚起步,远远没有今天如此的热门。出于对中国新诗发展史某些症结的不满,穆旦成了我诗歌理想的寄托人,我在对他的描述中几乎用上了所有的热情和赞美。其中的勇气自然也来自蓝老师的鼓励,虽然他并不一定认可我的那些溢美之词。汲取了那篇涉及李金发论文的教训,这一篇论文我格外用心,反复打磨,多次请蓝老师提出意见。不过毕业季到了,每个人都陷入了社会性的迷茫和不安之中,最后一次向蓝老师讨教论文修改的时候,蓝老师只是扫了一眼,叹了口气说:唉,学术研究之外,还有更大的社会关怀啊,将更多的学术时间留到毕业以后吧!这话出自一向强调"文学自身"的蓝老师真是极其罕见的。然而,在那个初夏,我们谁都觉得这样的结论是那么的不容置疑、理所当然。

学生活动中的老师

一

1980年代，师大的老师们都乐于参加学生的校园活动，师生互动很多。

在我的记忆中，中文系最多的活动便是文学社的，有办讲座、编刊物，还有诗歌朗诵会、戏剧演出，等等。

编辑、出版刊物是文学社存在的基本标志。最初师大有两个学生文学社：一名"摇篮文学社"，归校团委和校学生会主管，社员来自全校各系；一名"五四文学社"，由中文系团总支和系学生会管理，社员也就是本系学生。其实摇篮文学社的骨干也多半是中文系的文学小青年，两个文学社的缘起没人追问过，也没听人谈起过它们并存背后的是非，估计也就是组成群体的差异吧。文学社通常不定期编印刊物和报纸，例如五四文学社有一份16开的刊物《双桅船》，由启功先生题写刊名，彩色胶印封面，铅字排印，在当时已经是"高大上"的出版物了。经过我们这一级的努力，摇篮文学社与五四文学社合二为一了，同时出版"社刊"《双桅船》和《五四文学报》。1985级的吴文健（伊沙）、徐江、衡晓帆（侯马）、李树权（桑克）都有自己的诗歌沙龙活动，而孙立新、黄祖民等则另有"太阳风"诗社。这些社团和刊物一般都由系内知名学者助阵，主讲写作和当代文学。尤以散文研究闻名的刘锡庆老师是经常被聘请的指导教师，后来还加上了戏剧创作和研究的黄会林老师、诗歌创作的任洪渊老师、诗歌研究的蓝棣之老师，以及在学生中威望很高的王富仁老师等。虽然大多数时候，这些指导教师也就是挂个名，但有时也会给刊物介绍一些校外作家的稿件，或是对刊物的主题发表意见。一些学生编辑也能够从指导教师那里获得不少的教益，例如列名《双桅船》编委的陈雷就深受蓝棣之老师的信任，诗人伊沙、徐江等人受任洪渊老师的鼓励很多，杨占升老师还曾亲自出马为黄祖民找工作。

诗歌朗诵会是大家最欢乐的聚会，每年都有好几次。除了学生朗诵自己的创作和当代名诗之外，校外主动加入的诗人也不少。《中国，我的钥匙丢了》的作者、新诗潮代表诗人梁小斌一度穷困潦倒，寄住在校报江勇老师的宿

校园戏剧

舍，江老师便将他介绍给我们，我们的活动也经常拉上他壮威。也有长期游走在大学生宿舍的社会人员，如时任《北京日报》记者的某诗人，每会必到，有时候还是不请自到。黄会林老师与戏剧界很熟，也经常介绍一些朗诵家到场表演，增强了诗朗诵的热烈氛围。

黄老师在90年代创办"北京大学生电影节"，一手推动师大建成了中国高校重要的影视研究高地。不过，在80年代，黄老师的主要精力还在戏剧艺术上，她指导学生的戏剧演出，发现校园的戏剧人才，仿效民国时期田汉创立"南国社"，主创"北国剧社"，排演莎士比亚经典名剧《雅典的泰门》《第十二夜》。黄老师在1987年发起组织了北京师范大学第一届戏剧节，连续数日，学生自发组织的戏剧小组推出原创剧目，可谓是掀起了师大校园戏剧前所未有的高潮。我们一个宿舍就创作了两部作品参赛，魏崇武的作品名为《浅色的泪珠》，我的作品名为《尴尬》，我还获得了最佳编剧奖。整个戏剧节压轴的就是黄老师亲自组织的《第十二夜》，由北京人艺的导演执导，全学生团队出演，舞美华丽绚烂，大获成功。黄老师十分关心学生的戏剧创作，每场演出都出席观看，看完了我编剧的《尴尬》，她笑嘻嘻地说：你们演出的时候是用了什么冷气设备吗？坐在下头浑身发冷啊！这是用戏剧化的语言描述

《尴尬》的心理氛围,是黄老师对我的鼓励。她似乎很注意发现戏剧创作的人才,不多久还专门约见我。在黄老师家中,她和先生、剧作家绍武讲述戏剧创作的心得,鼓励我创作一部作品,什么艺术手段都可以尝试,现实主义也好,现代主义也行,争取参加来年的一个全国校园戏剧活动,中间有什么问题、需要什么帮助都尽管去找他们。见黄老师夫妇如此热情,我点头承诺,表示一定要多多努力。只是,那个时候,我的主要兴趣已经转移到了现代文学批评,这个应允到后来也就不了了之、无法兑现了。很多年过去了,我始终怀着一份愧疚,直到新世纪初年回到母校工作后,仍害怕在校园里碰到黄老师。

二

在那个年代,给人记忆最深的活动还是各种学术讲座。今天的学术讲座通常都是学院、学科点等学术官方组织操办的,有时更是出于某些功利性的目的而安排的。80年代的大学讲座,当然也有学校、系、所一级主办的,但是学生社团却同样积极主动,每学期都策划安排为数众多的学术活动,而在其中穿针引线的就是那些与大家关系紧密的专业老师。诗人梁小斌来过我们的讲台,作家梁晓声、邵燕祥、张辛欣、赵本夫等也来过。这些活动由老师介绍之后，都是学生自己去联络时间，并到教务处借教室，到团委请款，一般报酬就是 10 至 15 元一次，好像没有谁会计较，几乎没有人讨论过报酬。张辛欣讲座之后，我们奉上 15 元，她似乎有些意外，连连推辞，说：哪能收同学们自己凑的钱呢？我们一再解释，肯定是学校的公款，绝不是学生自掏腰包，她才收下。这些讲座，经常还是主讲人自己搭车过来，我们只需在校门口等候即可。只有一些年纪较大的老先生出场，我们才在系里的支持下凭办公室开条由校车队出车，但是即便同一天晚上学生活动请了好几位老先生，车队也不会一一派车，通常都是几位先生挤在一辆小车上。这辆小车得早早出发，在北京城里东转西拐，最后才将他们"拼车"载到师大。

有一回，不知道是哪位老师介绍的，来自贵州的"中国诗歌天体星团"抵达师大，由学生社团在教二楼举办讲座。我们赶过去一看，不仅这名称光彩夺目，成员也是齐刷刷一大帮坐满了第一排。主讲黄某已经在首都高校巡回演说了好几场，声音完全嘶哑，根本无法说话，一切均由其他成员代为陈述或者朗诵，然而，同道的代言显然不能令他满意。他频繁站立又坐下，焦躁不安，最后，竟然跳上课桌，从黑板最顶端开始奋力书写，行行惊心：中国诗歌就是一串串的葡萄胎，葡萄胎，葡萄胎……全场为之震撼。当然，像这样的讲座就属于民间行为，肯定是没有任何报酬的。

学校的老师为同学们举办讲座就十分简单了，老师同意，学生无课，找个空教室即可。当然，书写、张贴海报却郑重其事。组织者一般都精心构思，怎么起标题、如何介绍、贴在哪儿，都得十分讲究。因为类似的活动多，学生中的书法家都成了海报熟手，书写海报也就成了提笔练字的重要方式。因为老师们做讲座一般都不需支付报酬，所以请自己的老师做讲座也是学生社团节约经费的重要办法，为我们授课的老师几乎都答应过同学们的请求，有的还不止一次，但也有个别例外。曾经有一位在学界风头正劲的青年学者在讲座前突然发问：这场讲座，报酬多少？从未有人如此提问，我嗫嚅作答：可能就是10到15元，但是还得专门打报告申请。后面半截话实在底气不足，还没出口就咽了回去。但见他大手一挥：那就算啦，这就算义务讲座！

到讲座的那一天，人山人海，偌大的教二楼101提前一小时就已经水泄不通了，不仅座无虚席，连讲台上都挤满了人。主讲人吃力地钻进会场，在绕膝而坐的听众中开讲。教室外，听众源源不断，人声鼎沸，为了避免发生不测事件，我们紧急从学生会借来喇叭，在楼上的教室设立旁听席，这才安顿了那些后来者。出人意料的是，主讲人在讲座一开始，就首先谈起了讲座报酬问题，他竟然完整地复述了与我的对话过程，之后严正声明：本次讲座纯属义务！台下一片笑声。在80年代那种奉"新启蒙"为精神信仰的氛围中，如此坦率地强调"有劳有酬"显然不合时宜、格外另类，一度被传为笑谈。但是，我们也往往忽略了他在讲座中的一个基本观点：只有承认了人的物质性需要，世界才会建立和完善自己的规则，而人性也才能实现最后的自我超越。拉开三十多年的时间，我回头打量那个年代的思想发展，对这样曾经的笑谈倒多了一分深切的理解：改革开放的80年代不就是以正视人们的物质需求为前提的吗？公开地认可人的生存欲望，满足广大人民群众日益增长的物质文化需要，本身就是我们的奋斗目标，为什么不可以公开讨论呢？只不过在当时，"君子喻于义，小人喻于利"的心态依然普遍，敢于言利，公然言利，可能真有点冒天下之大不韪，或者对大多数人而言，这是可以想却不能说的道理。其实这位青年学者也满怀社会理想，并非"见利忘义"之徒，他此番言论多少有点像思想变革时代的刻意雕琢的行为艺术，通过一种引人注目的方式彰显这个时代正在发生着的文化变迁，果如是，那么反倒是时代新启蒙的一番苦心了。

三

80年代，大学生对学术讲座的渴望是强烈的，不仅专门性的演讲，就是博士生答辩也趋之若鹜，常常是将答辩当成讲座来听。这与今天硕博答辩渐成枯燥形式的情形大相径庭。新时代的研究生教育愈发讲究"学术训练"，但也愈发减少了那种源自内心的情感需要，每到例行公事的开题答辩，导师须严词下令，学生才不敢懈怠躲避。80年代的师大，中国语言文学的主要专业都成为国内第一批获得博士授予权的学科，现代文学、文艺学、古代文学、汉语言文字学、民间文学等都聚集了大批大师名流，博士生队伍中也是才俊荟萃，他们往往在读书期间就已经在学界小有名气，所以最后的博士论文也自然成为某一主要领域的开拓之作，引得一众仰视。这个时候的博士论文答辩，其实也就成了一次学术前沿的重要宣讲，在学术审核的形式之下，包含着的却是学术成果发布的基本内容，足以引来各方面的强烈关注。这些博士论文答辩，前来参加的答辩委员都是国内知名学者，好多都是只闻其名而未见其人，他们在答辩现场的发言也是一种思想讲演，对学生而言是难得的受教，所以，就是为了一睹大师风采，这答辩也值得一听。1984年，王富仁老师作为新中国第一个现代文学专业博士毕业，而他此前已经出版过《鲁迅前期小说与俄罗斯文学》，是鲁迅研究界一颗冉冉升起的新星。紧跟着是金宏达老师的毕业答辩，金老师也是历史名人，早在"文革"之初，还身为师大学生的金宏达，就以"时汉人"之名在《人民日报》发表文章，从政治上为吴晗力辩，剑锋直指姚文元，引来围剿。文艺学专业的一批博士生也是如此，王一川硕士毕业于北京大学，已经是师大的青年教师，罗钢也是青年文学批评家，早已经出版过著作《浪漫主义文艺思想研究》。读博期间，王一川等人就已经是我们的文学理论老师了，所以他们的博士论文答辩自然就吸引了众多学生前往观瞻。记得王一川老师的答辩在主楼6楼的文学理论教研室进行，气氛颇为庄重肃穆，年轻的师母也在下面旁听，席间还惴惴不安地低声对她的同伴念叨：这么多提问，他能够回答吗？还有的博士生答辩竟也人满为患，有一场博士答辩因为听众太多，不得不临时从主楼6楼移至8楼的学校会议厅，巨大的会议厅最后也座无虚席，几位来自全国各地的文学理论大家端坐台上谈古论今，既是针对博士论文的评议，又像是面对所有在场大学生的自我展示。答辩人虽然居于台下，却也信心百倍。上下五千年，纵横数万里，侃侃而谈，神态自若，仿佛此刻已经不再是被审核的学生，而是主题演讲的发言人，他要说服的也不是台上的少数权威，而是所有现场的人。中间说到口干舌燥，也径直起身，自顾自走到主席台前，取走为答辩委员准备的水壶，回头给自己的水杯倒水，如此轻松有趣的场景，不仅引来听众的笑声，连台上满面严肃的委员也不禁莞尔。或许，这就是80年代师大的一种写真，学术的严正与人性的真实相互交织，并没有太多的装腔作势与虚伪矫情，构成了中国研究生教育史上难得的景观，值得今天身处"学术规范"时代的人们咀嚼、回味。

80年代的学术沙龙也真是"货真价实"。学生社团举办过不少当代作品讨论会、阅读会，每一次都邀请相关的老师或博士生参加。进得门来，无论作者是否在场，大都直言不讳，板斧齐飞，不留情面。有一次，某位知名导演前来座谈他的电影新作《成吉思汗》，他似乎对师大师生的好评满怀期待，没料到却遭遇了当头一击，从老师到学生万炮齐发，痛批影片的种种陈旧呆板，现场气氛颇为尴尬。还有一次，时任《人民文学》主编、大名鼎鼎的某作家莅临中文系征求办刊意见，这份杂志在普通读者心中可能真有万流景仰的地位，却没有想到，在师大中文系，我们的"批判性思维"的教育早已经落地生根，从文学研究的老师到牛犊初生的学生都是如此目光挑剔，纷纷数落这份"国家级大刊"的种种缺陷,出言犀利,态度激昂。主编倒是十分谦和大度,但也难掩窘迫,脸上红白交替,备受煎熬。其实,这是一位十分优秀也虚怀若谷的主编,那一天的情势,到最后连我们都有点同情他了。在"人情阐释"已经逐渐成为批评常态的今天,当年的师大记忆可能更有打捞的价值,因为,它为每一个刚刚面对文学界的大学生展示了阅读和批评的真谛。

1985年9月,《收获》第5期在头条位置发表了张贤亮的《男人的一半是女人》,系作家右派生活的系列小说之一,前续荣获"第三届全国优秀中篇小说奖"的中篇小说《绿化树》,但因为涉及性压抑等敏感描写而立即引发了全社会的关注和讨论。批评家黄子平在上海《文汇报》率先发表了评论《正面展开灵与肉的搏斗——读〈男人的一半是女人〉》,热情礼赞:"我们现在谈论的这部中篇小说,则以中国当代文学前所未有的深度,正面地展开'灵与肉'的搏斗及自我搏斗。"张辛欣在《文艺报》的评论《我看〈男人的一半是女人〉的性心理描写》说得理直气壮:"性心理的描写恰恰使这部小说成为一部严肃作品。"短短半年中,《文汇报》《北京日报》《青年评论家》《文艺报》《羊城晚报》《文论报》《辽宁日报》《作品与争鸣》《当代作家评论》等全国几十家报刊发表了大约百余篇文章，一时间真是热浪滚滚。这也在校园中激起了强烈的反响，而我们刚刚被"文学理论""中国现代文学"课程所激活，正是意气风发的时节，于是当仁不让，主动介入，在学校发起组织了"与张贤亮对话"的学术沙龙。那天晚上，沙龙在心理楼一间大教室里召开，虽然名为"对话"，却不过是作者缺席的单向讨论与批评，但是参加者依然十分踊跃，到沙龙开始之时，连两边的窗台上都挤满了听众。王富仁、刘锡庆及卢惟庸三位老师莅临现场发表评论，他们的发言将沙龙推向了高潮：卢惟庸老师从心理分析的视角解读小说；刘锡庆老师从当代文学史的角度论述张贤亮的意义；王富仁老师则另辟蹊径，生动地为我们讲述了"文革"时期他那一代人所遭遇的"性无能"的故事，一时间全场鸦雀无声，都为那令人难以置信的历史而深感震撼。历史并不真的是"不会忘记"的，我们这一代人，在"文革"中出生，但还是不够熟悉那些历史，对张贤亮的右派生活史更是陌生，王老师的故事恰到好处地"带入"，让年轻的我们刹那间就感同身受了。80年代的文学阅读就这样接通了老师们的体验，穿透屏障的体验的真实在此呈现。

那时的班主任和校长

一

刚进师大的我们,还沉浸在中学生活的记忆中,对最接近语文教学的写作课感情深厚,对班主任老师也有一种特殊的依赖。所以二年级的时候,教写作课的侯玉珍老师转任我们的班主任,大家顿时都有了找到"家人"的温暖,侯老师也真的像家中长辈一样关心我们的生活与情感。在侯老师之后,是尚学锋老师担任班主任。尚老师是古典文学专业的老师。侯老师与尚老师先后成为我们人生关键时刻的引导者和见证者。

侯老师是从写作训练的情感教育和文字操练入手开始与我们对话的,就像她曾经为我们每一个同学批阅作文、引导思维一样,她的班主任工作也细致到每一个同学的情感世界。谁有家庭困难,谁受情感困扰,谁遭遇了精神打击，她通通了如指掌。侯老师始终谨记作为中文写作教师的职分，以趣味高雅的中文人的教养和眼光为我们作人生的示范、当学业发展的导师。这里面当然有信仰，有伦理，也有今天所说的"思政"，但却没有专业之外的空洞说教，入耳入心的都是人生经验的故事，是专业选择的陈述。你可以在这里抒情、抱怨、发泄，她都能以母亲般的微笑一一接纳、包容、化解。然而她并不是善恶不分的老好人、和事佬，对那些急功近利的孩子，她依然正言厉色，甚至也不回避对某些师长的人格缺陷的批评，但是她又是一位称职的孩子的导师和母亲，因为她绝不会将同学们偶然的过失录入管理档案，成为人生操行的记载。在那些批评之后，我们永远都是她满怀期待的尚未长大的孩子，没有什么错误是不可原谅的，也没有什么劣迹是需要记录上报的。她严肃的问责可以穿透你的灵魂，但厉声呵斥的声响却往往止于两两相对的私域。多年以后，被批评过的我们都已经各奔东西，但都因为侯老师的存在而在师大留下了很多的依恋。

尚学锋老师专攻先秦文学，对庄子有独到的研究。他先是我们中国古代文学史的课程老师，在四年级之时又接替侯老师成为我们的班主任。让专业教师陆续带班，指导本科生的学业和生活，不知道是不是师大在那个年代的独特设计。尚老师接任的时候，我们都已经"成熟"，不再是刚入校门的毛孩子了，基本形成了稳定的人生目标和生活态度，所以便获得了尚老师的深度信任。他基本上沿袭着业已成熟的学生自主管理模式，学生的相关事务都由大小班干部依规行事，社团及其他课外活动也自有各自的运行轨道，尚老师并不过多地介入，倒是借助专业老师的身份，对我们班的学术专业发展大加推进。我的好几位同学后来都成了先秦文学方向的研究生，成了老师的"师弟"，显然这里面就有尚老师的勉励和助推。

到毕业的那一年，为了加强毕业就业指导，中文系增派刘勇老师参与管理。刘老师是现代文学专业的老师，有着丰富的学生工作经验。他召集全年级同学开了一次就业指导会，在会上结合大量生动的案例，讲述种种的求职、就业经验，生动而实用，让我们这些即将走入社会的毕业生获益良多。

1984级的专职管理老师只有一位，那就是常汝吉老师。他是全年级的学生工作总管，相当于大班主任，但他很少干预专业老师的日常工作，完全尊重老师们以各自学术经验为基础开展的思想教育。因为学校住房条件有限，常老师一家三口就住在我们西南楼学生宿舍，在我们331房间靠西的隔壁330房间，和我们共用一个公共厕所、一个公共水房,每天到楼下的学生开水房打水,到食堂打饭。那个年代,虽然与我们人生大事相关的老师与大家擦肩而行、朝夕相见,但似乎也就是那么平淡正常的普通关系,甚至在大多数时候就没有什么联系,仅仅只是在楼道相遇那一刻打个招呼而已。常老师很少直接参与我们班的事务,也从不以西南楼"驻楼导师"的身份四处巡视,到学生宿舍查房训话。在我的印象中,西南楼生活数年,他就从来没有敲过我们的房门,而我们也从不知隔壁的330究竟是什么模样。相反,我们的古代文学老师郭英德也是暂住在13楼的博士生宿舍里,13楼远在师大的小南门,我们倒有过前去请教学习的时刻。

常老师是中文系专职的管理干部,但依然以专业老师的方式理解和处理师生关系。在那个思想奔流的新启蒙的年代,学术激荡于中国社会,而校园的内部却依然是宁静和洁净的,生活的从容和自然给了我们更为宽敞的空间。西南楼的三层,是师大中文系1984级自由奔跑、嬉闹、调笑的世界。夏天来了,那些因暑热而赤膊穿行的人们,那些因体育比赛而纵情高歌、放声嘶吼的人们,基本上已经忘记了这里还居住着一位重要的管理老师,他和他的家人、孩子可能因此承受了许多的尴尬与不便。但每每这个时候,330总是格外的安静,常老师似乎已经从我们的世界隐身了。

就这样,大学期间,我们的主要管理者都是专业教师。在这里,我们产生了"家"的幻觉,在这里,弥漫的是专业交流的信任。这大大地拉近了师生之间的距离,而高校后来时刻关心着的"思想工作"则自然地融入了学业指导、心理辅导的过程之中。我觉得,这曾经就是师大成功的学生工作传统。

二

如今,学生思想工作越来越成为高校管理之中的一件大事。我不知道 80 年代的师大传统是否还值得深入总结和梳理,至少它让我们那一代人顺利地完成了成长,并在生命中留下了深刻的印记。有时候我也在想,究竟该如何来提炼这些记忆的精华呢?我推测,这里的核心可能还在于如何尊重生命自我成长的事实,或者说努力还原人的教育的自然性。这就要求简化一些教育管理的层级与环节,让学生的发展能够以自己的学业为中心,全方位地对接和融入中文系本身的学术目标。从效果来看,可能更有利于大学生"自然天性"的发展,接近卢梭式的教育理念。

在当时,我们学生的不少活动都直接找学院办公室,申报经费、要求派车、登记场地、领取纸张,等等,办公室的老师也不都是好说话的，有宽有严，时宽时严，相当考验我们的沟通能力。有一位王老师从来都是满脸严肃，对每一个请求几乎都回以连续的摇头，令人沮丧不已，向他请示都得鼓足莫大的勇气，且一再打好腹稿；然而另外一位袁老师却总是和颜悦色，温文尔雅，让人如沐春风。碰上王老师还是袁老师，是运气，也是考验。可能学生时代的我们还战战兢兢，或者还时有抱怨，不过，回头来看，反倒觉得这是自我成长的颇为正常的过程。世界有它的规则，并不是天然为我们预备的，走进它、适应它，以致最后完善它，是一个必要的过程，体验和认知这一过程就是教育本身的意义。也是走过了1980年至1990年的岁月，我们才知晓，在那个物资依然匮乏的年代，一个办公室管理者的严苛是如何的迫不得已，如何的必不可少，它和另外一种对青年人的爱护和宽厚同等重要。前者在限制中给了我们足够的压力，后者因仁厚而形成了必要的缓冲。总之，离开父母怀抱的大学生，最应该知道的是，这人生的道路有宽有窄，有曲有直，有阻碍也有鼓励，只有在宽严有度的曲折之后，我们方能完成自己。毕业二十多年后，我有机会重返师大，在母校工作，再一次见到了性格淳厚的袁老师，也见到了退休之后的王老师，我突然发现他似乎并没有那么严肃，照样呵呵地笑着……

80年代师大中文系的领导曾经是谁?都有过哪些人?这是两个简单的问题,但是我发现一时间还真的难以准确回答。一方面,行政岗位时有调换,一个专业老师的升迁和回归如此频繁,世易时移,我已经不大能够记得;另一方面,可能也是更重要的一方面,那时也没有着力突出领导之于教育系统的意义。在学生的心目中,中文系最重要的人物还是那些德高望重的知名学者、那些诲人不倦的学业师长。我记得许嘉璐先生曾经当过系主任,也当过副校长,但我却根本没有他作为系主任高台讲话的记忆,倒是有一次临时"客串"我们的古代汉语课老师,即兴讲述《说文》时的情景至今历历在目。那一天,好些同学听得十分陶醉。我旁边的室友感慨道:早一刻听到这样的课,我的专业方向可能就不同了!

最近十多年来,高校中经常可以听到一个说法:去行政化,意思是淡化行业、职业或某项工作的行政色彩,尽可能地突破行政的束缚,突出行业、职业的主导地位。在高校,大家普遍感到行政部门对于高校的管理过多过细,大包大揽,往往是以权力为中心,而不是以学术为中心。但是,如何才能真正达成去行政化,实现理想中的教授治校,其实很长时间中还是莫衷一是。这不禁常常让我想起我们的学生时代,虽然那时的高校行政依然是中心,也没有所谓教授治校的概念，但是却在事实上留下了不少值得追念怀想的景观，那不是去行政化，而是行政尚不严密的故事，不知道对于未来的我们有无些许的启示？

三

高校的行政首长是一校之长。

所有的师大学生都知道校长王梓坤。

80年代还没有院士制度，后来的中国科学院院士王梓坤不是以院士之名在师大光彩夺目的。我们只知道他是中国著名的数学家、概率论研究的重要先驱，但从未见到那种前呼后拥、随从环伺的阵仗。校长通常骑个陈旧的女式小单车，穿行在师大的校园里，有时出现在学生宿舍区域的服务楼，或在邮局寄信，或在书店看书，碰见熟识的老师，打个招呼，简单交谈几句，低调而温和，与任何一位普通的老师无异。

王梓坤校长曾经长期任教于南开大学，1984年，即我们上大学的那一年，以教授职称调任师大当校长。我们都听闻他为教师节的设立而奔走呼吁的传说。校长的少年时代，得到过中学老师的诸多关爱，老师的恩情令他永志难忘。然而，几十年过去了，当他在80年代初重回江西老家，却看到一幅令人失望的图景：校舍破败不堪，教师收入微薄，甚至无力养家糊口。担任师大校长之后，他立即想到要通过中国师范高地的这个特殊位置做一件实事，替教师发声，倡尊师重教之风。他先是与中学教师出身的记者黄天祥合作，于《北京晚报》头版刊发重要报道《王梓坤校长建议开展尊师重教月活动》；接着，又出面联络陶大镛、启功、钟敬文、黄济等知名的师大教授，共同向全国人大常委会提交书面报告，倡议设立教师节。来自师大教授的倡议很快得到了第六届全国人大常委会的回应，1985年9月10日，中华人民共和国的第一个教师节正式确立。

教师出身的王梓坤校长也格外尊重老师学者们的工作方式与生活习惯。据说师大当年的老师都还记得他在任时立下了一项规矩：任何行政部门找教授开会，必须在下午四点以后，而且不能占用过多的时间。

王梓坤校长的夫人谭得伶教授一直在师大任教，是苏俄文学专家。据说校长本人也是文学爱好者，因为这些渊源，中文系的同学也有机会听到校长在数学与行政管理之外的声音。

有一天，著名的古典诗词学者叶嘉莹先生莅临师大，在教七楼"五百座"报告厅（现在已经改名为敬文讲堂）讲授唐诗欣赏。叶先生系加拿大皇家学会院士、加拿大不列颠哥伦比亚大学终身教授,从 1979 年起,经过中国政府的批准,她每年回国在各大高校讲授古典诗词。叶先生毕业于民国时期的辅仁大学,又长期在中国台湾及海外任教,担任美国、加拿大著名高校教授,知识结构、思维方式和心智情趣都与历经过内乱的内地学人有别。她浑身上下都散发着一种中国大陆几近失传的古典文人气质,在治学上又熔中国古典诠释学与西方的新批评于一炉,以情景交融的细腻情怀讲授中国古典诗词,极大地颠覆了"文革"后被"以论代史"的作风糟蹋败坏的文学批评程序,令人耳目一新,一时间在高校刮起了阵阵"叶旋风",成为无数学生叹服膜拜的对象。那一天的报告厅人头攒动,座无虚席,全场师生都深深地陶醉在叶先生所营造的古典诗词境界之中。讲座结束,照例有主持人上台致谢,就在这时,前排座位上站起一人,清瘦的身材、朴素的衣着,他缓缓走上讲台,取过话筒开始讲话。我们这才发现,今天的致谢人并不是中文系的教授,而是师大校长、数学家王梓坤。古典诗词的讲座竟让数学家到场了,而且还是一位不大现身的校领导,这无疑激发了全场观众的好奇,大家凝神屏息,期待着他的讲话。那一天,王梓坤校长显然也被叶先生的演讲折服,他一反科学家发言的冷静和理性,用文学式的语言抒发了一段听后感,末了,还发出了一声感叹：此生恨晚听君论，否则，舍弃数学从中文矣！话音刚落，全场掌声雷动。

  有时，在校园里一些意想不到的地方，我们会与王梓坤校长偶遇。王校长或者是一个人在默默地散步，或者是骑车而行，车前的挂篮里还盛着他为家里购买的日用品，仿佛就是一位住家男人。80年代末的一个清晨，大约只有六点来钟，我早起在学生食堂打饭，远远就看见校长独自一人，正站在布告栏前专心致志地阅读布告。那段时间，学生有什么诉求，都会如实地在布告栏上表达，估计校长是特意挑选了这个清晨人少的时候，前来调查了解。经过他身旁的时候，我叫了一声："校长好！"那一刻，王梓坤校长竟颇为羞涩，好像自己的什么秘密被人发现了一样，他连忙回应了一声，也没有再多说什么，随即就匆匆离开了。后来才知道，那个时候，他刚刚卸任校长一职，重回普通老师的身份，这天清晨静悄悄的阅读可能就是出于一种本能的习惯，或者是放不下的关切。三十多年过去了，校长那专心致志的神态一直留在我的记忆中，慢慢定格为一帧发黄的影像，虽然为岁月所淘洗，却印在了师大80年代的教育史上。

不复存在的师大东门

生气勃勃的研究生老师群

一

1980年代的高等教育，因研究生教育制度的恢复和发展而焕然一新。一大批硕士、博士研究生成为教学科研的骨干，走上了课堂第一线。我们的专业课，许多都是由这些中青年教师承担的。

虽然是研究生毕业，不过因为"文革"的耽误，好些老师进入高校之时已经年近中年。他们拖家带口，蛰居在师大光线暗淡的筒子楼里，与后来的"北漂"无异，不过他们大都淡然平静，甚至信心十足。这一份底气应该来自人们对新时期中国发展的憧憬与期待。今天在高校中特别流行的一些说法，诸如"青椒""内卷"或者"躺平""佛系"等，我认为完全无法描述那个时代的困难和选择。前后差距悬殊，其根本原因还在于那时的青年教师大都经历过"文革",曾经的困境已经转化为一种人生的坚忍。所以,这一批研究生教师的治学和教学都是比较成功的,因为他们不仅有前沿知识,更有与共和国历史转折共节奏的人生感受,学术和生命完全打通了。

王富仁将马克思主义人道主义、社会文化批评和现代西方的文学批评方法结合起来阅读鲁迅。他的"反封建思想革命"、他的"立人"凝结着对自我人生的深切感受,这是能够震撼我们的根本原因。

蓝棣之是中国社会科学院的硕士,师从现代文学学科创立人之一的唐弢教授。他将西方的精神分析学说与中国传统的知人论世结合起来,开辟出一条独具特色的中国式"症候式分析"之路。

李复威是北京大学的硕士,他的当代文学研究直接瞄准新时期的文学"新潮",带给我们关于当代文学最新动态的丰富信息。

曹晓乔当时刚刚从师大硕士毕业,是黄会林教授的女弟子,相当年轻。她对曹禺、田汉等现代戏剧家的讲述细腻又不落俗套。曹老师后来去了美国,师从舞动治疗先驱简·西格尔女士,据说现在已经是高级心理咨询师、高级舞动治疗师、阿米塔健康系统行为医学院表达艺术治疗中心主任,也是师大研究生一个不断进取的样板。

王一川是北京大学的硕士，师从有"文艺美学教父"之称的胡经之先生，在师大又继续在职攻读文艺学博士，导师为黄药眠教授与童庆炳教授。他穿行于现代西方美学、现代汉语美学与中国传统美学之间，不断开拓体验美学、修辞论美学、形象诗学、现代学等新的学术领域，显示了当代文艺美学最具活力的路径。我们的大学时代，正是王老师"体验美学"的探索期，"体验美学"是他博士论文的题目，也是他"文艺美学"选修课的基本内容。王老师上课，很少纠缠于一些抽象的概念和理论系统，更喜欢从中外文艺现象中提炼独特的艺术感悟，最后创造出一些新鲜的术语重新命名。其实"命名"本身就是学术思想拓展的重要标志，王老师的创新精神是其课堂魅力的重要体现。王老师上课尤其重视对学生艺术"体验"的培养和训练，他常常在课上让我们阅读一些中外诗歌散文，然后组织大家展开讨论，自由发挥，畅所欲言。有时候，他还安排一些课后的小论文，让大家尽情展开思维的翅膀，然后挑选出一些有特色的文字在下一次课堂上朗读讲解，这对大家鼓励很大。那个年代的本科课堂，讨论还不流行，这样的思维训练还是罕见的，同学们都颇感新奇，也兴味盎然。

王老师是学术上的锐意创新者，但与我们交流时却十分谦和，绝无丝毫的傲慢之态。因为他是四川沐川人，我又多了一份乡情，常常向他请教。一些重要的著作在图书馆借不到，有时也斗胆跑到王老师家中，在他的书柜里翻翻找找；向王老师求助，他也一律有求必应。三年级的春季学期，王老师向我打听：从重庆乘船去三峡好不好买票？我还没有去过三峡，如果可能，今年夏天回四川之后，打算借道重庆去看看。能够为老师帮忙是学生最高兴不过的事了，我当即满口应承，大包大揽，说服他放心。那个年代，轮船和火车一样，是交通的一大难题，一般都难以顺利购票。见我答应得如此轻松，王老师似乎并不相信，一再叮嘱不要勉强、不要为难。当年暑期，我早早回家，在重庆等候。又提前许久到处打听船期消息，动员家中的亲戚朋友寻找能够通向港务局的线索。到8月中旬，王老师从沐川老家给我寄来一信，说听说夏天到三峡的旅客很多，购票不便，他几经考虑，还是放弃旅行，让我"解除警报"，安心在家过暑假。说实在的，失去了回报老师的这次机会，我还是颇感遗憾，失落不已。当然，以后与王老师交流多了，也慢慢知道，他本来就是一个细致、体贴的人。此番变化，在很大程度上还是因为不愿给我找麻烦。

二

虽然从 80 年代开始，研究生就已经逐步成为高校最倚重的师资力量，但是在那个更加重视学术思想的新时期之初，学历本身也还没有成为人们傲视他人的理由。我们的研究生老师们，不乏个性鲜明、锋芒毕露的人，但却难以找到那种仅仅因为学历、身份就骄矜自得的。相反，这些刚刚进入师大的"青教"，大都高调做事，低调为人。

我们的现代文学老师钱振纲就是一位格外谨慎低调的人。钱老师 1985 年于山东大学中文系毕业，导师是孙昌熙先生，那天由王富仁老师领进教室介绍给大家。王老师说：这是我的山东老乡，大家多关照啊！说完呵呵地笑，钱老师也随之不好意思地笑，倒好像是王老师的研究生一般。

钱老师是一位十分严谨求实的老师，治学上言必有据，加之性格忠厚严肃、不苟言笑，接王富仁老师的课，不能不说是有压力的。因为王老师授课激情澎湃又逻辑严密，大开大合之间，历史已经越过了千山万水，这与钱老师的谨慎小心迥然不同。刚刚在王老师的课堂上沉醉过，同学们一时间还多少有点不适应。于是，课堂气氛慢慢有了点变化，先前的热烈逐渐转为沉闷，曾经的主动参与也变为消极躲避。细心的钱老师显然也发现了这一点微妙的改变，不过他丝毫没有批评，也没有烦躁，反而是更为认真地备课、讲课，课间还常常走到同学中间征求意见：你们有什么不同的看法吗？都可以提出来，我们一起探讨吧。每当有同学对课堂内容发表不同观点时，钱老师都会非常认真地听，不会立即反驳，也从来没有流露出轻蔑不屑或者以势压人的强硬。他总是说：你这个观点也有意思，我们都再想想看，想想看。当然这也不是一种推脱或敷衍，钱老师是一个格外认真的人，回过头他真的就会去查找资料，重新提出更合适的论述或者一一回答那些疑问。其实，有的同学的问题他自己也不一定想清楚了，就是那么即兴一说，但钱老师一律郑重其事，绝不马虎。几周下来，大家都开始在心里为之折服了。

新时期的中国现代文学史课堂，开始输入一些新的视野和知识，例如，夏志清的《中国现代小说史》、司马长风的《中国新文学史》。这两种史著，让我们知晓了一些新的作家作品，认知框架也因此大有不同。王富仁老师授课是以点带面，仅鲁迅一人就足足讲了半个学期，其他好多作家都只能点到即止，寥寥数语带过；钱老师的严谨决定了他的另外一种风格，既不离文学史教材太远，又努力增加新的课程内容，让我们在稳妥有序中掌握更多的文学史知识。当时，人民文学出版社推出了张爱玲的《传奇》和钱锺书的《围城》，钱老师兴冲冲地在课堂上广而告之，并表示他家离出版社不远，愿意为大家购买图书。于是，连着好几周，钱老师都提着沉甸甸的两大包书穿过北京东西城，为大家捎来这新鲜出炉的文学著作。

钱老师90年代后期在职读博，师从王富仁老师，与我成了同门师兄弟，于是，这"辈分"就有点乱了，待我新世纪回到师大工作，我们又成了同一个教研室的同事。以后见面，我始终以当年的"钱老师"相称，只是钱老师坚持以师兄弟视我，一来二往，也增添了另一份亲近。

三

1997年，王富仁老师在《战略与管理》上发表了一篇很长的论文《影响21世纪中国文化的几个现实因素》，其中提出了一个重要的判断："20世纪末叶中国教育制度中发生的最巨大、有最深远文化意义的变化是研究生招生制度的确立。""研究生在受教育阶段完成的是从'学习'到'研究'的过渡。'学习'是重要的，但对于一个研究生，它不是目的。如果'学问'产生不了'思想'，'学问'对他是无用的。他的'思想'不是由他学习所得的'学问'自身所有的，而是他自己的思维活动的结果。它不是选择性的，而是创造性的；不是二元对立的形式，而是多元生一的形式。他做的主要不是在原有的正确与错误、好与坏、善与恶、有价值与无价值之间进行的平面选择，而是在众多有相对合理性的文化成果的基础上进行自己的独立创造。"① 在那些年轻的研究生教师身上，我们感受最深的就是这样的创造性，是他们突入中国学术前沿的发现让我们目睹了这个熟悉的世界的诸多惊喜，激发了我们由衷的好奇，也示范了独立思考、独立创造的可能的路径。

作为当代文艺思想的挑战者，童庆炳老师所率领的团队以集体冲锋的姿态不断在本科生里造成惊呼般的效应：王一川老师的"审美体验"、罗钢老师的"中国现代文艺思想与西方文学理论的汇流"、孙津老师的"基督教与美学"，以及 80 年代最后毕业、就要留校任教的陶东风老师的"文学批评"，莫不如此。

但最让我们意外和惊喜的却是古代文学专业年轻的研究生们。在一般人的印象中，古代文学的知识系统与价值传承天然与现代文化的发生构成某种历史的隔膜甚至冲突，直到今天，依然存在古代文学是中华文化当然的象

---

① 王富仁：《影响 21 世纪中国文化的几个现实因素》，《战略与管理》1997 年第 2 期。

征,而五四新文化则是传统的破坏者这样的说辞。其实,就像王富仁老师所深刻指出的那样,真正的文化创造恰恰是走出了二元对立,是在古今中外的巨大历史情景之中展开的自由思想与自由创造。在这里,每一个从师大学术传统中受到教育又成长起来的学子都可能有着深深的感激,因为我们所接受的基本传统文化教育从来就没有制造过文化的割裂与文明的对立,宽阔的视野和自由的创造是深植于师大沃土的学术品格,今天所谓的"章黄国学"同时包含着传统小学的功力与现代民族关怀的情志。

1984年10月,王富仁老师的博士论文答辩在师大举行,这是新中国历史上第一次中国现代文学博士学位论文答辩,出现在答辩委员席上的专家既有现代文学的权威唐弢、严家炎、王士菁,也有古代文学的权威郭预衡、民间文学的权威钟敬文,这就是师大学术的格局和气度。郭预衡先生是中国古代散文研究大家,自称"平生为学,服膺鲁迅",传说他招收的古代文学研究生,入学以后都必须通读《鲁迅全集》。

当年,担任师大中国古代文学课程的研究生老师就为我们展现了这种迷人的师大风格与师大气派。谢思炜老师讲授唐宋诗歌,论及杜甫的自传诗,他扩展到中国和西方的自传诗传统问题,令大家眼界大开。他对西方的阐释学和文本细读也时有借鉴,讲起李商隐脍炙人口的《夜雨寄北》,他提出了一个问题:古典诗歌往往都是惜墨如金的,有时同一字出现两次都会被当作败笔,而这里诗人却让"巴山夜雨"四字重复了两次。这是为什么呢?是作者诗才的匮乏吗?大家立即精神一振,洗耳恭听。来自川东巴山之地的我,对这首诗歌所描写的"夜雨"场景是再熟悉不过了,听谢老师细细道来,更感到亲切别致,大受启发。记得那一天,谢老师通过诗歌语言修辞的剖析告诉我们,正是因为这四个字的重叠,李商隐尽现了人生命运的重复与回环,这就从时空的叠印变化中呈现了人间的悲欢离合,是诗意的"镜像之美"。

李真瑜老师讲授明清小说,他以市民文化的视角解读《西游记》,还原了猪八戒所代表的世俗欲望与市民情趣的现实基础,也是我们闻所未闻的解读。李老师还生动地描述了他家对面的一座酒楼,日日见其宾客如云,肉山酒海,起初厌恶反感,久之则处之泰然,于是慢慢悟到"饮食男女"不过就是人类由来已久的习性,并无什么不可理喻之处。可谓是一句话道出了市民文化的真谛。

给人留下深刻印象的还有郭英德老师,他为我们讲授元代文学时,关于元杂剧的论述引起了我们这批戏剧爱好者的浓厚兴趣。当时的课代表是魏崇武,我们偷偷商量,能否请郭老师为我们对比讲一讲元杂剧与西方古典戏剧如莎士比亚戏剧。当然，我们也知道，这个要求可能比较苛刻，因为郭老师是专门研究元代文学的，他没有义务也很可能没有时间再去考察西方戏剧，比较文学更不是他的研究方向。没有想到的是，在魏崇武大胆请求之后，郭老师竟然十分爽快地答应了。在约好的一个周五的下午，我们一行数人按时来到位于主楼6楼中文系的古代文学教研室，郭老师已经提前端坐在办公桌前等候了。也没有多余的客套，郭老师就操着一口福建普通话开讲了，他自由穿梭于中国文明与西方文明，深入浅出，旁征博引，娓娓道来之间，一幅中西戏剧文化的精彩图画徐徐展开。令人惊讶的是，他对西方戏剧，特别是莎士比亚戏剧的了解和熟悉，丝毫不亚于元杂剧，而且因为比较文学视野的引入，传统中国的文化与西方的文化都获得了前所未有的开掘和发现。这一场"学术小灶"进行了两个小时。郭老师讲毕，我与魏崇武相互对视，暗自赞叹，没想到在古代文学的课堂上还会有如此惊喜的收获！

从此以后，在我寝室的个人书架上，除了现代诗歌和鲁迅作品的收藏之外，也悄悄增添了元代文学的内容，而我的朋友魏崇武则在本科毕业后考取了北京师范大学元代文学大家李修生教授的硕士，硕士毕业后，再投郭英德老师门下，成了元代文学与文献研究的博士。如今的魏崇武也是师大文学院一名优秀的古代文学教授，指导元代文学方向的博士、硕士研究生。我推崇五四，他热爱古典，我们学术方向有别，但从来没有觉得彼此有过明显的文化对立与精神隔膜，他对我们当年共同的本科老师王富仁同样深怀敬仰，就像我对他的元代文学方向依然兴趣盎然一样。后来我们每每相见，还不时提到郭英德老师当年课堂上的种种，也会忆起当年中文系古代文学教研室中的那堂小课，尽管80年代的主楼早已经不复存在，而我们也都年过半百，面对一个全然不同的世界了。

我们都是"研究生"

一

从1980级到1984级，师大中文本科教育都是五年制。这样的制度在当时设计之初有过什么样的考量不得而知，但是与今天的教育学制相比，专业课程时间更长、学生自主学习的机会更多，却是毫无疑问的。在本科毕业时召开的就业大会上，负责老师都用"准研究生"来激励大家，至少在那一瞬间，我们也多少有点自命不凡的感觉了。

那个年代，出现在本科生课堂上的都是中文系最优秀的师资。除了一批刚刚硕士、博士毕业的青年教师，主力担纲的还包括一大批于60年代中文系毕业任教的中年教师，他们学问扎实，学风稳健，如古代汉语的崔枢华老师、现代汉语的李大魁老师、语言学概论的岑运强老师、古代文论的李壮鹰老师、写作学的侯玉珍老师。50年代毕业任教的老师则已经是学术带头人了,他们也亲授本科基础课,例如先秦两汉文学的聂石樵老师、邓魁英老师、韩兆琦老师,古代汉语的许嘉璐老师,外国文学的陈惇老师、陶德臻老师,当代文学的刘锡庆老师,儿童文学的浦漫汀老师、张美妮老师,中文工具书使用法的祝鼎民老师,甚至更资深的前辈启功先生、钟敬文先生、陆宗达先生等都还不时举办讲座。这些国内中文的大师级人物、优秀学者从根本上提升了80年代大学教育的境界,真的让一批本科生找到了"准研究生"的感觉。

那时,师大中文系的研究生教育是怎样的呢?可能不同的学科、导师各有特点吧,不过在当时我们的口耳相传中,最有名的说法还是"放羊式",据说并没有一成不变的课堂教学,导师对研究生的指导主要是在谈话、聊天中进行,当然这样的谈话也是不定时、不定点的,常常临时起意,随机而行,甚至主题也不固定、不预设。杨占升老师带领王富仁、金宏达赴史家胡同求教于李何林先生时,可能还有相对确定的时间安排,而王富仁老师在80年代后期自己指导硕士生的时候,就完全没有固定的课程了。后来,有其他高校的学者向王老师讨教指导博士生的经验,咨询都应该开设哪些课程,王老师哈哈一乐:都考上博士生了,还需要我上课吗?直到千禧之年我再回师大,师从王老师读博,因为已经熟悉当时常规的研究生培养规则,所以对课程的按时完成相当重视,但是王老师还是没有开课的意思。学期结束,我未免心中忐忑,找到王老师主动询问课程与成绩的事情,王老师说得轻描淡写:你交两三篇论文给我,我根据你的论文打个分数即可。于是,我赶紧上交了早已经写好的几篇论文,王老师翻了翻,一篇名为《论"学衡派"与五四新文学运动》,他说:这一篇就记作"中国现代文学思潮"的课程成绩吧。另有一篇谈穆旦诗歌创作的则记作了"中国现代作家作品研究"的成绩,最后一篇《中国现代文学史课程改革刍议》让老师犹豫了一会儿:哎呀,我们也没有教育改革之类的课程啊,这一篇就算啦,有两门课的学分就够了!虽然我对师大中文系的研究生教育方式还算了解,但也没有想到它一直坚持了二十来年,当时还是有点意外的,更没有想到的是课程成绩甚至课程名目还可以根据学生上交的作业情况灵活确定。80年代的教育传统一直延续到新世纪初年,在我已经重回师大工作之后,才开始调整和规范起来。

  新时期之初,师大中文系研究生课程教育的这一模式当然不只是属于现代文学专业,教过我们唐宋文学的谢思炜老师也是出身师大的研究生。他在回忆中提到,师大古代文学导师对学生的指导是具体的,不过"我们那个时候上课是不太多的，也不像后来规定你必须要修多少学分，必须得开多少课。这种要求当时都不是很死。老师就是布置一些这学期要读什么，最后每学期都要提交一些读书报告、小论文"。"那个时候老师指导我们更主要的一个方式就是和我们讨论问题，我们如果有什么问题也随时都可以问老师。像启先生，他有什么想法都会跟我们讲。这种方式对于学生来讲是很有帮助很有收获的。你会经常接触老师，去讨论各种各样的问题，而且老师也经常会想要听听我们的看法，听听我们对问题的了解，也会让我们介绍一些学术上新的观点。没有什么固定的讨论，都是一些日常性的交流，老师也没有要求你必须什么时间要来参加讨论。"[1]

没有了程式化模式的约束，师大中文系的研究生教育实际上就是以最灵活多变的方式对人的兴趣、思维的激发，是思想在日常性的滋养中发展，是创造能力在思想的激荡中增长。没有固定的时间，因为自我的成长随时都可以开始；没有确定的地点，因为生命的感悟需要灵活多变的环境；没有管理制度的僵硬规则，因为人的发展各不相同，研究生、本科生、进修生、旁听生都可能出现蜕变的

---

[1] 谢思炜、杨阿敏：《读书问学四十年——谢思炜教授访谈录（上）》，《名作欣赏》2022 年第 4 期。

要求和机缘。是的，师大的教育开放曾经给许多人一种平等的机缘，让他们得以越过层层的关隘，直接受惠于名流大师的熏陶和关爱，让中文教育史上我们这些特殊的"五年制本科生"也大受鼓舞，一度产生了"准研究生"的幻觉。

二

我们都是80年代与老师们频繁交谈的受益者，现在想来，这种旁听交谈或参与交谈所获得的信息量可能要远远大于今天"教育规范"之后的研究生课程，它的自由、灵活，它对个性化思想及人的情绪情感状态的宽容，更是后者难以呈现的。

当然，这样的情形能够出现，最基本的条件就是老师的思想交流得允许本科生加入。无论是在家里还是在其他场合，老师都愿与这些年轻幼稚的孩子分享思想，没有轻视他们；学者也胸怀宽广，没有把自己封锁在自己营造的小圈子之中，学术交流不分年龄、身份，一律平等。我不知道今天的专家学者是不是都有这样的雅量，但至少在80年代，在我们师长们眼中，这些行为都是理所当然的。80年代初，启功先生家是谁都可以敲门而入的。1978级的赵晓笛就曾回忆说，在不胜其扰的时候，启功先生可能阻挡社会上的造访者，在大门上贴出"大熊猫，病了，请勿干扰"的字条，但对本科同学的访问却不会拒绝，他还不厌其烦地为毕业的同学一一题字留念，"我们毕业时，许多同学登门求字，启先生都热情接待，还根据每个学生的毕业去向，选择不同内容的题词，加以勉励"①。直到我们的大学时代，都还有机会贸然闯入先生的家中。

中青年老师，特别是那批刚刚毕业任教的研究生老师，更是对学生来者不拒。在80年代如火如荼的思想启蒙浪潮中，在师大校园的许多简陋的教师公寓里，到处都围坐着一群一群的大学生，他们认真倾听老师们的精辟论述，也不时斗胆提出自己的见解，或相互辩驳之后，祈请老师的指点，探寻更有深度的答案。这种求知求真的执着和主动，已经远远超过了本科课堂的学习，就是90年代以后日渐成熟和规范的研究生课堂讨论也可能无法比拟。因为前者更带有一种由衷的激情，是发自内心的不可遏制的精神的求索、灵魂的探险。85级本科出身的作家杨葵始终记得蓝棣之老师家的聚谈在学生中所造成的精神震动："蓝老师家里，经常坐满一拨又一拨的学生，从早到晚。

---

① 赵晓笛：《启功先生对北师大78级学生的厚爱》，载周星主编《岁月静好，情谊悠长——北京师范大学中文系78级3班40年记忆》，自印，第210页。

和我同寝室的一个同学,一天深夜回来,脸上放着光,问他哪儿打了鸡血,答曰刚在蓝老师那儿长谈。那一夜,这位同学翻来覆去睡不着,神经病一样地反复念叨:蓝老师了不起。"①

思想交流只是自我发展的第一步,迈出了这一步,个人的成长也就有了不可逆转的趋势。今天的大学生,可能在一开始就被假定为基础知识的接受者,根本与学术的创造无关,只有到硕士研究生阶段,才有了一些个性化的期许,进入博士研究生之后才被赋予了创造的使命。而80年代的大学教育,则显然没有这样的标准化程序,老师常常将所有走近他学术领域的学生平等对待,直接从本科学生中物色、发掘和拔擢优秀的学术苗子。受到老师的鼓励之后,本科学生也信心满满,很早就立下雄心壮志,试图在自己喜爱的学术领域中一展身手。这里最重要的可能还不是时间和教育阶段上的跨越,而是一种学术心性的"养成"。当学术之路不再是个人学习的一种程序化选择,不是未来就业压力的一种解决方式,那么其作为个人理想的意义就得到了更多的保留,它首先关乎自我的兴趣、情感的关切,以及生命的目标。在大学,我们常常以羡慕的口

---

① 杨葵:《新街口外大街十九号》,载《过得去》,广西师范大学出版社,2018,第73页。

吻谈论那些才华横溢的同学,例如陈雷对现代新诗的评论如何得到了蓝棣之老师的褒奖——他本科三年级写下的关于冯至诗歌的论文被蓝老师推荐发表在《中国现代文学研究丛刊》上,低我们一个年级的同学杨葵也在《中国现代文学研究丛刊》上发表了关于卞之琳诗歌研究的论文。《中国现代文学研究丛刊》对今天的中国现代文学研究生来说,是高不可攀的核心期刊,但对80年代的大学生来说,却是完全有机会崭露头角的阵地。每当议及陈雷、杨葵,大家只有赞叹,没有嫉妒,因为这学术上的成果一时也无法转化为看得见的利益竞争,更多的还是个人思想与才华的自由展示。学术,只有在纯粹才华的自我欣赏之中,才会给大家带来情感的愉悦。除了这几位早慧的青年学人,我们前前后后的同学徐可、余翔、魏崇武、过常宝、张生、魏家川、叶世祥等也都是少年才子,英气逼人,而1985级的一批诗人则簇拥在蓝棣之、任洪渊老师的周围,最后形成了当代诗坛上"霸气侧漏"的"新口语诗派",当然也都是这一教育氛围的正常结果。

三

不仅是课外的思想交流,就是原本规范严谨的大学课堂,也因为有这一教育氛围的存在而显得与众不同了。

大学一年级的课程以写作、古代汉语、现代汉语及文学概论为主，总体上还是规则清晰的，与刚刚从中学课堂走过来的我们的想象差不太多。但是，进入二年级，情况就大为不同了，因为现代文学课带来的思想冲击，慢慢地，似乎我们的认知方式、学习方式也逐渐开始了蜕变。

最大的一次震惊出现在大学二年级上半学期的现代文学课的考试中。应同学们的要求，主讲教师王富仁专门安排了一次考前辅导。本来这也是师大中文课的常态，老师们平时授课大多十分严格、一丝不苟，不过临到考前，一般都不会故作矜持，以莫测高深的姿态令大家精神紧张，他们大多会安排一次考前辅导或答疑，其实就是划定一些考试范围，让大家放松心情、轻装上阵。每当这个时候，平时不苟言笑的老师也都和颜悦色，对同学们的刨根问底一一作答，对那些明显旁敲侧击的试探微笑回应，也不回避适当的暗示和指引。这一天，王老师的考前辅导也吸引了同学们，大家一如既往地准备好了各种各样的推测和试探，打算在答疑环节连环发问，捕获最充分的信息。然而，就像他的"启蒙第一课"那样，王老师再一次让大家震动不已。

那天，在全班同学热烈的目光中，王老师不疾不徐地走上讲台，翻开一个笔记本，微笑着看了看台下，然后有条不紊地开始了介绍。他并没有和其他老师一样，反复说明考试的意义、回顾学期的重点等，而是直截了当地交代起了现代文学考试应该掌握的题型，包括史实填空、名词解释、简答与论述四大板块，然后继续推进，有哪些史实我们可以进一步熟悉，哪些名词解释值得强化记忆，哪些文学史常识可以简要梳理作答，又有哪些重要的论题需要我们认真思考、详尽展开。一开始，大家还只是飞速记录，生怕漏掉了什么暗示，结果发现，这里根本就没有任何多余的暗示，有的只是简洁明了的陈述。到后来，大家反而有点不敢相信自己的耳朵了：从数量上看，几乎就是一套完整的"真题"。可能吗？王老师的期末考试可能如此宽松吗？待全部问题道完，大家面面相觑，不知道是该热烈鼓掌还是继续发问，以释心中疑虑。王老师好像猜中了大家的心思，轻轻地合上笔记，讲出了最后的要求：就是这些问题了，需要大家在考试中认真回答。题目都不难，你们尽可以放下包袱，尽情发挥。如果能够抛开死记硬背，不受教材观点的束缚，特别是能够提出与我上课所讲的不一样的思想，那就是大家本学期最大的收获。这一句总结真的是掷地有声，言至于此，好像所有的试探、推测都失去了意义，自己的思想、自己的创见，这就是最后真正的考试，连对老师讲述的习惯性背诵都被轻轻地推开了，而我们也再不好意思向此时此刻的王老师"套题"了。这样的考前辅导如此温暖体贴，却又如此严肃认真，它的公开、它的大胆、它的独创、它的严谨，可能在我们的考试史上都是绝无仅有的。

王老师说完，在同学们的欣喜、感激，以及一时还难以表述的新的忐忑中离开了。接下来的那几天，则是我们既兴奋又忙碌的日子，大家都纷纷钻进图书馆，查阅各种资料，尽快努力充实自己，期望在最后的考场上一展才华，赢得老师由衷的青睐。虽然依然忙碌不已，但是与其他的考前状态不同，这次没有了莫名的焦虑，反倒多了几分内在的激昂、几分深切的期待。也是在那一次，我认认真真梳理了对现代文学的思考，勉力提出了一些大胆的概括和自认为还算新颖的设想，最后得到了进大学以后的第一个高分：97分。少年人年轻气盛，后来还向王老师发过问：这3分都扣在哪里了？那时，王老师已经对我相当熟悉了，他不假思索地回答道：这还用问吗，怎么可能给出100分呢！

师大的真性情

一

就像我曾经说过的那样，部分知名高校的学者身上有时带有一些"名流气质"，即便是谦和的态度，也难掩不可言说的矜持与距离。这里成因复杂，倒不一定真是有多么的傲慢。距离可能是基于某种认知的巨大差异，矜持也可能是源于人与人之间本能的戒备和自我保护，原本都是可以理解的。不过，80年代我们熟悉的师大老师，却自有一份本真的性情，真率，自然，更多平实的亲切，更少故作的高深。这里，或许有一种师范教育与生俱来的平民范儿。

钟敬文先生是中文系最年长的学术大师，我国著名的民间文艺学家、民俗学家、教育家、诗人、散文家，曾任中国民间文艺家协会主席、中国民间文艺家协会名誉主席、中国文联荣誉委员，亲手建立了民间文艺学与民俗学两大学科。我们在校之时，他已经年逾八旬，但鹤发童颜，精神矍铄，有"人瑞"之相，据说80年代初还常常搭乘公交车找诗人朋友如聂绀弩等喝酒聊天。虽然钟先生在中文系首先是学科创立者、大学者，但他自己却更愿意以诗人自居。相传先生生前表示，在他去世的时候，希望能够在墓碑上写上"诗人钟敬文"几个字，可见诗人的性情才是他心系神往的所在。诗人的真醇、率性和坦诚是先生为人处世、待人接物的基本方式。我们在校的时候，钟先生以八旬高龄全力推进中文系的民俗学学科建设，常常在早上散步的时候构想一些必须要做的事情，一旦有了想法，就径直迈向学生宿舍，找人商量实施。先生往往起得很早，学生宿舍都还大门紧闭。这突然驾到的老先生不仅让尚在梦乡的弟子手忙脚乱，就连看守大门的老校工也惊诧不已。先生还喜欢郊游，在节庆日聚会。每到春天，就会临时起意：走，我们春游去！于是叫上他的十几个学生，自己租车、带饭，一起奔向郊野。散步是先生重要的日常活动，不仅起早散步，有时候伏案工作到下午，感到比较累了，也会在三四点钟找个学生一起去散步。那个时候，先生总是穿戴整洁，或穿大衣或穿中式对襟上衣，手执拐杖，在校园里徐步而行，路遇中文系学生，则停下脚步颔首微笑。

启功先生是国宝级的大师,声名显赫,高山仰止,但有机缘接近他的人,都绝不会产生高不可攀的自卑,因为他会同你打趣,逗乐,一派童真。他为1978级的毕业同学题字留念,1978级的李军回忆说:"启先生在给我的赐字上落款'启工'。我很诧异,问为何不用'功'而用'工'?先生纵怀大笑:'你是军,我是工,工人对军人嘛!'"① 为研究生开课时他有一门课,涉及中国古代社会文化的丰富内容,却不是一般教科书上能够看到的,令人眼界大开,这叫什么课呢?启先生自行命名为"猪跑学",取义源自俗语:没吃过猪肉还没见过猪跑吗?② 启功先生的书法求者甚众,以先生的宽厚豁达,大概在那时也应承居多,拒绝偏少,不用说师大校内"字尽其才",各种大小楼宇、学院系所、商店食堂,全是启功书法,就是京城大街小巷乃至祖国各地,"启功体字"也是四处可见,从国家单位、高级宾馆到理发汽修,应有尽有。有一次,我们还看到一处小巷里的铁匠铺也赫然高挂启功题

---

① 李军:《乐育教行堪世范,励耘奖学惟吾师》,载周星主编《岁月静好,情谊悠长——北京师范大学中文系78级3班40年记忆》,自印,第70页。
② 谢思炜、杨阿敏:《读书问学四十年——谢思炜教授访谈录(上)》,《名作欣赏》2022年第4期。

匾。据说这些市面招贴鱼龙混杂，真迹有限，赝品多多，从文物市场到街头地摊，都有不少专门伪造启功题字的贩子，我们都觉得有些无奈也有些遗憾，认为这至少会部分损害启先生的社会形象。但是，每当有师大老师对此愤愤不平，严词劝说先生拿起法律的武器维护自身的合法权益时，先生总是眯上眼睛，笑嘻嘻地看着他们，不置可否。其轻松通脱，倒好像他也是作假的知情人。有一次，有人从潘家园市场淘得100元一幅的启功书法，转折呈送先生鉴定，先生端详了一番，居然连连称赞：写得好啊，写得好啊，其实比我写得更好啊！

二

师大中青年老师多为适性任情之人，尤其是活跃在教学一线的老师。

研究生毕业留校的老师常常与学生打成一片，赤诚相见，毫不造作。童庆炳老师不仅自己很喜欢向学生袒露心扉，他麾下的几位博士老师也是如此。有一位已经蜚声学界的青年教师喜欢到本科生宿舍来玩，常常坐在脏兮兮的男生寝室里聊西方文学。有一次聊得忘了时间，有学生赶紧去食堂打来饭菜，他也毫不客气，接过饭盒，津津有味地啃起排骨来。这是当时六毛一份的红烧排骨，学生食堂最贵的一道菜，大家平时都舍不得买。不过，显然他对聊天内容的兴趣还是大于排骨，他一边啃骨头一边还继续神侃马尔克斯，最后扒拉几大口饭后将饭盒往桌上一推：可以啦，不吃了，谁愿意吃继续吃吧！我看了一眼那剩饭里趴着的几块大骨头，心想，唉，可惜了可惜了，现在谁还好意思接着吃呢……当然，这是他不拘小节的地方，并没有人认为他这是刻意地轻视大家。有好几次黄昏时分，这位知名学者从图书馆出来，打算钻进学生澡堂洗澡，于是也十分自然地随意推开某一间熟悉半熟悉的寝室大门，从床下找出一个脸盆，又从挂绳上拉下一块毛巾，并不问这原本是洗脸的还是擦脚的，总之只要是毛巾就行，从不挑剔，大大咧咧地直奔澡堂而去了。

王富仁老师对待他的学生也是如此。在课下，你可以和他讨论任何问题，除了学术思想，还包括他自己的人生经历、情感历程，甚至一些敏感的伦理话题。王老师最让人惊讶的是，无论你提出什么样刁钻古怪的问题，他都能够从容应答，条分缕析，仿佛这世界的一切秘密他都了然于心，对那些敏感隐秘的部分同样如此，从不会遮遮掩掩，环顾左右而言他。但这里没有对思想能力的自夸，没有对广博知识的炫耀，而是一种对自我内心世界的毫无保留的敞开和呈现——他愿意与你共同面对意想不到的人生的话题，又以自己的生命体验来承受这一话题，以人生的过程来证实、摸索其中的奥秘；他也不自诩能一语道破最后的答案，但是却从不拒绝和年轻而大胆的学生分享其中的酸甜苦辣。80年代后期，王老师开始指导硕士研究生，他依然以这样的心态对待自己的研究生们。我的大师兄讲述过他毕业的故事：王老师带着一帮研究生在实习餐厅聚餐告别，可能大家都很兴奋，也可能大家都有点离别的伤感，那一晚喝了不少的啤酒，餐厅服务员却不断催促，说要下班了，王老师也有点喝高了，竟像那些青春叛逆的大学生一样拎起酒瓶直奔垃圾桶而去，最后狠狠地将酒瓶砸在垃圾桶里，一时间，满座效仿，一大箱酒瓶噼里啪啦之间全部化成了一堆碎玻璃！大师兄不胜酒力，已经踉踉跄跄，难以自主返回宿舍了。大家都还在商量着谁来搀扶，谁来善后，只听王老师大声说：这是小事，我身体好，我来背他！说完就蹲下身子，要把弟子背回宿舍。

古典文学专业的老师会有多种面相。

教唐宋文学的赵仁珪老师是启功先生的第一届硕士研究生，他的文学史讲述睿哲圣明，启人深思，时有对历史和经典的妙悟，更令人印象深刻的则是他的思想、情趣都深得启先生神韵，清通、旷达、自得其乐。最难忘的是学期结束前例行的辅导答疑，赵老师将课堂搬到了室外，在图书馆前的紫藤花架下觅一长廊,脱了鞋子,倚靠在廊座上随意而谈。那一天谈的是苏轼,他讲述着东坡居士的词如何"旷达"而非文学史所谓的"豪放",又言之何谓"空静"。赵老师徐徐道来,旁边围着十数位备考的学生,或坐或蹲或立,他几乎不看大家,自言自语,目光投向远方的天空,仿佛回到了遥远的北宋,完全沉浸在东坡居士的诗歌境界之中,眉宇之间似乎萦绕着一种令人神往却不可企及的超凡之气。

韩兆琦老师是50年代末毕业的学术大家,《史记》研究的权威。他是另外一种激情型的师长,在古代文学学者中尚不多见。学生中传扬着他的许多传奇故事。他为我们讲过汉代文学,慷慨激昂,声情并茂,仿佛司马迁就是他自己。遇到投缘的学生登门请教,常常一聊就是半天,滔滔不绝,恨不得倾其所有。1978级的陈仕持回忆说:"韩兆琦老师住在小红楼,我至今记得他单独为我补课的情形。韩老师就坐在昏暗的书房里,对着我一个人侃侃而谈。他告诉了我朱东润先生的主张:学古代文学,先熟读《资治通鉴》,从熟悉社会历史入手再切入到文学。接着,他谈魏晋时期的社会情势,谈魏晋是一个文学自觉的时代,谈魏晋仕子的傲气与怪癖……越谈越来劲。谈话间,他的公子催他:'爸爸,吃晚饭了!''等一会。'过了一会儿，第二次催，他又答：'你们先吃。'我很是过意不去，老师仍兴致盎然。临走前，他又站起来从书架上找出两本书给我，免去了图书馆借阅手续之繁。有一本书里录有鲁迅的《魏晋风度及文章与药及酒之关系》一文，这是韩老师指出的必读篇目。等我走出小红楼，已经九点半了。韩老师一对一地义务教学，一讲就是三个小时。"①

受这些真性情的导师熏陶，80年代走出师大的研究生也多了些率性而为的真实。90年代后期，我在一次会议上偶遇北岳文艺出版社社长杨济东先生，济东兄虽然年届中年，却直言快语，无遮无挡，童心毕露，言谈举止一下子就把人拉回到了80年代的师大宿舍，一问之后，方知他就是80年代的师大古典文学研究生，师从韩兆琦先生。那天，我和济东兄一见如故，有一种"基于师大气质"的认同感。晚上，我们聊到了许多80年代他们研究生宿舍的往事，最"辉煌"的场景叙述是关于他们挑灯夜战，奋笔疾书，如何为中国文学的"重大"问题夜不能寐。他说，自己终生难忘的记忆是与一位博士同学同舍而居，天天目睹他抨击文学时弊的激昂。一个炎热的夏夜，他一觉

---

① 陈仕持：《在师大感受师德的温暖》，载周星主编《岁月静好，情谊悠长——北京师范大学中文系78级3班40年记忆》，自印，第15页。

醒来，却见室友赤裸上身端坐案前，还在奋力耕耘，狭小闷热的宿舍，激情难抑的论述，让这位室友浑身上下大汗淋漓。

三

记得很清楚，我们刚刚跨进师大校门没几天，就有负责思想政治工作的老师召集全年级开会，强调大学生守则，其中特别意味深长地告诫大家：大学，是不鼓励恋爱的。在那个历史过渡的年代，青少年的情感生活还是一个有争议的问题，所以师大也不能不有所约束，不过，何谓"不鼓励"？这模棱两可的说辞显然也就是一种例行公事的告示而已。事实上，专业教师出身的班主任老师恰恰十分关心我们的情感生活，尤其是母亲般的侯玉珍老师，她颇为操心这批男生女生的交往友谊，衷心希望他们当中的有情人能够尽快牵手成功。女生追求男同学失败了，都会在第一时间向侯老师倾诉，侯老师也帮着出谋划策，寻找弥补撮合之道。到了三年级，有几个大男大女还是形单影只，侯老师的焦急程度可能不亚于当事者本人。凡是有热心人牵线搭桥，促成同学间的姻缘，她都乐见其成，鼓励有加。

不过，有一次侯老师却为此而生气了。

那是某一年的4月1日,在西方是愚人节。也不知是谁的恶作剧,班上几个单身男女都同时收到了一张小字条:今晚六点,请到主楼背后的小树林一会吧!没有署名,但是亲昵的语气足以让人陷入美好的遐想。聪明机智的同学暗自思虑之后,都最终放弃了。不过,真的就有那么一两对"实在"的男女按时前往了,而且出发之前都还梳头着装,特意收拾了一番。最终大家都被这场恶作剧弄得很尴尬,自然也就不会有什么意外的喜讯。知情不知情的,相互逗乐打趣一阵,这事也算过去了。没有想到,有同学向侯老师诉了苦,表达了受人愚弄的委屈。侯老师相当重视这件事,先后好几次找到她有所怀疑的人,严厉批评。当然大家早就了解侯老师的苦口佛心,也没有人觉得有太大的压力。今天回想起来,可能才略略可以推测其中的含义,侯老师应该是比这些没心没肺的顽皮人更加看重这一份男女之情的真实和可贵,不容许有半点的轻佻和亵渎。

有的老师也不打算回避自己的情感生活,并视作美丽的文学故事向大家讲述。最知名的便是任洪渊老师。任老师天纵英才,但命运坎坷,人到中年才遇到了令他心旌摇曳的爱人,"我一进教室就看见了这双眼睛",四目相对,"就在那相视的一瞬间,在她的眼睛里,我看见了黑陶罐里最早的希望,也看见了自己:一个千年前殉葬多余的活生生的俑。我感到了发自自己生命最深层的巨大震动。当时我觉得,不仅是我,还有那么多美丽过世界的女性,都从时间的暗影下注视着她","我的未到二十岁就已经衰老的生命,在快要四十岁的时候,突然开始了第二个二十岁"①。这何止是人生的转折,生命的涅槃,简直就是创世般的圣境。他不断在自己的诗歌中深情地书写她的形象,在课堂上重复这个圣洁的名字:FF。她那"梦幻的额角""蒙娜丽莎的笑"都不断散发出迷人的光彩,让全年级恋爱的、失恋的、憧憬爱情的少男少女永远迷离,长久沉醉,由此生发出关于爱,关于人生,还有生命的奇异的想象。对于80年代中期的师大中文系学生来说,任老师与FF的故事就是一个永远的传奇,是自我成长的深刻的记忆。

直到现在,当年毕业于师大的学子还不时谈起任老师,而任老师记忆的重要亮点就是FF,那是现代汉语诗歌中的蒙娜丽莎,是青春永驻、梦境永在的标志,是一代人的性情的底色。三十多年过去了,我们都走过了青春的岁月,在年过半百的时分面对了一批又一批的同样青春的

---

① 任洪渊:《任洪渊的诗》,北京师范大学出版社,2016,第215—217页。

孩子，只是，不知道为什么，好像今天的学子少了好些我们那个年代的青涩和痴迷，显得更加成熟和理智。有一次，听到我无意间讲起过往的种种，他们甚至有点讶异和不解：80年代的你们，怎么会如此的简单和幼稚？！

每个时代都有它的氛围与风尚。有学生问：为什么你们会有这样的风尚，这样的师生关系？可能这个问题并不容易回答。不过想到任洪渊老师和他的FF，我就知道，我们至少应该是多了些理解，因为就是这些走过历史转折年代的老师们，尽力为年轻的一代保存着他们曾经失落过的最珍贵的理想。因为曾经失落，所以倍加珍惜；因为珍惜，所以愈加绵密悠长。而我们，这些在80年代长大的一代，也因此受益，再不容易那么千人一面，那么老成持重了。

蒙学记

文学如水

求学应该是人的本能，与社会、时代的风潮没有太大的关系。因为人究竟还是群居的、社会性的动物，单靠个人的努力根本不足以应对生存的挑战，所以必须得尽快学习，向他人，也向已经形成的传统求教，以便能够更快汲取经验，及早适应各种环境的要求。今天的孩子早早地被父母家庭寄予了太多的期望，所以学习负担很重，他们常常感叹，还是六七十年代好啊，自由自在，不用学习。也有少数学者似乎要"反思"新时期以来的文化变革，有意无意地夸大教育对外开放的负面影响，想象性地描绘六七十年代"教育革命"的美好，这可能都是莫大的误会。

我出生于1966年，经历了那个年代的典型的生活，包括求学。我想说的是，即便在那个"读书无用论"流行的时代，普通人的求学依旧是必不可少的，因为这是我们

红宝书时代

的"类本能",不过求学的故事也是别有一番滋味,酸甜苦辣尽在其中。

一

如今,许多家庭都是从小就为孩子备好了各种读物。孩子愿意看书,是父母莫大的安慰,至少会觉得比沉迷电子游戏、手机电脑之类让人放心。所以一般来说,只要孩子不反对,家庭图书是不会缺少的。但是,我们那个年代却有所不同。从我能够记事的时候开始,就知道家中是没有什么书的,搜罗殆尽,中国的有两本残缺不全的郭沫若的《少年时代》《洪波曲》,外国的只有俄国作家冈察洛夫的《悬崖》和苏联作家波波夫金的《鲁班纽克一家》第一卷。它们一律都是卷曲泛黄的书页、破损的封皮,摸上去有一种黏糊糊、冷冰冰的感觉,叫人望而生畏。除了郭沫若的《少年时代》,其他的书没见家中有人捧在手里读过。70年代初批林批孔批宋江,我家中又多了一套《水浒全传》,还见过二舅读过的郭沫若的其他自传,后来就找不到了,其他所谓的中外文学名著,从未见过,也根本就不知道有这么回事。我的家庭谈不上书香门第,但父母两边的家族也还是受过较好的教育。祖母是昔日湖南省立第一女子师范学校的毕业生,曾经跟随武汉大学中文系

我的二舅

毕业的祖父走南闯北；父亲是50年代初期重庆大学机械系的夜大生，母亲中专毕业；外祖父1949年以前上过高中和会计学校，二舅则于60年代初毕业于四川师范学院，这仅有的两三本文学书也是他从当时任教的重庆文星场中学图书室借来的。这样的家庭不能称作底层平民，按照五六十年代的标准，也肯定属于"知识分子"了，但是的确没有特意为孩子准备的图书，这可能是与家庭的各种变故有关，更可能是迫于当时的生存状况，大人的世界已经有那么多的不确定，小孩子的图书也就是相当次要的需求了。总之，即便如我们这样的"小知识分子"家庭，图书也不是生活的必需品，更不用说其他的一般市民之家了。我童年跟随外公外婆舅舅他们一起生活，在一个远郊小城区的平民社会中长大，从未见过街坊四邻家中有什么图书。

不过，读书求学却还是人的本性。我的求学故事依然在小学时代美丽地发生了。

想象历史的最大陷阱是我们其实没有真正的想象能力，一般都只能在别人的叙述框架中作些有限的延伸和补充，殊不知多样性永远是我们人生的正常状态，这是新时期结束之后一代人描述六七十年代的根本问题，无论是赞美还是批评。那个年代，有序的学校教育受到了冲击，一些科目没有正规的教材,有的主科(语文、数学)教材也经常供应不足,开学很长一段时间了还是两个甚至三个同学共用一本书;课程教学也不严格,像语文这样的科目随时都可能因为社会政治的变动而调整内容,某一次会议的召开就会让授课的进程暂停,临时更改为会议文件的学习,这都是不争的事实。然而,我们的老师同样也看重知识的学习。

又一次与通常的想象有异,在那时,激发我文学梦想的不是语文老师而是政治老师。我们的语文李老师是一位认真负责的班主任,她对班级思想的责任感更强于所任教的学科,所以印象中经常是停下语文课,改为思想教育,写作文也主要是放在思想检讨和对不良行为的批评之中。有一次,学校下发了重要会议文件,大家都因循惯例,在扉页上写上自己的姓名。唯有一个姓吴的同学别出心裁,将自己的名字端端正正地写在了封面之上,而且是镶嵌在领导人的名字之中。李老师巡视时,一眼发现,视作重大事件,立马当堂狠批,并宣布改上作文课。全班同学一齐动手,书写对吴同学这种行为的大批判文章,谁完成了谁就上讲台朗诵自己的作文,然后就可以放学回家了。记得我大约是班上第七八个写完的,也兴冲冲地上台,念了一大段对这位同学的揭发批判,中间偶然抬头,与吴同学目光相遇，那一瞬间，一道深深的怨毒之气投射过来，在我心中留下的灼痕，至今犹在。吴同学是班上一个调皮捣蛋的同学，素来不服老师管教，估计李老师是要借此狠狠地敲打他一下。但李老师却没有使用语文的方法，春风化雨，而是使用政治课的方法，立马横刀，义正词严，可能这更符合那个年代的要求。

我们的小学政治老师是一个真正的文学爱好者。那时的政治课究竟有一些什么样的要求不得而知，但我的政治课记忆却全然是美丽的文学故事。据说这位老师有家学渊源，屋里堆满了书——那是怎样的景观我当时完全不能想象，大约她成天都在读书吧，反正一到上课，她就开始讲故事，古代的、今天的，中国的、外国的，大人的、小孩儿的。我们都很惊讶，她何以有那么多的故事，好像永远也讲不完似的。老师讲故事也没有什么冠冕堂皇的解释，上课钟声一响完就开始讲，直至下课。她很有技巧，看似滔滔不绝地"小说连播"，却很有节奏感，每次下课钟声响起，都刚好是故事情节的重要关节之处，她便戛然而止，说一句：下节课我们接着讲。给我们留下了无尽的期待和想象。于是，盼望政治课，成了我童年时代的一份美丽的心情。

所有这些故事中，印象最深的是《三探红鱼洞》：某一山村的几个孩子走失在一处溶洞之中，历经种种艰险，终于战胜自然界的困难和社会上的敌人，成功获救。这样的故事显然极具传奇性，有人总结归纳人类文学史上的几种传奇模式，洞穴探险就是其中重要的一种。我的政治老师真是讲故事的天才，在缺少童话的岁月，她为我们这些孩子带来了日夜渴望的传奇。之后，在很长一段时间里，我都记得红鱼洞的传奇。读大学后当从图书馆借到这本1975年出版的已经有些破旧的小说时，我大为惊异，因为读完真正的原著，我才知道，《三探红鱼洞》其实是一本"文革"时期典型的阶级斗争小说。"内容提要"上已经介绍得很清楚了："这是一部由上海城市建设局业余创作组创作的、反映地质工人战斗生活的长篇小说。""作品通过一支钻探队在江南青莲山区为战备工程找水的阶级斗争、路线斗争和生产斗争，展开了波澜壮阔的生活画面。"[①] 什么地质工人，什么钻探队，什么战备工程，这些通通都是陌生的概念，当年我听到的故事却是儿童的洞中历险啊！原来是我的政治老师以特殊的方式改编了小说，她刻意淡化了原有的某些复杂的内容——阶级斗争、路线斗争和生产斗争，重点演绎了其中的洞穴探险故事，

---

① 程建：《三探红鱼洞》，上海人民出版社，1975。

主角换成了儿童，情节集中为探险。小说原来的内容是，地主的儿子、一个暗藏的阶级敌人为了破坏水利工程，残害革命的接班人，阴谋堵塞了洞口，企图制造杀人毁迹的惨剧。在我的政治老师的改编中，这种强烈的意识形态斗争的内容都转化成了儿童历险的一部分，因而在我们看来，并不觉得突兀，依然入情入理，听起来兴味盎然。

当代文学史家陈思和教授曾经提出过十七年文学和"文革"文学的著名的解说，那就是在大量貌似正统的意识形态的叙述中，掺杂着若干深刻的"民间叙事"，从而形成这一时代文学的潜在的魅力。这所谓的"民间"，其实就是人性中对于生活、人情的难以改变的本能需求，无论时代、社会的发展有多少要求加在我们身上，总有一些基本的需求始终潜伏着，任凭风吹雨打而不变色，作为"民间小传统"在"历史大传统"之外默默存在。我的政治老师未必有多少特殊的意图，也肯定不是那个年代的思想异端，她就是出于热爱文学的本能，阅读了不少在她看来饶有趣味的文学作品，又基于我们这帮小孩子的理解能力予以必要的加工和趣味化处理，所以最终去粗取精，创造了一个单纯的"民间叙事"。可能连她自己也不曾想到，就是这一番不大不小的努力，她不知不觉地挪开了时代沉重的思想，将其中依旧存在的灵性和生机传递了出来。

我的文学的种子，就是在这样的政治课堂上最早播下的。

二

另外一位文学种子的播撒人是我的二舅。他是中学老师，但教的也不是语文，而是数学。

那个年代，像我们这样的城市平民家庭，大概没有谁的理想是将文学当作未来的工作，但是因为某些原因，文学却可能成为一种自我的心灵慰藉，在无意中存在下来，又在不经意间影响着年幼的一代。现在想来，这可能倒是文学之于人生的最恰当的形式，顺应机缘，任其自然。

二舅是一位才华横溢、聪明绝顶的人，情商、智商皆高，思维、表达俱佳。少年时代在家里深得宠爱，也志存高远。谁知天有不测风云，二舅因为他的父亲——我的外公被划为"四类分子"而备受牵连。先是上大学受阻，只能录取最后一个志愿——四川师范学院，大学毕业后被分配到重庆郊区的一所乡镇中学任教；因同样的原因，个人爱情婚姻也一路坎坷，志同道合的女友在上级要求下与他一刀两断，此后长期单身，年近中年才被同事撮合成家。童年时代我眼中的二舅常常是忧郁地坐在椅子上，一根接一根地抽烟。当然，他也是一个努力自我调整的人，并不愿意自己的忧郁感染到家庭。他酷爱看书，也喜欢钓鱼，家中仅有的两三本小说就是他从学校借来的，估计一个人在学校生活的时候读过的书应该更多。每到周末或寒暑假，他从学校回到外婆家，都会不时出去钓鱼，每次出去也都会带上我，慢慢地我也学会了钓鱼。好几次他坐在小河边，看着静静的水面，感叹道：只有在这个时候才什么也不想啊！童年无知，我有时候还在疑惑，平日里二舅都要想些什么呢？现在才知道，钓鱼和读书是他走出忧郁的自救之路。

暑假的夏夜，是我最期待的时刻。重庆暑热，全家老少都聚在屋前的三合土坝子上乘凉。太阳刚刚落山的时候，就得往平坝上泼水降温，这样泼上三四遍，晚饭之后地面就不再烫人了。于是，大家都纷纷搬出竹椅、板凳，更高级的是铺开一张竹制的"凉床"，可以舒舒服服地躺下。小孩子们一边看满天的星斗，一边旁听大人们东拉西扯的龙门阵。这也是二舅兴致最高的时候，他见闻广博，口才又好，总是栩栩如生地讲述一些社会上的趣事。当然，最精彩的还是讲故事。他平时的文学阅读，都在这个时候被转述了出来，《三国演义》《西游记》《水浒传》，以及当时"文革"中流传的间谍故事、恐怖故事等，品种丰富。二舅和我的政治老师一样，都是讲故事的高手，能够很好地把控叙述的节奏，每每在情节转换的重要关头按下暂停键，将更多的期待留给下一次。在一些描写的细节处，他还会自作主张，自行渲染，添加一些他的想象和理解。大约就是从这个时候开始，我对文学世界的向往急剧增强。有时候，二舅的故事讲了一半就因故暂停，等到下一次续上还有好几天，在焦急的盼望中，我就开始自己想象，自己续编，在这种方式中自我安慰。二舅的叙事方式，包括表情语气让我如醉如痴，久而久之也不自觉地模仿学习。有一年，我回到重庆市区的父母身边住了几天，他们在工厂上班，也带我到了单位的技术科办公室。那里有不少的叔叔阿姨，见我这个小朋友还算伶牙俐齿，就纷纷上来逗弄，后来不知怎么我就被大家要求讲起了故事。我也不怯场，模仿二舅的口吻和姿态讲了《一双绣花鞋》，那是当时"文革"中流传很广的故事，有点惊险，也有点恐怖，是从二舅讲过的故事中特意挑选出来的。满屋的叔叔阿姨似乎也听得有趣，完了不断称赞：这小孩子真会讲，真会讲！

二舅的故事启蒙了我，点燃了我的文学梦想，但是他似乎无意让我走上文学的道路。我记得他经常说的话还是"学好数理化，走遍天下都不怕"。他自己是教数学的，讲解一道数学题就如同讲述文学故事一般生动，逻辑清晰又深入浅出，那也是一种莫大的享受。小学数学要求不高，几乎也不需要二舅的辅导，到高中以后我自己对数学也似乎有所领悟，学习上没有遇到什么困难，还时常有所心得，甚至将这些心得撰写成了小小的论文。二舅大为高兴，亲自找来硫酸纸，为我的小论文描画插图，贴上邮票寄给一家中学数学杂志。后来文章真的发表了出来，还得到了五元钱的稿费，二舅的兴奋甚至超过了我自己。看得出来，他是真心希望我将来能够走上他曾经梦想过的科学之路。在我高中即将分科的前夕，我们全家一起讨论文理科的选择，我因为喜欢语文坚决要进文科班，但二舅还是颇有疑虑，他眉头紧锁，心事重重，语重心长地说：文科受社会政治影响太多，很可能不稳定，让人放心不下。我知道，这里包含着家族和他自己的太多的往事、迷茫、辛酸和教训。

文学的发生总是出人意料的。二舅本人其实是一个很有文学天赋的人，因为特殊的时代变故，他未能顺应天赋的方向继续发展，文学成了他在郁闷的人生岁月中寻觅自救、自我安慰的一种方式。可能连他自己也不曾料到，文学不仅仅是一种无可奈何的躲避，它更是一种氛围、一种自带光环的瑰丽的境界，于无意识之中就可以打开另外的精神通道，开启谜一样的心灵世界。文学理论中曾经讨论过社会发展与文学发展的不平衡规律，文学并不是太平盛世绽放的鲜花，在多少社会动荡、人生困顿的年代，文学恰恰繁荣发达了。在我的童年时代，在自由的文学被扫荡殆尽的极左的中国，文学的需要依然如地火一般运行，我的政治老师、我的二舅就是这团"地火"的本能的呵护者，他们无所用心的精神需要，却让我目睹了它摇曳的光焰，触摸到了它奇异的温暖。于是，人类的精神价值历经磨砺，在跨越沟壑、穿越屏障后继续向前，以自己的方式完成了历史的传承。老子云："上善若水，水善利万物而不争。"其实，精神性的文学就犹如这绵柔而坚定的水，它柔弱无骨地回应着历史的挤压，却从未放弃过自己执着而坚韧的流向，纵然千山万壑，最终都将穿越而过，漫延前行，给大地以苍翠，给生命以润泽。

我在露天看电影

在我的儿童少年时代，到处都是如火如荼的文化批判，全民参与的批判让一切的文字的经典都岌岌可危。因为，在大多数的人还没有来得及看到它们、了解它们的时候，它们就已经被打入另册，遭遇了摧枯拉朽式的打击。1975年的重评《水浒传》就是这样。一夜之间，我所在的重庆远郊北碚响应热烈，中山路朝阳小学外面的大字报墙上贴满了抨击"投降派"宋江的檄文，好像这个小城的居民都成了文学评论家、古典文学家，但事实上，绝大多数的批评者根本还没有完整阅读过这部名著，更不用说我们这些小学生了。在尚未接触过文学经典的时候，经典已经被弄得灰头土脸、支离破碎了。

虽然文字的经典再也不能支撑起社会文化的传承，国家文化的输送和传导依然还会进行，只是其他的文化形式将取而代之，例如电影和舞台戏剧。

70年代，电影是国家教育和文化传导的重要形式，这并不是说电影本身有多么发达，而是说文字的经典已经遇到了太多的不确定性，电影则成了国家意识进入社会生活的主要途径。在当时，电影的意义已经远远超过了这种艺术本身，成为普通大众满足个人精神生活的为数不多的选择。透过电影的折射，正处于本能求知中的我也曲折地感受到了文学的魅力，从而也促进了文学的启蒙。

一

我小学的大部分时间是在北碚的外婆家度过的，看电影是舅舅们主要的精神生活。那个时候，电影有两类，一是免费的露天电影，一般由附近的大单位放映，时间不固定；另一类是收费的，在北碚电影院按计划上映，前者当然更受普通老百姓的欢迎。外婆家紧邻西南大学（原西南师范学院，简称"西师"），这是国家级大单位，所以时不时都有露天电影可看，算是相当幸福的事情。在我的印象中，那时放映的许多片子都还是样板戏的电影版，品种并不多，不过这却几乎是人们唯一的文艺生活内容，所以大家一律趋之若鹜。又因为电影工业并不发达，胶片有限，所以附近几个单位相互"串片"是常有的事。所谓串片也就是几个单位在一个晚上共同使用一个拷贝,这样放映电影的时间就得错开,一般一卷胶片放映约半个小时,等待传片过来的就得晚半个小时开始,以此类推。距离不远的两个单位相互"串片"没有太大的问题,如果拷贝少,参加"串片"的单位多了,就很麻烦,最后一个单位收到胶片的时候往往已经是深夜了。尽管如此,能够有电影看终究还是最重要的,所以大家都愿意等待。记忆最深的是有一天晚上,将近九点,我已经被外婆安排脱衣上床准备睡觉了,我的小舅舅兴冲冲地跑进来喊:快快起来,西师今晚演电影《红灯记》!于是,我不顾外婆的阻拦,赶紧穿好衣服跟着小舅舅往西师跑。到了操场,已经聚集了不少的人,但银幕却没有挂出来。大家痴痴地面对平时悬挂银幕的方向,或站或坐,就这样半小时、一小时逐渐过去了,却久久不见动静,也还是不见幕布。只听得周围大人们议论纷纷:究竟什么时候放映呢?今晚到底有没有电影啊?另外的人却笃定地说:肯定有!就是今晚"串片"的多,得多等等了!也有人说:不挂幕布,是因为今天人太多了,故意虚虚实实的,好让等不得的人自己离开,留下来的看起来更舒服。在嘈杂的议论声中,我实在瞌睡已极,最后连眼睛都睁不开了。也不知道还要等多久,小舅舅怕我伤风着凉,只好带我回家了。但他一直悻悻然，失落得很，走出好长一段还不时停下来听听操场那边的动静，问我：你是不是听到电影的声音了？是不是我们一走片子就来了，现在正在放映？可惜我却什么都没有听到，也因为困乏而失去了兴趣。

小舅舅与我年龄相差只有十来岁，所以好些事情都愿意带上我。他有时也去电影院看电影，不过电影院得买票，对没有收入的小青年来说，这还是一大负担。有一年，北碚电影院上映日本影片《望乡》，这是当时引进的一部日本女性题材的片子，尺度很大，激发了民众普遍的兴趣。小舅舅约好几个同学一起去看，他也想把我带上，但是多出一人就得多一份票款，他们商议多时，大约还是有点心疼钱，最后决定不买票，在进场的时候抱团而入，把我藏在人群中间混进去。于是，我跟随他们到了电影院，眼看裹挟在人群之中就要通过检票口了，不承想走在前头的人脚步太快，后面断后的竟没有跟上，一下子就把我暴露了出来，检票人员大声说：谁家的小孩？这是谁家的小孩？我吓得哭了起来，小舅舅他们也一时没了主意，又怕被工作人员抓住罚款，就这样呆在原地不敢回答。幸好这一天我五舅也去看电影，他一个人走在后面，看见情况立即跑过来拉住我：不急不急，我这里买票。但是到了售票窗口，工作人员看了我一眼，说：这是内部电影，小孩子必须凭学生证买票！我还在上小学，那时的小学生哪有什么学生证。于是，五舅只好把我带出影院，反复安慰，直到放映铃声响起。

那是我小学时代第一次独自穿过北碚城区，走回外婆家。倒不是还有多少心怯，也不是真有多少失落，而是因此对这部电影增添了极大的好奇：在那连门都进不去的电影院里，究竟会演些什么呢？舅舅们观影回来以后，都好像很兴奋的样子，有时碰在一起还议论几句，但又欲言又止，似乎不太想让我知道得太多。此情此景，是过去看样板戏电影从来也没有过的。

可能就是从这一天开始，我对电影产生了异样的感觉，第一次听说了"内部"，知道看电影竟有这么些规矩，并不是想看就能看，看了电影，也好像有保密的内容，不能随便告诉别人。

二

应该说，我真正能够看懂电影，还是小学五年级以后的事情。那个时候，我已经离开了外婆家，回到重庆市区沙坪坝的父母家中。我家在天星桥柑子坝的水泵厂宿舍，附近有两个地方常常放映露天电影，一是最近的覃家岗生产队，二是稍远的第三军医大学（简称"三医大"）。我的小学五年级和整个初高中,都和家人一起在这两个地方看了大量的电影。电影在很大程度上成了我认知社会文化的主要渠道,是激发我好奇心与求知欲的重要力量。

覃家岗生产队的露天电影在一个不规则的篮球场上,周围都是农田,有时也有一些高高耸立的谷堆。在这里看电影,能够嗅到强烈的乡村气息:禾苗、青草、燃烧的柴火,还有牛粪的味道。三医大对周边居民来说,则是一个分外"高大上"的地方:整齐的建筑、平坦的道路、笔直的行道树,电影放映的运动场也宽宽大大,容纳得下很多的观众。覃家岗放映的片子比较普通,一般在其他地方也能够看到。三医大却不同,每过一段时间都有点稀缺内容出现,所以看的人也多,稍微晚一点去,整个运动场都坐得满满当当的,根本没有位置了。我当时还没有见过这么大的运动场,刚开始去还很是纳闷,为什么都挤在一个方向看呢?这幕布背后不还有好大一片地方吗,人也不多,在这里看不是更清楚吗?后来试了试,发现不行,动作姿态都是反过来的,看上去非常别扭怪异。

看露天电影,消息都是口耳相传,并没有什么正式通知,一般是在星期六晚上或者重要节日。所以到了这个时间,我都会特别留意宿舍前的马路,但凡到了下午五六点钟,马路上出现一些扛凳而行的人,就证明今晚有电影。

他们消息灵通，是最早占座的一批。通往三医大和覃家岗是两条不同的路，这个时候还需要看清楚这些人究竟朝哪个方向前进，然后赶紧回家报告，让父母抓紧做饭，早点出发。

在这两个放映场，我看了大量的50年代的影片。那个时候，拨乱反正已经开始，一些"十七年"的文艺作品陆续解禁，例如《东方红》《甲午风云》《铁道游击队》《英雄虎胆》《青春之歌》《洪湖赤卫队》《小二黑结婚》，这些作品在今天已然进入了"红色经典"的行列。我父母一辈在50年代曾经看过不少，留下过美好的记忆，又得以重见，都格外兴奋。另外还有《天仙配》《牛郎织女》《宝莲灯》《大闹天宫》《宝葫芦的秘密》等神话传说题材的影片，《林冲》《百岁挂帅》等历史题材的影片，《阿诗玛》《五朵金花》等民族题材的影片，都绚丽夺目，让人产生莫大的兴趣。在预备放映的正片之前，有时还加映一点其他的新闻片或风光片，算是给观众意外的犒赏。有一次放了风景片《桂林山水》，另外一次放的是科教片《小太阳》，讲人造太阳对于人类发展的意义。

这些片子让我大开眼界，对文学艺术的兴趣也快速增长。不过有时候也禁不住好奇，这都是一些老片子，这么好看为什么又不允许看呢？当然疑问不过是似有似无的，也只是埋在心里，不可能向谁去寻找答案。

不过，有一天，心里的疑惑却意外地找到了答案。我家里有一个很大的硬纸筒，平时塞满了破棉絮、废报纸等杂物。有一段时间，我发现父母在下班后争分夺秒似的读着一本什么书，匆匆读完又不知放到哪里去了，这种情形相当少见。于是，在强烈的好奇心的驱使下，趁他们上班未回的时候，我东翻西找，终于在这个硬纸筒中发现了秘密。原来那里塞着一本书，不是新华书店售卖的那种，是自己用纸张装订起来的，上面也不是印刷字体，全是手抄而成，隔几页笔迹还不同，应该是不同的人分别抄写的，前面有书名《第二次握手》。后来我才知道这就是"文革"时期鼎鼎大名的地下手抄本小说，作者是张扬。不过在当时，我的注意力却很快被另外一个发现所吸引了。在这些破棉絮、废报纸的下面，还有一本印刷读物，黑白两色封皮，名为《毒草及有严重错误影片四百部》，1968年元月出版，由红代会北京电影学院、江苏省无产阶级革命派电影批判联络站、江苏省电影发行放映公司共同编写。翻开书，上面列满了应该查禁的电影的名字，还有或多或少的理由说明。这些全都是我正在观看、印象美好的电影。这本读物并不太厚，我几乎是一口气读完的，它回答了我内心的疑问：为什么要禁止这些影片的上映？

例如，《天仙配》的批注是：丑化劳动人民，宣传封建阶级的伦理观念，鼓吹爱情至上。《宝莲灯》的批注是：宣扬封建迷信、有神论。《宝葫芦的秘密》的批注是：歪曲党的教育方针，宣扬投机取巧、不劳而获的剥削阶级思想，毒害青少年。《大闹天宫》的批注是：发泄对社会主义现实的不满，号召牛鬼蛇神大闹社会主义江山，影片中的孙悟空已不是勇敢、正直、革命造反的形象，而是牛鬼蛇神、流氓无赖的化身。《铁道游击队》很受人欢迎，但判词也是：不像八路军领导的，单纯地搞惊险神奇动作，宣传个人英雄主义。影片的插曲很不健康。这些宣判一律居高临下、斩钉截铁，读后给人莫名的心理压力，但却离我当时的观影感受十分遥远，实在令人困惑不已。

读完这本小册子，有好几天我心里都有一种说不出的滋味，为什么今天普遍受人喜爱的电影会被如此的宣判和理解？前前后后，我们的评价竟有如此的差异，这个世界还有很多的东西超出了我的理解能力。

三

当时我在重庆天星桥中学（后来改名为重庆第七十中学）念初中，班上有一些三医大的子弟。从他们口中，我才知道我们在运动场上看的露天电影只是面向普通老百姓的。三医大的教工家属另外还有看电影的地方,那是在礼堂里,一般外人是进不去的。这无疑逗起了我更大的好奇,真不知那礼堂里又有哪些我们想不到的东西!

有好长一段时间,我都盼望有机会进三医大的礼堂去一探究竟。后来终于来了机会,在我的多次请求下,班上一个家在三医大的同学觅得一个空档将我带了进去。那一天放映的是一部英国的彩色电影,讲的是一个舞蹈演员的故事,她热爱芭蕾舞,全场都是她在跳来跳去。一会儿是在演出的戏剧中,一会儿又回到了现实生活,也穿插了很多的情感故事。最后一列火车迎面驶来,她香消玉殒了。说实话,我几乎就没有看懂,不知道到底在讲些什么,这个电影与我过去看的《红灯记》《天仙配》《铁道游击队》之类大相径庭,我仿佛进入了一个完全不同的世界。那一天我确实很沮丧,看到礼堂里的大人们入迷的样子,我却完全不明就里,第一次感到这称作电影的东西并不是过去想象的那么简单、好玩,其中暗藏着很多玄机和秘密。

这一场我看不懂的电影一直存放在我的心中,渴求有一天能理解它。进大学之后,我查找资料,才知道它就是《红菱艳》。这是英国松林影片公司制作发行的一部电影,由迈克尔·鲍威尔、艾默力·皮斯伯格导演,莫伊拉·希勒、安东·沃尔布鲁克、马留斯·戈尔林主演,最早上映于 1948 年 9 月 6 日，次年获得第 21 届奥斯卡金像奖最佳影片。我们在三十多年后打开国门，引进了这部"古老"的影片，那一天三医大礼堂的放映，很可能还是"内部"的。

《红菱艳》讲述的是一个酷爱芭蕾舞的女演员佩姬如何在事业与爱情之间痛苦徘徊，在崇高的追求与平凡的生活中艰难选择。这样的人生难题不仅对初中生的我来说难以理解，就是对当时中国社会的普通大众而言也十分缥缈，隔膜多多。然而艺术最高的旨趣就在于这样有意无意的熏陶和暗示，我们可能一时间领悟不了，却依然为它所营造的氛围和情绪所牵引，并在不经意间埋藏在了心里，成为自我寻觅、自我发展的一种潜在的信息，当遇到恰当的阳光和雨露，它就会生根发芽，为精神提升开拓出一条合适的路径。回头看我自己的求学之路，不断增长、不断发展的观影体验实在是一个可以辨析的脉络，它为我的文学经验贡献甚广，对我的精神成长助益良多。

在我的大学时代，学习之外的娱乐并不太多，电影戏剧的观看可能就得占主要的部分。虽然北京的影院、剧场很多，但是在学校操场看露天电影依然是一项十分重要的活动。每当有电影放映，我们大都不会错过。新时期中国文艺发展的一系列标志性影片如《湘女萧萧》《良家妇女》《青春祭》《芙蓉镇》《黄土地》《老井》《黑炮事件》《野山》等都是在露天电影场上和我们见面的,成为呼应思想启蒙的最生动最强烈的艺术的声浪。我们不断观影,不断感受和解读这些敏锐的当代艺术家们的情感脉动,最后融入了一个时代的共同的精神价值之中,体味着历史命运的共同的节奏,这都好像是文字形态的经典所难以代替的。即便是在寒冬腊月的师大操场,我们也顶着冰窟一般的严寒与呼啸肆虐的北风,端坐不动,就为了一场不愿错过的电影。那时还用单机放映,在更换胶片的几分钟中,全场响起一片巨大的跺脚之声,踢踢踏踏、踢踢踏踏,响彻四方,在彼此心领神会的间隙苦中作乐,维持身体四肢的温度。

大学时代,最难忘的一次观影是1988年看《红高粱》。这部莫言原著,张艺谋执导,姜文、巩俐主演,西安电影制片厂1987年出品的影片,本来已经由莫言的小说奠定了良好的群众基础,1988年斩获第三十八届柏林国际电影节金熊奖,这是中国电影第一次获得的国际大奖。获奖不久,离师大不远的北京航空学院露天放映此片,我们宿舍倾巢而出,赶往北航观影。那天晚上,北航操场上人山人海,盛况空前。看完电影已经深夜,乘车不得,我们一行步行归来。不知道为什么,躺在床上大家都热血沸腾，翻来覆去竟一夜无眠，似乎时代的热烈遍布了我们每一个人的身体，历史的变动成为我们每一个人的内在的澎湃。

读图的记忆

一

我在小学时代，没有太多机会读到文学经典，对文学经典的了解都是在半文半图的形式中进行的，比如连环画。

中国古代本来有配图绣像的图书传统，民国时期的"连环图画"已经达到了相当的规模。新中国成立后，连环画作为民众教育的一种重要方式，发展得很快，大量优秀画家投入创作，人民美术出版社和上海人民美术出版社着力打造了一大批精品图书，还有专门性的《连环画报》期刊，可谓达到了中国连环画史上无与伦比的艺术高峰。1966年以后国家政治动荡，文化建设工作基本停滞。到了我即将上学读书的70年代初，可能青少年的教育读物已经严重不足，所以又有政策调整，"解决下一代的精神食粮问题"被重新提出。周恩来总理在 1970 年 9 月和 1971 年 2 月两次指示尽快恢复连环画的编创工作。随后召开的全国出版工作座谈会，会期长达四个多月，可见出版工作已经十分重要而且繁杂了。据说在这次会议期间，周恩来总理两次接见人民美术出版社代表姜维朴，就有关工作作了详细的指示。

于是，在我 1972 年上小学之后，便有了阅读连环画的机会。最先读到的连环画主要是样板戏的内容，比如《红色娘子军》《白毛女》《海港》《沙家浜》《红灯记》《奇袭白虎团》《智取威虎山》《龙江颂》，等等。后来品种逐渐增加，现实、历史、神话传说等题材的连环画也陆续出现。有讲述真人事迹的，如《刘胡兰》《金训华》《黄继光》《白求恩在中国》；有经过虚构加工的，如《闪闪的红星》《小英雄雨来》《鸡毛信》；也有经典名著改编的，如《水浒传》《三国演义》等。不过我们经常看到的还是革命题材的故事。

连环画一般都来源于文学作品，除了像《水浒传》《三国演义》这样的文学经典外，也包括样板戏的剧本和演出脚本，以及已经成型的革命文学作品。相较于纯文字的文学作品，这种图文并茂、形象生动的艺术形式显然更平易通俗，为大众所喜闻乐见，具有更加有效的社会教育作用，是毛泽东1949年所乐见的"连环画不仅孩子看，大人也看；文盲看，有知识的人也看"①。对于刚刚启蒙的小学生而言，连环画更是当时可以接触到的文化读物。我们日常听到的文学故事，在老师、长辈那里往往被几经压缩、删削、改编，到了有连环画可读的时候，才较为完整地接触到了文学作品的样貌，因此可以说我们这一代人，走进文学的世界其实就是从看连环画开始的。

文学为我们绘制出了这个世界的基本概貌，阅读文学作品就是一个孩子认知、学习人生的开始。上过中文系的人都知道，奥诺雷·德·巴尔扎克自称是法国社会的"书记员"，恩格斯曾经说，读过《人间喜剧》，从这里所学到的东西，"比从当时所有职业的历史学家、经济学家和统计学家那里学到的全部东西还要多"②。也是童年的文学阅读给了我们关于世界和人的最早的轮廓。当时读得最多的是革命故事，刘胡兰、刘文学、海娃、雨来等少年英雄的事迹可谓深入人心，我们都让家里的大人制作了红缨枪，模仿着"站岗放哨查路条"，也相信到处都可能潜伏着阶级敌人，他们躲在阴暗的角落里伺机破坏。当时我们

---

① 转引自柳斌杰：《把连环画打造成中国特色文化品牌》，《光明日报》，2010年1月30日。
② 恩格斯：《恩格斯致玛·哈克奈斯》，《马克思恩格斯选集》第四卷，人民出版社，1975，第463页。

一到放学就开始玩"打仗"游戏，每个人都手持红缨枪，模拟再现小英雄们的战斗故事。有一次街道（那时叫"地段""段上"）开政治学习大会，当地的地主婆迟迟没有到场，主持人下达指令：红小兵呢？你们马上到她家去，命令她立即过来开会！我们一批小孩子像获得战斗指令般兴奋，呼啦啦迅速提枪冲锋，很快就把地主婆的家围了个水泄不通。但见这一家黑灯瞎火，大门紧闭。大家立即高度警惕：天才刚刚黑，她家就如此关门闭户，究竟在干什么？莫不是正在给台湾发电报吧？于是大家拼命敲门，又过了好一会儿，门才缓缓打开，一个黑瘦的老太婆小心翼翼地探出头来说：我病了，走不动路……看到她这个样子，我心头掠过一个念头：装病！刚才是在藏发报工具吧。这些情节，都是从连环画中看来的。

连环画中的少年英雄不少，如刘胡兰、雨来、海娃、王二小、草原英雄小姐妹龙梅和玉荣等，其中离我们最近的是合川的刘文学，他为了保卫人民公社的海椒，竟被行窃的地主王荣学杀害了，牺牲时年仅14岁。有一天，刘文学的母亲被请到了我就读的小学，学校指定几个学生代表和她合影留念，我也被选中了，那份高兴难以言表，中午连饭都来不及吃就按要求赶到北碚留真照相馆。集体合影印出来后被放在照相馆橱窗里展览了好久，外公也很为此自豪，还特意向几家亲戚介绍，让他们去照相馆参观。

那时的连环画，以国内文学作品的改编绘制为主，外国作品只有改编自苏联的几种。我见过的就是高尔基自传三部曲，改编绘制成了三册：《童年》《在人间》《我的大学》。这是我第一次看到中国之外的世界，虽然只是一些小小的图画，却也已经在我眼前展开了一个阔大的异域风情的新天地：阿廖沙那披着纱巾的胖胖的外祖母，时而严厉时而温和的外祖父，俄罗斯冬夜里温暖的壁炉，高大的白桦林，压在伊凡背后的那个巨大的十字架，可怜的瞎子格里戈里，还有那个瘦小而凶恶的继父……这个世界并不比我看过的斗争中的中国更快乐，但却似乎更为丰富和多样，生活的缤纷和人生的曲折都自有一种无法道尽的魅力，它们深深地埋藏在了我的心底，成为我默默向往的"远方"。直到新世纪初年，我有机会踏上俄罗斯的土地，从莫斯科到圣彼得堡，从普希金的皇村到托尔斯泰的亚斯纳亚·波利亚纳庄园，一路走着，其实都是在寻找这些连环画中的意象。

儿童天然就对视觉艺术、对美术绘画有特殊的好奇和敏感。鲁迅《从百草园到三味书屋》记载自己用"荆川纸"蒙在小说的绣像上影描，"读的书多起来，画的画也多起来；书没有读成，画的成绩却不少了，最成片段的是

《荡寇志》和《西游记》的绣像，都有一大本"，那就相当于是清末的连环画了。我们那时的小学有美术课，但课上并没有多少严格的训练，就是因为有连环画的存在，我们也无师自通地进入到了对绘画的学习和模仿之中。记得看了一段时间的连环画之后，我也找来白纸，画好一排一排的分格，然后仿效连环画的方式，自己凭借想象构思和描绘故事，就仿佛是要制作新的连环图画。绘制的过程完全处于"自嗨"的高潮状态，一边编造情节，一边描绘主人公的各种动作和细节，口中还念念有词，仿佛是在为画中跌宕起伏的情节配音。当然，编织这一类故事基本上都是一时间心血来潮，最终都半途而废了，然而却总能让我再一次地重温那些故事和图画的意趣，因而长期乐此不疲。

二

我获得的第一本连环画来自父母对我学习考试的一次奖励。后来，外公和舅舅们也以这种方式来鼓励我的学习，于是我的连环画就开始有了积攒，积攒到一定的数量，我自己也就觉得必不可少了，开始到处寻找有连环画出售的地方。当时在北碚，我只发现了两处，一是城里的新华书店，二是郊外团山堡的一个供销合作社。父母每个月从重庆市区到北碚外婆家来看我一次，每一次来都带我到新华书店去买上一本连环画；我自己则努力将一些压岁钱攒起来，抽空到供销合作社去，遇到有新书出版就赶紧买下。

连环画并不太贵，一开始就是几分钱一册，大多数不超过一角，后来逐渐厚了起来，价格也开始提高，一角五、两角、两角五……不过，与价格比起来，更让人担心的是根本买不到。书店不是天天都上新品种，常常是几个星期甚至一个月才出现一册新的，上新品种的那一天很可能就是星期天，那就得排长队，有的书大家都想要，队排得就特别长，排到最后也就买不上了。每当这个时候，我就特别失落，也有点怪父亲，觉得他实在太晚带我出来。

总之，读连环画是会上瘾的。我希望自己的藏书越来越多。现有的几种翻腻了，便每天都在幻想，还有哪些书我没有看过呢？有一天，二舅从他就职的文星中学给我带回来一本《孙悟空三打白骨精》，书又黄又旧，连封皮和最后几页也没有了，但是那图画描绘得细腻清晰，和我看得比较多的那些斗争故事的粗犷画风差异很大，虽然已经很旧了，却让人觉得精美非常，我爱不释手。二舅告诉我，这是著名画家的作品，属于工笔画，获得了第一届全国连环画绘画一等奖。后来我才知道作者是赵宏本、钱笑呆，书的出版早在我出生之前，现在市面上已经没有了。后来好长一段时间，这本书都被我精心保存、收藏起来，虽然它是我所有连环画中最旧最破的一本。

看完《孙悟空三打白骨精》，我也好像知道了二舅夏夜里的那些西游故事的来源，于是就情不自禁地猜测，其他的西游故事是不是也在这些连环画中呢？我不断向二舅打听、询问，盼望他能够再找几册回来，哪怕就是比这一册更旧更破也可以。二舅却十分为难，说：这些书都是十多年前的了，后来都收回去了，不让看了！唉，十多年前？那时不知道有多少好看的书啊！这是我对"十七年"的最早的印象，在70年代中期幻想1966年之前，竟也是一片憧憬。

这片憧憬还曾被意外地放大过一次。一天，有亲戚给五舅说媒，介绍了一个教师的女儿，五舅上她家走动有时候也带着我。记得那个中年老师温文尔雅，听说我喜欢连环画，就笑眯眯地告诉我，他们家过去有很多很多的连环画，什么《大闹天宫》《武松打虎》《天仙配》《杨门女将》《孔雀东南飞》《孟姜女》《红楼梦》《哪吒闹海》，应有尽有，简直把我听呆了，这些书名绝大多数我都是闻所未闻的，但是听上去却又那么有趣、那么有吸引力。我连忙问：这些书呢？能不能借我看一看？老师也是叹了口气说：现在没有了，都被收走了，封起来了，不让看了！

又是不让看了！这一次的失落与其说是打击了我还不如说是极大地诱惑了我，隔着时间，眺望那个看不见的50年代，隐隐约约中似乎有无数的瑰丽的色彩、无数琳琅满目的连环画在召唤着我，真不知怎么才能读到。朝思暮想之后，这些图书也就潜入了我的梦境，成了梦里的迷离光影……

三

70年代后期，连环画的品种越来越丰富，过去被封存的"十七年"的作品又陆续再版重印，或者重新绘制，推出新版。

那时我在重庆沙坪坝天星桥中学读初中，继续热衷于收集阅读连环画，不过方向有了变化，对一般的阶级斗争故事已经不太感兴趣了，主要精力集中在历史故事和文学经典改编的连环画，例如《东周列国志》《杨家将》《岳飞传》《水浒传》，等等。其中，我倾情关注最多的是《三国演义》。

连环画《三国演义》最早由上海人民美术出版社出版于1957年，全套共60册，有7000多幅图画，是迄今为止篇幅最长的一套连环画作品。参与绘制的画家人数众多，其中不乏像王叔晖、刘继卣这样的国画大师。全套图书以工笔刻绘为主，但也包含了其他艺术形式，风格也是多种多样，堪称当代艺术经典。1979年，出版社组织力量重新编撰绘制，推出全套48册版本，一时间引爆市场，在读者中激起了热烈的反响。就连我们这批初中生也出现了"三国热"，大家纷纷购买、寻找、交换连环画，都期待能够迅速集齐，尽快知晓诸葛亮六出祁山、北伐中原的历史细节。

但是真不容易！当时的沙坪坝新华书店也是间隔很长时间才到货一册两册，经常是在星期天早上，人流如潮，有时候一开大门几乎就是抢，我们这些初中生哪里抢得过。后来有人囤积品种高价出售，我们也是逡巡良久，颇费踌躇，因为实在想要，却又实在囊中羞涩。我还算运气好，在家中舅舅们的帮助下，七拼八凑，已经接近完整，就差那么几册了。

眼看就要大功告成，不料却节外生枝，功亏一篑。我们班有个家住三医大的上海同学，见多识广，我比较迷信他的见识。他也喜欢《三国演义》连环画，常常和我交流收集的信息，只是收集到的品种就差得太多了。有一天，他启发我说：你这么辛苦地积攒《三国演义》连环画，不就是想知道历史的细节吗？如果能够找到真正的《三国演义》一读,不就什么都知道了,又何苦这么劳神费力呢!我觉得他说得有道理,只是我也没有《三国演义》小说啊,更不知道哪里买得到。这个同学压低声音,神秘地说:也许我就可以想办法弄到!不过,如果我真的帮你弄到了,有个条件,你收集的三国连环画得由我来挑选,凡是我缺的品种都归我,行不行?我当时对三国故事已经近于"走火入魔"了,的确十分渴望进一步读到真正的原著,又想这种书哪这么容易弄到,就让他先去找找无妨,于是就点头同意了。万万没有想到的是,就在第二天上午,这位同学就抱着厚厚的两大册《三国演义》来找我了,说:书弄到了,现在你带我去你家取我没有的连环画吧!我吓了一大跳,完全没有心理准备,但是后悔也来不及了,于是只好极不情愿地把他带到了家中。看着他狠狠地在我费尽心思的收藏中自由抽取,装入准备好的书包中,那种痛真是锥心刺骨啊!

更让人沮丧的则是第二天,我偶然经过学校不远处的一个小书店,一眼就发现那套刚刚出版的《三国演义》小说正端端正正地摆放在书架上,随时可以自由购买。而此时此刻,我马上就要集齐的《三国演义》连环画却已经支离破碎,惨不忍睹了!

打这之后,我好像再不能集齐《三国演义》连环画了,直到我上了高中,兴趣转移,不再关注连环画,半套《三国演义》连环画还一直蜷缩在书柜的一角,精美而零落。

不过,从这一天起,我真的逐渐走出了半文半图的阅读,开始在文字的经典里认识这个世界了。那套人民文学出版社1979年版的《三国演义》被我读了很多遍,充分地满足了我细究魏蜀吴历史的愿望。也由此出发,我进一步探寻了陈寿的《三国志》、班固的《后汉书》,历史的视野不断扩大,连环画的时代由此结束了。

声音的启蒙

一

在一个图书资源匮乏的年代,阅读也借助了其他的形式,例如广播。"小说连播"是新中国成立后又一种方便的社会教育方式,它跨越了文字的障碍,直接将文艺作品的思想和语言以生动可感的声音传递给普通大众,产生了更为广泛的社会影响。1950年代的"长篇小说连续广播"就是中央人民广播电台的主要节目,"文革"爆发后一度停止,1974年之后恢复,并陆续为全国各地的地方台所效仿,至1978年后达到空前的繁荣,鼎盛期整整持续了十余年。

1978年,我进了沙坪坝天星桥中学。在连环画之外,增加了一种感兴趣的课外学习活动,那就是收听中央人民广播电台的"小说连播"。

那时，家中没有报纸杂志，自然也没有电视机，国家统一的信息只能通过简易的收音机来传递，但收音机里并没有多少小孩子们需要的内容。唯一一次的震撼就是1976年9月9日星期四，中秋节的第二天，下午四时中央人民广播电台（后文简称"中央台"）的《告全党全军和全国各族人民书》，毛主席逝世的噩耗传来，那一刻，天摇地动，自上学以来的全部教育都转化成了对领袖情不自禁的热爱，"泪飞顿作倾盆雨"是真实不虚的事实。外婆家的小收音机就是在这一次进入了我的记忆。

初中以后，我父母买了一个大一点的收音机，在我的记忆中，它最重要的功能就是每天中午12点半让全家准时收听"小说连播"。

我父母都是机械专业出身的科技工作者，对文学没有特殊的爱好，因为他们双方父母的家庭负担很重，于是数十年如一日地过着节俭克己的简单生活，慢慢地，也就没有什么额外的生活爱好和享受了。我上小学五年级的时候偶然发现他们传看手抄本《第二次握手》，这是他们仅有的一次文学阅读，后来抽时间收听"小说连播"应是他们唯一的享受。

全家收听"小说连播"主要是在夏天——工厂多了半小时的午休时间，我父母他们12点下班，急匆匆赶回家生火做饭，以最快速度吃完也是 12 点半过了，这样到 1 点过出发上班正好还有半小时，大家就一边休息一边听广播，这是一天中最难得的休闲时间，虽然最多不超过半小时。到了冬天，午休时间没了，他们也就听不成了，我就一个人听。为了抢这半小时的休闲，我们家在早上使用煤炉后就得卸掉多余的煤灰，在继续燃烧的煤块上再加一块新的蜂窝煤，蜂窝煤上再盖些煤灰，然后将炉门关闭，只留下一丝缝隙，让炉膛保持一定的温度与火种，这叫作压火。我中午放学稍早，一回家就打开炉门，用火钳疏通炉膛，在炉子上放上一壶水，这样炉火就能快速燃烧起来，差不多父母一回家就可以炒菜热饭了，前前后后起码可以省下 20 多分钟。当然压火和复燃还是需要一定的技巧，弄不好火就会彻底熄灭，得重新生，那样麻烦就多了。不过几经训练摸索，我熟练地掌握了其中的诀窍，为了这愉快的半小时广播，我上初中就学会了压火、复燃的技术，当时心里还颇为自得。

二

"小说连播"在一开始主要是革命历史故事，包括《沸腾的群山》《万山红遍》《海岛女民兵》之类；后来增加了历史小说，姚雪垠的长篇历史小说《李自成》三部先后播出，大受欢迎，也提高了节目的声誉；再后来加上了传统通俗演义，以评书形式连播，《旧唐演义》《安史之乱》《东周列国志》《三国演义》，特别是1980年前后推出的《岳飞传》《杨家将》《隋唐演义》三部评书，可能更是节目开播以后的里程碑式的标志，作为电台的品牌被亿万听众久久铭记。1980年以后，又开始出现了当代小说连播，一大批新时期作家的新作先后在电台登场，从《新星》《旋流》《赤胆忠心》《班主任》《天云山传奇》《醒来吧弟弟》《大墙下的红玉兰》《追赶队伍的女兵们》到《赤橙黄绿青蓝紫》《燕赵悲歌》《锅碗瓢盆进行曲》《芙蓉镇》《许茂和他的女儿们》《平凡的世界》等，在纸质文学的传播尚待陆续展开的新时期初期，电台广播是影响力更大的媒介，所以许多当代文学的读者在一开始其实首先是电台连播的听众。当他们大规模地从听众转为了读者，新时期"伤痕文学""改革文学"的销售量立即呈几何级数式的增长，当代文学前所未有的黄金岁月就到来了。

评书连播《岳飞传》《杨家将》由辽宁省鞍山市曲艺团演员刘兰芳演播，她那清脆的声音将这两部流传甚广的中国传统通俗文学演绎得生动传神。在任何时代，对于普通大众来说，这种传奇性爱国题材总是拥有最高的接受度，而我们这群正着迷于《三国演义》连环画的初中生当然也是其最忠实的拥趸。据说因为刘兰芳的电台评书连播，收音机的销量猛增，在一些中小城市，一度还出现了供不应求的局面，连商店里积压多年的陈货也被抢购一空。评书在中央台播出后，其他的地方台也纷纷引进重播，最多的时候全国各地竟然有63家电台同一天播出《岳飞传》，走在大街小巷，到处都可以听到刘兰芳那熟悉的声音。还有报道说，每当电台开播评书，街道上的行人就开始减少，甚至犯罪活动量都有明显的降低，为此，鞍山市铁西区公安局还为刘兰芳颁发了治安模范奖励，奖品是一个竹编暖水瓶。

继刘兰芳之后第二个引起轰动的评书演播人是王刚。《夜幕下的哈尔滨》原本是作家陈玙创作的长篇小说，于1982年6月出版，描写东北的抗日地下斗争。就在这一年，来自沈阳军区文工团的王刚以自己独有的富有磁性的声音加以改编演绎，在中央台播出。小说中地下斗争特有的传奇性在评书恰到好处的节奏中被演绎得淋漓尽致，再创新时期中国听众对文学故事迫切渴望的高峰。据说，全国前前后后有108家电台播出了这部作品，听众超过3亿，王刚成为家喻户晓的演播人。每晚六点半是中央台的节目时间，每天这个时候，无数的听众都打开了收音机，静候王刚声音的响起:"1934年的哈尔滨,正处在日寇与'伪满'的阴暗统治下,垂垂夜幕,阴霾天空。敌伪力图巩固统治,一方面着手安定地方建设,一方面疯狂抓捕、屠杀共产党人,打压抗日力量,敌我双方进入斗智斗勇的生生死死的绞杀、较量之中。"稍有遗憾的是,王刚演播的这个时候,我已经升入了重庆八中,正处于高中紧张的学习之中,没有太多机会听到他完整的演播了,不过,我父母依然是王刚的忠实粉丝,每到周末我也能和他们一起欣赏。

长篇历史小说《李自成》播出了好几次,加上三卷写作、出版本身的间歇——先是播出了1963年出版的第一卷、1976年出版的第二卷,后来才播出了1981年出版的第三卷——我有好长一段时间都处于对这部小说的沉醉和期待之中。《李自成》延续了传统章回体小说的特点,情节推进跌宕起伏、扣人心弦,又将现代人对社会正义、民族意识的理念移入历史人物之中,所以很容易将我们当时在国家教育中培养起来的道德情感直接代入,投射在主人公李自成、高夫人等一众农民领袖的身上,数百年前的历史往事似乎就是当代中国人理想情操的生动体现。我也是在很多年后才慢慢悟出这部小说其实并没有真正关注古老中国的复杂命运,作者更愿意将李自成作为自己理想的英雄来倾情书写，包括他的悲剧也是一个当代英雄式的壮志未酬的遗憾。但是，对于一个初中学生来说，辨析古老中国的真实命运当然还是一件无力承担的责任，文学接受的本能就是自我情感的投射，英勇的闯王李自成，深明大义的高夫人高桂英，忠贞刚烈的将军刘宗敏，英俊骁勇的青年将军李岩，英武聪慧的女将慧英，都是我们教育认知系统中早已经认可的可歌可泣的人物，几乎与现实社会中的英雄模范无异，所以一听之下，便获得了我们极高的认同。所有的关切和情感都为他们的命运走向所牵绊，甚至还在心底默默祝福李自成、高夫人的夫妻之情，将其视作家庭婚姻的榜样。相反，作者精心塑造的崇祯皇帝的所谓复杂性，却很不能为小小年纪的我所理解，在我看来，那样一个优柔寡断、磨磨叽叽的人，完全没有什么吸引人的地方，小说连播每到这位皇帝的情节，我都颇不耐烦。

《李自成》写作出版延续二十多年，直到我中学毕业上大学，逐渐对它失去兴趣。不过，在我的中学阶段，的确曾经因为电台连播而对它格外迷恋。对小说最后的大结局也充满好奇，在课下我到处查找李自成起义的历史资料，知道了更多的史实和评价，但这却造成了我心中更大的困惑：一个那么高大英勇的农民军领袖，究竟是怎么最终走向腐败和堕落的？有一则史料还说李自成进京以后，拥有三宫六院，霸占前朝嫔妃，真是对我造成了巨大的情感伤害，我难以想象那样一位与高夫人患难与共、相敬如宾的大英雄何以前后判若两人！当然，拥有这些困惑的还是初中生的我，一个沉湎在小说连播《李自成》中难以自拔的、和小说一起混淆着历史与现实的懵懵懂懂的我。

上高中以后，学习要求越来越严格，收听电台连播的机会也就越来越少了。不过，每当周末或寒暑假，还是会抽出时间在电台连播中度过。那个时候，电台连播中开始出现了较多的新时期小说，特别是80年代初的作品。临近80年代中期，我们高中学习的高考意图已经十分明确，再也不是70年代的自由散漫，语文学习也开始进入了严格的高考训练的正轨，对文学自由广泛的涉猎机会不多，倒是电台连播给了我仅存的文学阅读（准确地说是"听读"）的可能。也是通过电台，我第一次熟悉了《班主任》《大墙下的红玉兰》《芙蓉镇》《许茂和他的女儿们》《乔厂长上任记》等小说的名字，直到在大学的当代文学课堂，才最后知道了它们的归宿：伤痕文学与改革文学。

三

这里，还应该提到我在这些小说连播中所经历的异样的心理反应。一是对声音快感的唤醒，二是对心理成长的激发。

一般的文化启蒙都十分重视文字经典的价值，强调文字书写的各种经典是生命启蒙、文化传承的核心。其实，生命自身的健壮、成长和文化的继承同等重要。生命形成了个体，文化组成了社会和族群，而没有了个体的依托，社会和族群也自然失去了基础。

为什么每一个儿童都会对视觉图像和声音节奏特别关注？因为视觉和听觉是生命与生俱来的本能。为什么在没有丰富文字经典的动荡的年代，我们这一代人还能基本保留着对文化艺术的感知？也是因为那些最基本的生命的感受依然在特殊的读图艺术与听觉艺术之中传递。

据说，我们对声音的感知功能，深深地潜藏在遗传基因中，又根本上源自几百万年前的人类先祖。人类大脑接收和储存这些感知的功能区，甚至在我们还没进化成人之时就已经形成了，相反，我们所谓的文字的产生不过才几千年的历史。所以，大脑中储存和运用文字的功能区，远没有接收和储存声音的功能区发达。我们对声音的敏感、内化、应和的功能应该会强于文字，特殊的声音也可能唤起特殊的心理、生理反应，激活我们生命的某些独特的功能。这与视觉图像的意义颇多相似。所以世界上有部分语言障碍者，却可能就是听觉和视觉上的某种天才，甚至不妨就是天才指挥家、作曲家或者画家。

声音能够唤起我们特别的快感，激活某种生命的节奏，按人们常常说的就是有一种好声音，能让耳朵"怀孕"；有一种老戏骨，能用声音表演。小说连播中成功的演播人都是声音的天才，就像刘兰芳演绎传奇的清脆，曹灿讲述历史的深情，王刚营造谍战悬念的魅惑，都会唤醒我们某种原始的音律意识，并让我们不知不觉地沉醉其中。

在长达数年的连播艺术的熏陶下，我在初三至高一阶段突然产生了一种不可克制的"说书语言"的表达冲动。每当四外无人或独行在放学回家的路上，我都会情不自禁地开始个人说书，模仿刘兰芳或曹灿的声音口吻，即兴创编中国历史演义。那里有我幻想中的人物、虚拟的朝代谱系、凭空出现的战斗场面，可能逻辑上并不严密，也不刻意遵从文学的其他规范，单单就是追求口语表述的自由和畅达。从学校返回家中，短则十多分钟，长则将近半小时，这段时光，我就这样旁若无人地在这自得其乐的口语游戏中度过。有时候难免被身旁的路人听见，侧身投来异样的目光，我也完全不管不顾，因为，徜徉在这语言节奏的游戏之中，确实有妙不可言的畅快。

现在来看，这样的语言游戏，其实就是被那些生动的

"声音的艺术"激发起了内在的生命节奏,而伴随着这节奏快感的,则是一个孩子思维的快速运动。他是在那些历史传奇中捕获了自己的地理想象和战略想象,需要急迫地骑行在思维的快马之上,以这种语言的快速运动为依托。

小说连播还有一个重要的特点,那就是演播人不仅善于重新剪裁情节、把握叙述的腔调和节奏,而且还能在具体的生活场景中,惟妙惟肖地模拟各种声音,模仿各种语言,在对各种人物富有想象力的"拟声"中再现生活的真切细节,既有男性的阳刚,也有女性的柔曼,从而最大限度地唤起我们对人物和生活的沉浸式感受,强化我们对丰富多彩的人生的还原。于是,当我在初中至高中阶段"听读"了丰富多彩的文学故事,也跟随着演播人那千姿百态的拟声语言深入人生世界的内部,这个时候,自我心理、生理的成长也就开始了。渐渐地,在稀里糊涂之中,我突然发现自己对小说中那种种的男女之情产生了特殊的关注,虽然暧昧,虽然自己也说不准确,但的确十分在意。一些历史故事虽然不是以此为重心,但一经出现,却总是有一种满足的快感,例如李自成对高夫人的关心。而有的小说尽管描写了其他的众多情节,但是在我看来却归根到底还是以特别的情感为纽带,所以更加急切地期待能够"书归正传",回到这情感刻画的中心。小说连播《海妖的传说》就是这一心理过程中让我最难忘的作品。

《海妖的传说》是鲁永兴创作的长篇小说，安徽文艺出版社1981年出版，由王刚在中央台连续演播四十天。小说讲的还是一个革命少年的成长故事，主人公海鲸在大雪飘飞的寒冬降临人世，被人视作"海妖"托生。他也的确天赋异禀，不仅目力出众，而且疾恶如仇、爱憎分明，在进步力量的影响教育下不断成长，小小少年，已经茁壮成长为一个革命的小英雄。这个故事的主线继续沿袭着那个年代常有的"红色模式"，不过，新时期的思想演变却也在小说中投下了深深的印记。在这样的革命斗争中，参与其中的各方人物不再是敌我阵营的黑白对立，特别是知识分子开始成为革命思想的主要传播者，而小说的主人公也性格丰富，包含了革命性、阶级性和复杂的人性。小说为我们绘制出一个亲切而富有感染力的人生故事。我们这一代人，都是在王二小、海娃、潘冬子这样的少年英雄故事中"养成"的，对于勇敢、正义的理想少年有一种天然的自我投射，所以不自觉地就会在阅读中代入自我。而有意思的却在于，这个理想少年已经不再只有革命，他从少年长大，人生经历与情感世界也因此丰富多彩起来。一个恶霸地主的孙女芸芸恰恰对他一往情深，小说刻意将这位地主家的小女孩塑造得近乎完美：瓜子脸，丹凤眼，文静纤弱,聪敏好学又善解人意。她比海鲸年长三岁,但她对这位少年英雄的深情似乎无法获得相应的回应,这一方面是因为男主人公毕竟年少,不解风情,另一方面这样暗含悲剧性的情感描写恰恰是以往的革命文学从未曾有过的,预示着革命历史题材小说正在完成向人生悲剧小说的转变。相信在那个年代,像我一般的少年听众都很容易被这份缱绻的深情打动,为那个美丽的小才女的命运而牵挂,也对少年英雄的人生满怀关切。海鲸的成长暗含着我们这一代少年听众的成长,作家鲁永兴的写作也是中国当代文学从红色革命的时代转进新时期的清晰的足音。

我的科幻我的梦

一

1977年至1982年，中国图书出版出现了历史性的变化。1977年，中国出版图书总量为12886种，总印数为33.08亿册（张），到1982年，出版图书总量为31784种，增长了146.7%，总印数为58.79亿册（张），增长了77.7%。[1] 幸运的是，这正是我从初中走向高中的学习时期，国家的图书供给正好满足了个人身心成长的要求。于是，在我少年时代的学习生涯中，1980年前后也就成了一个重要的转折点，此前是缺少图书，只能从"民间口头文学"或图画读物中获取知识，此后则有了广泛阅读的

---

[1] 阎晓宏：《新中国图书出版五十年概述》，载宋原放主编《中国出版史料（现代部分）》第三卷下册，山东教育出版社、湖北教育出版社，2001，第8页。

机会。

　　这时,首先进入我视野的是科幻文学。那时的科幻,没有当今赛博朋克时代这么炫酷这么复杂,主要都是青少年出版社推出的品种,所以理所当然就为少年人稚嫩的幻想需求所俘获。

　　叶永烈的《小灵通漫游未来》我大约是在初中一年级读到的,那曾经是1978年的畅销书,第一版就印了150万册。"小灵通"是一名小记者,小说写了他漫游未来的所见所闻,对未来做了全景式的扫描。什么"原子能气垫船",什么同时在陆地和空中行驶的"飘行车"、手腕上佩戴的"电视手表"、玻璃温室里的工厂化农业、家庭机器人服务员、高悬天空的人造月亮……这些东西在当时的我看来,实在新奇异常,过去的少儿读物不是揭露万恶的旧社会就是在现实社会中抓特务、斗地主,像这样"走进未来"的想象真的还是第一次见到,让人格外兴奋!我当然还不知道,这部刚刚出版的小说其实早在十七年前就已经完成了,那是1961年秋,作者年仅21岁,还在北京大学上学。尘封了多年之后,一个年轻的大学生的幻想对更年轻的一代人来说,依然还是幻想!

　　科学幻想让我走进了一个截然不同的文学世界,我感到,到了这里,文学的天地更为开阔也更为自由,可以上下几千年，纵横几万里，任意驰骋。那段时间，我如饥似渴地寻觅、购买和阅读了可以找到的几乎所有的科幻文学。郑文光的《鲨鱼侦察兵》《仙鹤和人》《太平洋人》《飞向人马座》，萧建亨的《奇异的机器狗》《密林虎踪》《"金星人"之谜》《不睡觉的女婿》《重返舞台》，童恩正的《珊瑚岛上的死光》，等等，这些小说也有一部分继续在幻想中展开我们熟悉的敌我斗争，但是却充满了新奇的斗争手段。在鲨鱼的头上安装电子探测器，发现外国入侵潜水艇的踪迹，未来战争中可能出现的激光武器、高效原子电池，在"第三次世界大战"中提升我们的宇航技术，等等，都大大跳出了与复辟地主及美蒋特务明争暗斗的格局，更多的想象则在社会斗争之外充分展开，尽情拓展人类关于自然、历史和生命自身的探索，例如《仙鹤和人》中利用电子技术恢复人的记忆，《太平洋人》中从3017小行星上发现地球古猿，《"金星人"之谜》讲述的刚里卡外星飞船。不能不说，虽然我们早已经置身于阶级斗争的生长环境之中，但每每读到这一类的作品，还是有一种特殊的心悸，仿佛击中了我们本原的神经，引发了我们更为幽深的感动。

《飞向人马座》是我当年特别喜欢的一部小说。作者郑文光的创作开始于新中国之初，有"中国科幻之父"之誉。1954年，他在《中国少年报》上发表了新中国第一篇科幻小说《从地球到火星》，描写三个渴望宇航探险的中国少年，偷偷开出一艘飞船前往火星的故事。这篇短短的小说曾经引发了北京地区的火星观测热潮，人们在建国门的古观象台上排起长龙看火星。1979年，久别归来的郑文光出版了《飞向人马座》，再一次将我们的视野带向了浩瀚的宇宙星空。虽然故事的背景与现实的国际斗争有关，"第三次世界大战"成为重要的意识形态想象，但是小说主要的场景和故事都在远离地球的无垠的太空之中。还是三个中国少年，还是一场惊心动魄的宇宙旅行，只不过旅途更加遥远，跨出太阳系，遭遇飞船失控、燃料耗尽、流星群风暴、舱外宇航服破损、宇宙射线辐射、超新星爆发、穿越暗星云、被黑洞捕获、亚光速飞行等一系列意想不到的变故，构思宏大，情节曲折，扣人心弦。尤其是银河系之核与黑洞那一段的描写，是我第一次在文学中目睹到那无比灿烂壮丽的银河系之核，也是第一次震撼于这"宇宙坟场"的可怕与莫测。

1981年，就在我初三的那一年，更多的科幻作品不断出现，几乎所有的文学刊物和科学报刊都争相发表科幻作品，几乎所有的科技类出版社都纷纷推出科幻读物，正式刊物和丛刊都有，甚至报纸。如新蕾出版社旗下的我国第一份科幻专刊《智慧树》，海洋出版社的《科幻海洋》，江苏科技出版社的《科学文艺译丛》，四川省科协的双月刊《科学文艺》，科学普及出版社的文摘《科幻世界》。哈尔滨市科协创办了第一份科幻小说专报，从 1981 年开始，先在《科学周报》的副刊上设 8 版增刊作为试刊，名之以《科幻小说报》。还有《少年科学》《科学时代》《科学画报》等科普杂志，也不断刊发科幻文学作品。我当时读得较多的是《科幻海洋》，上面不仅有中国作品，还有翻译的外国作品，不仅有作家刚刚完成的新作，有"中国古代的科学幻想故事"，还有针对外国人的科幻作品写的科幻理论和批评。我第一次主动地阅读域外文学，就是从科幻开始的，在这里，也第一次知道了还有"世界科幻大会"。

《科幻海洋》开阔了我的视野，我知道了国外还有更多的科幻文学，于是又开始了新一轮的寻觅。中国青年出版社重印了儒勒·凡尔纳的作品，我一口气买了出版的大部分，《格兰特船长的儿女》《海底两万里》《神秘岛》《地心游记》《八十天环游地球》《机器岛》，那些幻想的、遥远的、异域的世界一瞬间竟离我如此切近。

二

科幻文学的世界在当时已经颇为丰富了，不过，最吸引我的还是那些与现实有各种关联的"未解之谜"，以及有关宇宙空间的想象。1980年，我读到了海洋出版社出版的《魔鬼三角与UFO》，这是王逢振、金涛编选的一本国外科幻小说集，据说是我国翻译出版的第一部西方短篇科幻小说集，在中国科幻史上具有里程碑式的意义。作者都是世界名家，如艾萨克·阿西莫夫、彼埃尔·布勒、罗伯特·席勒弗伯格、阿瑟·克拉克、约翰·温德汉姆、布里安·阿尔迪斯、克里福德·西马克、威廉·泰恩、约翰·克里斯托弗、克里斯·奈维勒、A.E.范·沃格特，等等。小说的题材十分广泛，不过，其中的不少想象于我还是颇有隔膜，无法唤起更多的喜爱，就只是对西班牙作家柯蒂斯·加兰这篇《魔鬼三角与UFO》产生了浓厚的兴趣，从此，开始收罗相关的书籍和记载。

1981年，一份绚丽醒目的杂志出现在邮局，《飞碟探索》。刚刚看到它的一瞬间，我还有点不敢相信自己的眼睛，竟然有了专门的UFO杂志！我赶紧购买，日夜捧读，大呼过瘾。上面不仅有世界飞碟目击事件的种种记录，有古代中国文献史料中的各种神秘记载，有天文知识的讲解，还有人们总结出来的与外星人取得联系的具体方法，这些方法我烂熟于心，虽然我并不敢冒险一试。从1981年开始，我常常购买《飞碟探索》，后来开始订阅，一直到大学时代，这是我阅读时间最长、关注得最深，也给我影响很大的一份杂志。

《飞碟探索》不仅给了我完整系统的UFO知识，也激发了我对宇宙天文知识的兴趣，除了不可确证的UFO现场，它还有相当的篇幅介绍宇宙天文的知识性问题，这却是可以确证的。在这些知识的鼓励下，我一进大学就跨系选修了"天文学概论"，企图继续漫游在浩渺的太空里。当时，天文系的教授生怕我们文科生心有障碍，专门讲授了"天文学如何有利于文学学习，历史学学习"，循循善诱。其实，对已经被无数的科幻故事反复淘洗的我来说，却完全觉得这是多此一举，天文本身魅力无穷，哪里还需要寻找其他学科来佐证、加持呢！1986年2月9日是20世纪第二次也是最后一次哈雷彗星回归，中国和世界各地都掀起了天文观测热。我那时在师大中文系上学，继续购买阅读《飞碟探索》，杂志上详细介绍了这一次重要的天文现象，还特别推荐了一款适合学生观测的天文望远镜，定价16元。这差不多是我们当时一个月的生活费了，但是为了不辜负这被激发已久的天文热情，我节衣缩食，硬是咬牙邮购了一台。从此，除了阅读文学书籍，我还不时将镜筒对准神秘的天空，观看那里的壮丽和精彩。这台望远镜一直被我带在身边好些年，直到2018年才被一台价值数千元的更为高级的天文望远镜代替。

《飞碟探索》给予我的最大的启发其实又在各种能确证不能确证的"知识"之外，它有意无意传达着的对自然、生命的一些非严格论证的猜想和看法，让我格外着迷。每隔一段时间，杂志上都会出现一两篇颇为特别的采访或报道，关于某一次无解的"第三类接触"访谈，或者哪位科学家的思想片段。这些报道和采访可能都不宜当作严格的档案文献予以保存和使用，科学家的思想片段也不宜作为学术论文供进一步的引用，我们甚至也还不能说自己就已经理解和掌握了其中的原理，但是，其中的片言只语却如电光石火般撞击了我们的思维，带给我们关于宇宙和生命的重要启示。有一次，我从杂志上读到一篇"第三类接触"的采访。那个被"外星人"劫持的被访问者回忆说，外星人告诉他，这个宇宙最根本的属性就是物质可以穿透另外一种物质。这话令我惊讶，又仿佛击穿了许多淤塞多日的思想，眼前为之一亮，如此这般，所有宗教、神话、传说、特异功能的现象不就可以相互贯通、百川汇流了吗？这篇文章让我兴奋了好几天，似乎自己对世界的认知真的可以由此升华。我知道，这些可以相信不可以确证的事实，这些可以意会不可以推论的判断，对于职业的科学工作者而言，无论是科学原理还是实验案例都还存在诸多的欠缺，不过，对于如我这般的文学人来说，却无疑可以带来思想的升华，因为，文学的功能之一，就是为世界的可能性预留空间。今天，每当我看到这份杂志的自我陈述，都还是深为认同的，"《飞碟探索》让我们生机勃勃的好奇心挑动被现实生活压得昏昏欲睡的大脑，带来另一种刺激与快乐"。

有时候，我真的觉得《飞碟探索》之于我们的存在就是一个奇迹，尤其当生活中的"机械唯物主义"依然盛行，我们对于猜测和幻想都心怀疑虑的时候。当然，我也由衷地庆幸，在自己还没有排斥幻想的年龄就与它相遇了，并且在精神中一直为它保留着一块洁净的林中空地。

三

科幻文学一直伴随着我的学习和思考，我也注意到了它的发展始终充满争论，只是没有想到的是，80年代初的这场争论在我最沉醉的时候愈演愈烈，最后竟然就让它深受重创、分崩离析了。

读了好一阵的科幻文学，我才发现，这些"文学"品种是自成一体的，与我在电台连播中听到的，在文学杂志上读到的并不混淆，它们有自己存在的地方。究竟是什么地方呢？其实就是科普。是的，科幻文学在当代中国源自科学普及读物，所以主管科幻刊物的并不是作协、文联，而是科协组织。那么，科学技术协会如何认定这样的文学创作呢？是运用文学来宣传科学技术成果，还是在科学技术的领地上允许文学自由想象？这些问题，对于中学生的我们，当然还轮不到关心，而更多的科幻文学读者也似乎不必关心，但是作为科技事业的组织者和领导人，却似乎不能不有所在意。1979年，在新时期的中国科幻文学尚在起步的时候，就同时出现了科幻文学姓"科"还是姓"文"的争议。有意思的是，就在这一年年底，英国科幻小说作家布里安·阿尔迪斯访华，与部分中国科普作家交流对话，来自科普领域的作者提出了一个中国式的问题：英国科幻小说是怎样教育青少年掌握科学知识的？没有想到的是，阿尔迪斯却断然否认了科幻小说负有什么科普义务，这让到场的中国科普作家大感意外。在阿尔迪斯看来，"科学小说是一种文艺形式，其立足点仍然是现实社会，反映社会现实中的矛盾和问题。科学小说的目的并不是要传播科学知识或预见未来，但它关于未来的想象和描写，可以启发人们、活跃思想"。这样的观点当然不可能传播到当年的中学生读者之中,可能就是现在的科幻读者也未必理解,科幻作家也未必认可,它却十分生动地揭示出了中国科幻与国外科幻的某种差异,也预示了我们的科幻文学在发展过程中可能会遇到的阻力与问题。

当有一天,我们的科幻文学发展越出了科普的任务,向着更广更深的领域开拓前进,会不会引来"越界""妄为"的质疑?对科普工作在特定历史阶段要求明确有别,对于文学来说,不断的精神探求几乎就是确定无疑的。

果然,80年代之初的科幻文学不仅日长夜大,而且开始脱离开科学本身约定俗成的范围,进入了更深的精神世界,创作的题材也开始介入到了某些社会领域,从而引起了该领域守护者们的困惑和猜忌。科幻小说是写给青少年看的,那么还有必要描写爱情、犯罪和社会反思吗?科幻文学既然是用之科普的,那么这"想象"是不是应该遵从科学的基本原理与规范,以免漫无边际?在科学原理的标准下,科幻文学归根到底是科学,是不是就得与"伪科学"划清界限?1983年,这场争论达到了高潮,一些重要的科学家都出来表了态,当然是继续站在科学的立场上,加上社会政治形势的变化,仅仅是创作方式上的讨论逐渐地添加了其他复杂的解释,最后,整个科幻文学都被贴上"精神污染"的标签,难以出版了。

1984年4月21日,《飞碟探索》编辑部收到了中国科协负责人的来信,信中告诫,"不能犯前一阵子所谓'科幻小说'的毛病"。

这一年,我正在重庆八中念高三,紧张的高考已经夺取了绝大多数的自由阅读时间,平时爱不释手的科幻文学已经疏远,发生在我曾经热烈关注的这个领域的争论也被考试的重压所屏蔽,待一年之后走出考场,却蓦然发现,江河横流,大陆漂移。我所熟悉的《科幻海洋》和《科学文艺译丛》已经无影无踪,《科学时代》和《智慧树》也随之先后停刊,本来已经试刊成功的《科幻小说报》再不见出版。二十余家科幻期刊只剩一家,唯有四川的《科学文艺》靠自负盈亏在勉强生存。"中国科幻之父"郑文光在获悉新作撤版,《科幻海洋》停刊,出版社整顿之后,突发脑溢血,从此丧失了写作能力,高产大家叶永烈退出科幻界,童恩正和萧建亨先后出国,其他科幻作家也纷纷封笔。我所热爱的科幻文学已然果实凋零,一片清冷了。

中国科幻文学的"复兴"是十多年之后的事情了,《科学文艺》终于坚强地熬过了寒冬,以《科幻世界》之名重出江湖,刘慈欣、郝景芳等新一代的科幻作家在新的国家战略的需要中崛起。曾经是少年科幻迷的我则成了这一番沸腾景象的旁观者,在众声喧哗之中,我得闲静静地坐在书桌旁,重读百年来中国科幻的曲曲折折,重温五四时期陈独秀的"敬告青年",看他如何定位科学,如何置"科学"于"想象"的对立面,也不禁感慨多多。此时此刻,我更加真切地感到,科学之路何等漫长,我的求学之路何等漫长,可能,中国科幻的自我发展之路也同样漫长。

初为人师

走在乡间的小路上

初为人师是我大学毕业,在四川渠县三汇中学支教之时。受西南师范大学的指派,我作为青年教师支教队的一员,在那里做了一年的乡村教师,教高中一年级两个班的语文。

1980年代末的青年教师支教活动,在全国范围内蓬勃推进,刚刚毕业参加工作的高校青年教师一律都需到偏远山区或农村支援基层教育,应届考取研究生的也得首先到乡村学校任教一年,升入大学一年级的部分新生则开始了为期一年的军训。就像当代教育史上曾经有过的教育革命一样,这可能也是新中国教育发展中重要的转折,对学生,对老师乃至社会都发生了十分重要的影响。在我个人,也是如此。

一

渠县三汇中学是达州市的重点中学。渠县是拥有近百万人口的川东大县，历史文化悠久，有"賨人故里、賨国古都"的美誉。不过，在 80 年代末的我看来，却远在天边。从重庆出发，先搭乘襄渝线列车，大约整整 5 小时到达渠县下车，再转乘县级公交车前往三汇镇，这一路都是农村公路，破破烂烂，两小时颠簸，稍不注意就是翻江倒海般的难受。到了三汇还需下至渠江边的水码头，等待轮渡过河，河倒是不宽，十来分钟即可至对岸，但上得岸来还要步行半小时方可望见一座简朴的校门，简易的砖砌门柱，刷上白色的石灰，颜色已经斑驳陆离。

出发之前，学校召集准备会，交代行装和纪律，特别提醒我们最好每人随身备好一双长筒靴。我十分不解，这是童年时代见过的行路装备，笨重碍事，在到处都是柏油马路的今天，还拿它何用？就在我拖着沉重的行李，吃力地爬上河岸，向远远的"汇中"艰难前行的时候，突然就懂得了这番交代的良苦用心。在艳阳高照的时节，这半小时的乡村机耕道虽然尘土飞扬，倒也行动无碍，然而一旦阵雨来袭，则很快就变成了泥泞不堪的畏途，没有高至膝盖的长筒靴，根本就是寸步难行。这一年中，我多次在雨中来回于学校与渠江码头之间，即便有长筒靴护航，也时常跌跌撞撞，浑身泥浆。

三汇中学的校舍包括一幢年久失修的礼堂，十来间川东农村的竹编夹泥墙房舍，既当办公室、教室，也作年轻教师的宿舍。跨进门槛，只见黑乎乎的地面上，到处都布满了煤球一样的"千脚泥"，简陋的桌椅板凳就摆放在这凹凸不平的地面上。房舍返潮严重，飞蚊众多，稍微多待一会儿就会被咬得浑身是包，让人心烦意乱。礼堂被用作部分住读学生的寝室，地面抹过三合土，但依然渗着水渍，沿着墙壁一字排开学生的床铺，所谓的床铺，其实不过就是直接平放在地面的木板，垫上一些稻草，稻草上就是学生从各自家中带来的被褥了。

学校只有一幢砖混结构的楼房，刚刚落成不久，用作老教师的宿舍，在一片简陋的平房中，显得巍峨挺拔。我们七人组成的支教团队，得到了特别照顾，被安排进这幢楼的一层。楼房一梯三户，左右两边是套房，中间是小单间。我们男生3人一间，住左边的套房里，女生4人就挤在中间的小单间中。套房是原来的教务主任分得的房子，他在对岸镇上另有居所，这房子的一间便由他还在上学的侄儿暂住，另外一间空着，就借给学校用作我们支教队男生的寝室了。对于刚刚走出大学校门的我来说，在一套有厨房、有卫生间的砖混居所中生活，还是第一次。稍微安顿下来之后，环顾四壁，有书桌有书架有台灯，虽然还是学生宿舍的上下铺铁架床，但也基本具备了一个"家"的雏形，心中也就生出了几分惬意和满足，有时候甚至闪过这样的念头：如果就在这里生活下去，也不是不能接受啊！

三汇中学对支教团队的优待反映出他们对师资的强烈渴望。这所在当地赫赫有名的重点中学，其实很少有学历达标的教师，除了几位年级组长、教研组长是本科毕业外，相当多的青年骨干都还是专科生，教书育人之余，还忙碌在各自的自学考试中，即便如此，也存在严重的师资缺口，如果没有我们支教团队的到来，可能许多课都难以顺利安排。学校为我们的到来举行了隆重的欢迎仪式，仪式上，我们每一位老师都被用不无夸张的语气郑重介绍，每一位老师的登场也都会赢得台下学生雷鸣般的掌声。

初为人师的我，就在这热烈的欢呼声中走进了高中一年级的教室。

二

学校食堂是一大间平房，主体部分就是厨房，学生排着队在窗口外打饭，没有餐厅餐桌，学生打了饭菜，就在操场或别的什么地方站着蹲着吃。菜的品种并不多，一律都混合了红彤彤的豆瓣酱，不过许多同学都很少打菜，就是一碗白米饭加一勺自家带来的辣椒酱。周末返校的时候，也有学生到食堂上交背来的大米，以此换取饭票，打饭就餐。

和这些农村孩子相比，我们毕竟已经有了工资，能够改善自己的生活条件。几天以后，大家都表示食堂的饭菜不适合我们的胃口，于是共同商议集体开伙，轮流排班下厨，两人一班，交替进行，每月消费按照人头平摊。这样坚持不懈，竟然撑过了一年。除了备课上课，大家也多了些操心的事项，每顿吃什么，米面肉菜，油盐酱醋，都得安排和计算。

大家都是从城市来到乡村生活，一系列新的生活问题陆陆续续出现了，好在都逐步获得了对付的办法。

首先是饮水问题。学校有自来水，但是我们很快发现，这水时清时浊，尤其雨后洪水流过州河，接入碗中的水竟有小半碗黄沙。几经打探，从老教师口中获知，这是因为水虽然"自来"，却只有一个简易的抽水设施，从州河抽上来的水，并未经过水厂的过滤和处理，直接就输送给了周边的居民用户。热心的老教师指点我们多买些明矾备着，水浑了就先用明矾沉淀，之后再烧开饮用。不过，水中看不见的泥沙还是不容易过滤掉，长期饮用会增加各种结石的风险，据说三汇当地人患胆囊结石比较普遍，不知道是不是和这个有关。所幸我们支教的这一年，三汇发洪水的时间还不多，所以需要沉淀净水的时候也不太多。

剩下的问题在于，明矾浸过的水，喝下之后容易泛"潮"，也就是馋肉，即便没有频繁沉淀，也已经出现了这样的生理反应。于是每日设法买肉买菜，置办特色餐食就成了轮值当班者的任务。经过侦察，我们很快在离学校不远处发现了一条不长的街道，当地人称作"渡江街"。街道不足百米，稀稀拉拉立着几家灰暗的店铺，理发店、药店、杂货铺、小面馆，等等，在坑坑洼洼的街道边间或也摆着几副菜挑子，放着一张肉案板，菜和肉都是附近的农民临时拿来卖的，很是新鲜。于是，大家牢牢抓住这一货源，发挥各自的想象力，煎炒烹炸，花式上阵，算是解决了最基本的生存问题。到了周末，如果当班的厨师心情大好，还可以舍近求远，渡河到三汇镇上采办一些更有特色的食材，如猪蹄髈、白芸豆、黑木耳，等等，为大家炖上一锅蹄花汤，炒上一盘木耳肉片，那就会赢得一众男女的赞美和恭维了！

可惜的是渡江街上的食材还是有限，包括蔬菜的品种也不够丰富，每每让当班的厨师捉襟见肘，颇多踌躇。有一天晚饭之后，天色尚早，大家结伴走出校园，在田间小路上散步。但见远远近近，各种农作物郁郁葱葱，令人爽心悦目，久居城市的我们都有点喜不自禁，仿佛回到了童年，奔走跳跃间不断辨识草木之名，正在亢奋之中，不知谁说了一句：这不到处都是瓜果蔬菜，品种多多吗？我们何不趁着夜色拔几棵回去呢！此言一出，大家又惊又喜，惊的是这种行径无异于盗窃，如果被人发现，岂不是颜面丧尽，喜的是困扰多日的食材问题轻松解决，这里遍地瓜果蔬菜，取之不尽！迟疑许久，大家还是抵挡不住诱惑，纷纷动手，或摘或拔，收获满满。当大家欢声笑语返回学校踏进校门的那一刻，却突然紧张起来，就这么拎着抱着各种战果走在学校，会不会引起其他老师的怀疑？尤其最后进入我们所在的老师宿舍楼，套间里还有借宿的中学生，一旦发现这些老师竟然也有如此缺乏文明教养的时候，岂不贻笑大方？于是，刚才的热烈欢快立马烟消云散，每个人都心怀鬼胎，做贼心虚起来。经过一番商量，大家决定分散前进，三三两两，分路入校，蔬菜瓜果都尽量隐藏起来，或揣进裤兜，或收入衣襟，或设法另寻口袋，但这些措施其实不过是掩耳盗铃，一个个鼓鼓囊囊又蹑手蹑脚地穿过校园，实在是欲盖弥彰。是夜，两个学生居住的小间虽然房门紧闭，却不时传出奇怪的笑声，大家面面相觑：莫非他们已经发现了我们"偷菜"，正在一起喊喊喳喳，大肆嘲笑？这么一想，便更加紧张，也后悔起来。

一连好几天，我们在套间里进出，都匆匆忙忙，心虚得不敢抬头视人，饭后的田间散步也一度中止，总觉得有人在指指点点，或者暗中潜伏，伺机抓我们的"现行"。

当然，时间长了，散步终归还得有，因为除此之外，我们的确已经没有任何的课外放松了。又是一天，我们一行沿着松软的田埂走到了更远的庄稼地，一大片冬瓜横躺在那儿，胖乎乎的甚是可爱，但再也没有谁提议下手摘取了。就在大家恋恋不舍地即将走出冬瓜地之时，突然从地里站起来一位干活的农妇，笑嘻嘻地对我们说：没有见过你们呢，刚来的新老师吧？大家恭维她的瓜长得好，农妇更高兴了，说：今年的冬瓜很好吃，你们想吃就自己摘吧！大家吓了一跳，莫非她知道有人偷菜？连忙辩白说我们就是散步，就是散步。农妇也不听我们解释，径直割下一个大大的瓜，执拗地捧给我们带回，理由是地里的东西，路过的人摘点很正常！这份慷慨让人意外，也勾起了一些难以启齿的歉疚……

那一天，大家抬着大冬瓜回学校，大摇大摆的。再以后，晚饭后到田间散步成了每日的功课，只是，不记得再有"偷菜"了。

三

支教老师，一般都没有兼班主任，所以课余时间还是比较多的，于是我搞起了科研。一天下课回寝室，同事告诉我：曾冬瓜刚刚来过，问你稿子打字的事情。这"冬瓜"可不是地里的收成，而是学校食堂里一位帮厨的工人，长得高大浑圆，被其他人戏称为"冬瓜"。他是一位热心的人，认识他是在食堂打饭时，他热情地和我打招呼，从泡菜坛里取出鲜嫩的仔姜和萝卜塞到我的饭缸里，那架势，也容不得我推辞。后来有一天，我需要些复写纸誊抄文稿，向办公室一位老师打听，曾冬瓜正好从旁边经过，他大声说：要什么复写纸，那东西沾手，弄得满手是油墨，不如用打字机打印。打字机？这里有吗？能打字吗？我完全没有想到，这所乡镇学校还有这样的设备。曾冬瓜得意地拍着自己的胸脯说：怎么没有，就是我负责打字！这实在让我大吃一惊，没有料到一位食堂的工人还兼着这样的高级事务。

曾冬瓜是个急性子，立即向我要稿，说下班后就开打，我反倒有点犹豫了，一是贸然将自己新写的手稿交给一位并不大熟的人不太放心，另外从心里也有点怀疑他的打字能力。但是经不住他的多次催要，就将一篇复写过的旧作交了过去，心中也不抱多大的期待。没想到他竟然很快就打字完成，还来找我去校正。

我找到了曾冬瓜的住所，一间最简陋不过的小平房，除了床铺，就只有两样东西引人注目，一是到处堆放着的大大小小的泡菜坛，二是一台半新不旧的打字机，还有好几盘铅制的字钉。我还是第一次看到这样的打字设备，好奇地询问起来，曾冬瓜耐心地对我讲解了一番，还怂恿我现学现用，用机器打出一段话来。

但是，当看到曾冬瓜为我打好的稿子时，我失望了，原稿中的许多字在字钉中都没有，满篇出现了不少的空白，而且这位老兄还自作主张，一边打字，一边根据自己的理解加以修改，从字词句到段落排版都留下了不少"修订"的痕迹。这稿子肯定是不能用的，但我又不愿拂了他的面子，辜负了他的一番好意，便嗫嚅着一边致谢，一边借故带着稿子要走。见我不打算继续和他讨论稿子的打字问题，曾冬瓜从刚才的喜悦转为明显的失落，讪讪地和我告了别。

以后，我再也没有找过曾冬瓜打字，他也再不提打字的事情，但偶尔在食堂见了，还是热情地问我要不要他泡的萝卜和仔姜。

我曾经猜测曾冬瓜这么热情是不是有什么事情要找我，或者托我为他在重庆帮什么忙，但是直到我离开三汇中学返回重庆，也没有见他来找我交代什么具体的事情。如今，三十多年过去了，我再也没有回过三汇中学，也不知他是否还住在三汇，更重要的是，我发现，自己竟然说不出他究竟叫什么名字。

我的第一批弟子

三汇中学高 89 级一、二班的同学就是我初为人师的第一批弟子。准确地说,是他们给了我此生为师的最早的信心。

一

我们支教队一行七人被安排住进了教师宿舍的一楼,男生寝室面向操场和校园,女生寝室的窗外则是丛生的杂草和斑驳的围墙,一片荒凉。

一天傍晚,吃过晚饭,大家各自闲坐,突然听到隔壁的翁老师大喊:外面有人!她的声音充满惊恐,在空中颤抖。大家都跑了过去,翁老师惊魂未定。原来她正端坐梳妆,突然从镜中看见后面玻璃窗上出现了一张陌生的面孔,偷偷向着室内窥探。大家都被这突如其来的情形吓了一跳，支教队领队立即向学校反映了女老师的遭遇和担心、顾虑，学校也在一定范围内作了调查，但是并没有明确的结果，后来这事也就不了了之了。待冷静下来仔细分析，我们猜测这大概是那些半大不小的中学生出于对远方来的老师的好奇，偶尔跑来探头探脑而已。

这些乡村孩子对我们的到来充满好奇是显而易见的。

我第一次走进高一一班的教室，就被班主任李老师作了隆重的介绍，说到什么北京师范大学中文系毕业，等等，每个孩子的脸上都洋溢着无限的向往和崇拜。这里，与其说是对学科专业的追求还不如说是对奔向远方的强烈的渴望，而北京就是充满魅力的远方符号。下课后，总是有学生过来问这问那，除了课堂内容外，问得最多的还是北京的一切。我曾经读过万县作家何其芳的散文《老人》，其中有这样引人遐想的句子："山的那边，那与白云相接并吞没了落日的远山的那边，到底是一些什么地方呢，到底有着一些什么样的人和事物呢"。我是重庆人，深深地理解身居川东"山之国"少年何其芳的心情，我们都曾经如此渴望翻过一座座看不到头的山峰，去发现那辽阔的远方，我知道，这也是同样生活在川东大山地带的这些学生的愿望，我理解他们内心的渴望，他们眼中的憧憬。

在孩子们面前，我是翻越大山出去过的人，他们盼望从我的眼睛中看见他们所想看见的世界，发现他们心中的远方。

就这样，有意无意地渲染关于"远方"的故事成了我课上课下的内容。打破刻板的课堂程序，讲起我童年时代的"翻山越岭"的梦想，讲述我曾经生活过的北京，80年代的北京师范大学，我的师长和我的文学梦境。我清晰地见证了这些孩子眼神的变化，从懵懂、茫然、麻木滞迟到灵敏、热切、神采奕奕，他们好奇地询问语文和语文之外的一切，层出不穷的提问有时也让我难以招架。鲁迅是耸立在中学语文中的一座高山，让许许多多的孩子望而却步，直到今天还到处流传着中学生有"三怕"的传闻，"周树人"就是其中之一"怕"。但我的鲁迅故事却是由王富仁老师亲自讲述的，王老师讲述的不是文学史的结论，而是鲁迅对我们人生追求的回答，在王老师的课堂上，我曾经和鲁迅一起翻越了人生的山岭，跨过了现实的沟壑，所以鲁迅便不是思想的权威，也不是道德的丰碑，而是生活的伙伴，是现实遭遇的倾吐者、倾听者。大半个学期之后，我发现两个班的同学都在期待鲁迅课文的到来。

一个星期天的下午，原本是全班同学的自修时间，班长却提出了一个请求：能不能在课本之外，专门给大家做一次讲座，集中讲讲鲁迅的人生和思想？这有点出乎我的意料，但以当时他们的求知热情来说，也不是非常意外，我自然不能推辞，认真做了准备，足足讲了三个小时。那是我平生第一次"受邀"做讲座，提前走进教室，我发现那天的教室有点小小的不同，坐得满满的，不仅有我班上的孩子，还有其他班级的我不认识的同学，日常的讲台上不仅有摆放整齐的粉笔和板刷，还多了几枝田野里采来的野花。就是这几枝野花，为当天的讲座增添了一点特殊的仪式感，不知道这些孩子主动邀请老师做讲座、在课堂教育之外"定制"自己所需要的知识是不是从这次讲座开始的，如果真的是这样，那可能就是一种自我成熟的仪式了。

二

我和班上的孩子们在生活中也无拘无束起来，虽然我并不是他们的班主任，但是他们都乐意与我交流，分享他们的喜悦和烦恼，课后也找各种理由来到我们的宿舍，借书，提问，有时在周末回家返校的时候还捎来家中的特产。

最没有想到的是我的一些生活动向也时时处于孩子们的观察、注视当中，肯定还有文学化的描述和讨论。在三汇中学，我认识了毕业于西南师范大学中文系的另外一位支教女教师康老师，我教高一年级一、二班，她教三、四班，频繁的交流让我们很自然地走近了，到后来，吃饭、散步和节假日回重庆探亲都在一起。在私人生活上，我一向不太留意周边人的议论和态度，所以依旧自然地行走在校园内外的小路上。很多年以后，那些当年的孩子早已经长大成人，成了另外一些孩子的父亲和母亲，我们在异地相聚，总是听到他们继续文学性地讲述当年的观感，我和康老师的结伴而行俨然就是少年人对美好爱情的第一次憧憬。离开三汇二三十年之后再听到学生口中的我们和"我们的爱情"，多少有点陌生化的诧异，也总觉得多有夸张，甚至还生出点小小的担心——不知道当年学校里其他的老师、领导怎么看待？不过，在总体上，我还是乐意听到这样的讲述，毕竟，对于十六七岁的少年来说，看到或听闻一段美好的爱情并不是坏事，这也是他们人生成长的重要经历。这些我教书生涯中的第一批弟子，如果真能从我的生活故事中得益成长，那也应是我的收获！

我和孩子们的这份亲近感还与当年的教学自由有关。因为师资匮乏，三汇中学不能有更多的选择，留给我们很大的自由实践的空间，因为那时教学管理也不太严格，对教参教案的统一要求也难以落实，我基本上是按照自己的语文理念在自由发挥,突出文学性,重视审美感受和激情渲染。用今天教育技术化时代的各种规范和程序来衡量,可能都不太合格,但是语文教育究竟是依凭规范还是诉诸感染,却是值得反思的大问题。无论如何,我就那么自由自在地讲了整整一年的语文,我的第一批学生也曾经那么享受语文的课堂,这比什么都重要。

1990年6月,支教结束,我打点行装,和康老师等集体离开了三汇。我们有意识选择了一个同学们上课的时间启程,免得大家都来承受一次离别的伤感。又过了两年,他们当中的一大批人考上大学,有一位找到了我重庆的家,特别告诉我一个高二时发生的故事:另一位刚刚毕业的语文老师接手我的班级,他按部就班的上课引起了同学们普遍的不适,竟然有学生当堂"发难",李老师就不是这么讲课的。这个故事其实让我很尴尬,因为我很明白,我的自由是特殊情形下出现的,这位老师的课堂才是中规中矩的讲课模式,实在是我的特殊性给人家造成了干扰!

当代教育在多大的程度上能够容忍一些超越常规的探索,或者说还能宽容教师的特殊的个性?这可能没有统一的答案。三汇中学的教书生涯,值得我久久怀念和回味。

三

不过,就是我这样的"语文个性",在当时的汇中也还是不无异议的。

记得是我教高一下学期的一个周末,我从镇上买东西回来,同事告诉我说:一班的班长下午过来了好几次,似乎有急事。这位班长姓何,平时和我比较接近。他会有什么事呢,莫非是家中有事求助?于是我很快找到了他。问起事情,他却支支吾吾,不愿在其他老师面前述说。我猜测,可能是家中遇到了困难,又羞于启齿吧。于是,我把他单独拉到一边仔细询问。何同学这才吞吞吐吐地告诉我说,他今天去找学校的一位老师,偶然听到他说,李怡老师这么讲课,将来是"走不脱"的!这让他大为惊骇,紧张了一下午,担心学校是不是在酝酿什么秘密的计划,最终不让我返回重庆,"强扣"在这偏远的三汇镇上。他哆哆嗦嗦地复述这个听来的重要消息,生怕因为他走漏风声被其他老师责罚,但更多的还是对我未来的担忧和焦虑,甚至在低声复述的时候,头上渗出了细微的汗珠。我想,为了这一次的通风报信,他肯定是鼓足了莫大的勇气。

说实话,刚刚听到这个缺乏前因后果的消息,我还真的有点紧张,支教政策在我们刚刚参加工作的青年教师这里并不是十分明确,它和过去的"支边"有多大的异同也不清楚,今天蓦然一听,真还是觉得从逻辑上存在这样的可能性。怎么办呢?我一时也没了主意,但是在学生面前还得强作镇静,我挥挥手说:没事没事,我都知道的,你赶紧去上自习吧。

学生走后,我反复回想,慢慢理清了其中潜在的逻辑关系。这里的关键是这个词:走不脱。字面意思当然是不让走,不得离开,等等,但是在四川方言丰富的含义中,它通常还具有另外一重指向,那就是此路不通,不能这么办。也就是说,那位老师很可能是在对我的上课方式进行评价,主要意思是李怡同志不按常规讲课,这样的教学方式是有问题的,从长远来看此路不通,不可持续。这样一看,这段话的确关乎对我的评价,但却丝毫没有将我"强扣"在三汇镇加以惩罚的意思。但我这位可爱的学生为什么如此理解,如此紧张,以至冒险报信呢?思前想后,我突然明白了其中的原委,他们是一群多么渴望翻山越岭、离开乡土的孩子啊!要么"走得脱",要么"走不脱",这是农业社会时代多少代中国人面临的选择,路遥的《人生》《平凡的世界》所讲的就是这样的故事,它们在数十年间深刻地烙印在了中国青年的心灵深处。他们的特殊的敏感引导了他们的信息辨识,当然,也肯定会以这样的认知来关心自己老师的前程。

我不记得后来是不是向学生解释过他的误读,在记忆中多半是没有,因为我一时间也无法分辨清楚他们的执着的理想和我这一代人命运的差异。然而在我的心底,却肯定无数次地祝福过他们,是的,以他们的坚韧和真诚,他们是会"走得脱"的。

多少年过去了,陆陆续续传来的消息都一再告诉我,当年那批高89级的同学,纷纷走出了三汇,走出了渠县,也走出了四川,他们最终看到了"山的那边"。

乡村的鲁迅

三汇中学一年的生活,给了我大城市所无法给予的许多东西,广阔的田野,金灿灿的油菜花,足以令人怀旧的"小山城"的颓败的景物,坑坑洼洼、弯弯曲曲的古镇街道,这都不是今天真假混杂的"现代古董"所能拥有的魅力,当然,还有那批天真烂漫、求知欲旺盛的乡村孩子。不过,乡村生活也有它难挨的部分,这就是信息匮乏的寂寞。每当夜深人静,我们还是渴望在丰富的社会信息与切实的人间关怀中变得充实。人性,永远在梦想的洒脱和现实的局促间徘徊,没有终结。

读书无疑是打破寂寞的最好的方法。然而,这并不容易,因为,直到 90 年代初,三汇中学还是一处被排挤在现代信息网边缘的孤岛,能够找到的可读之物甚少。

一

　　我随身携带的行李箱只够装入最基本的被褥衣物，除了一本教书必备的字典，其他书籍都难以塞下。学校办公室里有个报架，上面有《人民日报》《参考消息》《四川日报》等几种，但是一律都是三天以前的，因为当天的国家大报都得在成都印刷，成都印好发往达州得整整一天，达州分装好再运送到渠县又得一天，第三天能够从渠县县城到达三汇镇，再从三汇镇过渡到学校最快也是下午的光景了。办公室里还有一部电话机，但是没有拨号键盘，打到任何一处的电话都必须先使劲摇动手柄，这样才能接通电话局，然后说出你要拨打的地方，由电话局接线员统一转接，完全是民国时代的风范。当然，常常也是无法接通的。我们男生宿舍里有一台9寸的黑白电视机，不知道是学校的配置还是原来房主李主任所有，但只有反复拍打才可能突然出现一片雪花，偶有人影晃动，总之我们从未成功收到任何一段连续的节目，后来也就闲置在那里了。

　　不过，学校里却有一处小小的图书室，宽大粗糙的阅览桌上堆着一些过期的报纸，还有数排藏书架，上面主要是各科的教材、教参和其他教学资料，少许陈旧的"十七年"小说。一位慈眉善目的老太太守在那里，因为几乎没有人进来，她就不紧不慢地织毛衣，做手工。百无聊赖之中，我也去图书室翻看过期报纸，一来二去也就和老太太熟络起来，她说：靠里边还有些旧书，你可以自己进去找找。于是我掠过那些花花绿绿的教学读物来到了最里层的书架，在这里，发现了一长排的鲁迅著作的单行本，半新不旧的，全都是1973年"文革"期间的版本。

这当然不是大学学术的推荐书目，但是，遥远的三汇中学，没有可能跟随80年代的学术发展，为这些孩子的语文学习备好新版的《鲁迅全集》，这些十几年前的印刷品，已经能够满足我此时此刻的阅读需求了。

二

就从鲁迅读起吧！

在大学的现代文学课堂上，我也是从鲁迅读起的。

80年代，王富仁老师《中国反封建思想革命的一面镜子——〈呐喊〉〈彷徨〉综论》打开了我们这一代人的视野，一时间，阅读鲁迅、评论鲁迅成为理所当然的事情，借着评论鲁迅来"自我发现"却是更大的企图。学生时代胆子大，竟然首先就从老师的论著中寻找破绽，于是我写出了《〈伤逝〉与现代世界的悲哀》。也因为王老师的宽容，推荐到当时大名鼎鼎的《名作欣赏》发表，从此我走上了阅读鲁迅的学术之路。

虽然历经中国历史的变幻，鲁迅却始终屹立不倒，这曾经引起了某些愤世嫉俗者的疑惑，质疑鲁迅精神与某些基因的内在关系。其实并不是鲁迅一定要拽住我们，以"导师"自居，而是每当中国社会发展进入到某些晦暗的时刻，当那些眼花缭乱的学说和思想都隐身不见的时候，能够在暗影重重中支撑我们的精神，激励我们生存的恰恰就只剩下了鲁迅。王富仁老师的"思想革命"学说固然彰显了一个新时期的鲁迅形象，但是真正打动他的"鲁迅记忆"却延续在最朴素的生存之中，当我读到这样的文字，在心中激荡的回响久久不息：

> 《鲁迅全集》没有给我带来什么好处，反而把我可以有的"锦绣前程"给毁了。但我没有后悔过，因为我觉着有些人活得怪没有意思。活得巴巴结结的，唯唯诺诺的。鲁迅虽然一生不那么顺，但活得却像个人样子。人就这么一生，窝窝囊囊的，想说的话不敢说，想做的事不敢做，明明对人对己都有好处，却还是不说，专捡那些对人、对己都没有好处但能讨人喜欢的假话大话说。我喜欢鲁迅，就喜欢他说的不是假话大话，

说的不是专门讨人欢心的话，虽然当时年龄还小，懂得的事理不多，但这点感觉还是有的。直至现在，一些学者仍然认为鲁迅对人是很恶毒的，但我读鲁迅作品却从来没有产生过这种感觉。我从我的经历知道，鲁迅实际是对人、对自己的民族、对人类没有任何恶意的，只是他不想讨好人，别人听了他的话感到不舒服，而在中国，有权势的人总是能收到很多很多恭维的话，甜蜜的话的，而他们在鲁迅那里却收不到这样的话，鲁迅就不招在社会上有势力的人的喜欢，而一当有势力的人不再关爱他，就有很多人前来找他的岔子。①

鲁迅不仅打动了少年王富仁，虽然他那个时候可能还没有想到过什么"思想革命"，什么"研究体系"，在80年代结束的时候，其实也继续打动着我，虽然我已经知道了"思想革命"，也自觉地认同了新的"研究体系"。但是任何理性的学习都不能代替真切的人生感受，当我不得不栖身在城市的远方，在校园思潮的边缘重新生活的时

---

① 王富仁：《我和鲁迅研究》，《鲁迅研究月刊》2000年第7期。

候，也必须重新面对周边的荒寂和自我精神的孤独，某些历史的情景似乎因此被"重建"，而我则别无选择地只能与鲁迅相遇，在那个缺少知识和当下信息的角落，鲁迅是唯一可以拂去尘埃，自由捧读的内容。我觉得，人生的境遇不仅让我进一步走进了鲁迅的世界，其实也走进了少年王富仁的世界，在这个现代中国人都有可能经历的"典型"环境中，我们都有机会阅读和体验那一种"典型"的情感。

《呐喊》《彷徨》我都读过好多遍，那就再读《故事新编》吧。图书室里的老太太让我随意借阅任何的图书。我抱了一大堆的鲁迅读物回宿舍，既有作品，也有各种各样的注释和阐发，虽然这些"政策图解"式的阐发几乎没有什么说服力，但是它们都与鲁迅的原作排列在一起，却也构成了一种奇异的"学术氛围"，告诉我这是一件有无数人积极参与的事业。而此时此刻，与它们为伍的我是值得的，多多少少，它们的存在也给了我信心，给了我动力，或者在我后来捉笔表达心得的时候，成了我可以面对的讨论的对象。现在，我明白了，生活的寂寞也可以通过这种学术氛围的形成和解构获得超越。

"文革"时代的鲁迅论没有什么理性的含量，这留给了我充分的自由阅读的空间，面对《故事新编》的文字本身，我投入、沉浸、咀嚼，努力辨认那些奇谲诡异的神话叙述的真切的人生意味，然后记录下我各种新鲜的感受，《呐喊》《彷徨》之后的精神世界好像正在为我徐徐展开，那里有夷羿"英雄末路"的尴尬，有眉间尺义无反顾的复仇，也有不肖子孙对创世之主女娲的无赖似的纠缠，这仿佛是一个五四退潮、"启蒙"终结的故事，而鲁迅似乎被从现实的沙漠抛入到了历史的荒原，在当代生活的远方回望人生。不知怎的，这样的情景也令脱离城市喧嚣、置身田野乡村的我更能"共情"。

三

我用文字叙述自己的这些阅读的发现，就是出于对鲁迅文字世界的再现，并不需要太多的理论的周旋，这样的读书体会反倒更加真实和朴素。当然我渴望回应和印证，于是在一番表达的挣扎、文字的搏斗之后，我试探着在身边支教的同事中寻找知音。历史李老师和语文康老师都主动和被动地成了我文章的听众，尤其是康老师，原本就是西南师范大学出版社新入职的文学编辑，对文字的敏感和文章规范的看重已经成了她的一种职业本能，她有时候近于苛刻的挑剔让我很是沮丧，但一种征服编辑的顽强也因此生成。历经反复的磨砺，终于康老师流露出了满意的表情，这不禁让我暗自庆幸。翻阅那些已经在复写纸上成型多时的稿子，康老师说：你可以找个杂志投出去啊！

对啊，投稿吧！我马上想到了北京的《鲁迅研究月刊》。1987年，因为王富仁老师研究的争议，我连续关注和阅读了这份杂志上的许多文章，那些质疑、批评王老师的论文令人莫名地紧张，有时甚至产生隐隐的窒息之感。但是也是这一份杂志，连载了王老师数万字的长篇回应，一时间传诵广泛，让很多关心王老师的师大师生深感宽慰。我记不得杂志的准确地址了，只好在信封上写下一个笼统的"北京阜成门北京鲁迅博物馆"，当然，装入的稿件是整整齐齐的。三汇中学附近没有邮件寄送处，第二天一早，我就出发，走了半小时的机耕道，再乘轮渡过河，找到三汇镇上的邮政所，用挂号信将稿件寄往北京。

三汇与北京，在我的心中隔着千山万水，我并不期待很快就有什么消息。不过，等待却也没有那么长久，数月之后，一封鲁迅博物馆的邮件寄到，告诉我说论文将在近期刊出，落款署名"高远东"。再过了一段时间，杂志也寄到了。我激动地拆开装有两册样刊的大信封，轻轻抚摸着信封上的蓝色名字：鲁迅研究月刊。想象着它如何来自我曾经熟悉的北京，又如何穿越崇山峻岭来到这偏远的川东乡村，由此打通我感受过热烈的1980和冷寂落寞的

1990，似乎也打开了我人生的一条新路，或许对《故事新编》的阅读就是这一新路上的正确的选择。

我不记得文章发表的喜讯让我有怎样的庆祝，是不是拉上朋友在校外的田野上乘兴而行？是不是渡河上街，到三汇镇里游走餐饮了一番，又或者是在夜色降临之后，在台灯下兴冲冲地高声朗读，向我的同事康老师炫耀杂志精美的印刷和新鲜的墨色？这一段记忆的模糊很可能还是被《故事新编》带给我的通向未来的光亮所掩盖了。总之，我记得最清楚的还是愈加勤奋地阅读和写作，是一篇又一篇的阅读心得传到了康编辑的眼前，又是遭遇了一次次的批评和质疑，而到最后，我竟然完成了对这部小说集的完整的阐释。

对我来说，《故事新编》是完整走近鲁迅的一次尝试，对于我曾经寂寞的支教生活来说，鲁迅是我重新发现人生意义的一个契机，它也让我的语文教学焕发出了新的光彩。那时的高中语文没有《故事新编》的篇目，但这并不妨碍我在自己的课堂上为同学们讲述这部小说的热情，而且我很快发现，其中那些神异的想象更能引起同学们莫大的兴趣。几次鲁迅的补充阅读之后，同学们都让我继续为他们推荐鲁迅的作品，似乎课文中反复出现的鲁迅也不能满足他们的渴求。翻过年的五一劳动节，就在学校放假的前夕，我正在收拾东西，准备回重庆看望父母，一位学生找到我，问我能不能在重庆替他买到《鲁迅全集》。这是一位家庭条件并不宽裕的孩子，我看到过他背着大米来学校"搭伙"，用自家的粮食换取日常生活的饭票。他的要求让我吃惊不小。当然，那个时候，重庆的书店里也买不到鲁迅的全集，我也一时不能帮他完成这个心愿。

新时代的今天，我们常常听到这样的感叹：鲁迅对今天的中学生还是有点难，或者说离他们有点远。有时候我百思不得其解，难道当下的孩子在理解能力上大幅退化了，或者，就是社会本身发生了什么翻天覆地的变化？在我的记忆中，鲁迅不就在遥远的乡村找到了知音，而且深深地影响了一代质朴的孩子吗？

学人随笔

王得后:"立人"的脉络

2021年,商务印书馆推出了王得后先生的《鲁迅研究笔记》。这是一部十分特别的著作,著者王得后先生是新时期之前(1976年)就进入北京鲁迅研究室的"老一代"的学者,选编、评点者则是新时期以后"第三代"学人的重要代表钱理群先生,虽然他们年龄差距仅仅只有5岁,钱理群在评点中也以"得后兄"相称,但是如果按从事学术事业的严格时间算来,王得后先生无疑还是属于所谓的现代文学"第二代"。如此一来,这一本《鲁迅研究笔记》也就成了两代学者的"共同结晶":既是新中国"第二代学者"王得后先生关于鲁迅的论述,又是"第三代学者"钱理群先生亲自选编、评点的成果。在我看来,这种著与编、评的独特组合传达出了一种意味深长的含义:在两代人之间存在着一种内在的学术联结和思想认同，王得后先生的鲁迅论，以"立人"作为理解和阐述鲁迅的基本立场："我觉得我从他的全部著作与译文中发现了他以'立人'为出发点和中心，提出了一系列互相关联的观点。"① 而钱理群的编选、点评也刻意突出了他本人对鲁迅"立人"追求的认同，包括他如何在人生道路上受到了王得后先生等人的影响。②

2017年，在悼念王富仁逝世的文章中，钱理群第一次提出了鲁迅研究"生命学派"的概念③，第二年，在汕头大学首届新国学高峰论坛的书面发言中，他又再一次论述了1980年代的"生命学派"的问题，他说："这样的鲁迅研究，已经把学术研究和自己的生命、研究对象（鲁迅）的生命融为一体。对我们来说，研究鲁迅就是与鲁迅不断进行精神的对话，思想的交流，是一个生命成长、人生境界不断提升的过程。个人的生命发展史是与自己的鲁迅研究史紧密纠缠在一起的。"④ 按照这一概括，我们可以梳

---

① 王得后：《〈鲁迅教我〉题记》，载《鲁迅研究笔记》，商务印书馆，2021，第3页。
② 钱理群：《前言》，载王得后著、钱理群选评《鲁迅研究笔记》，商务印书馆，2021，第2页。
③ 钱理群：《"知我者"走了，我还活着》，《文艺争鸣》2017年第7期。
④ 钱理群：《1980年代"生命学派"的追求》，《现代中文学刊》2019年第1期。

理出来完整清晰的"生命学派"的学术脉络,包括王富仁的"反封建思想革命",也包括钱理群的"心灵的探寻"。他们的共同特点就是将鲁迅的思想与文学视作现代中国人人生与生命探索的重要表现,"反封建"是在挣脱专制主义的奴役中赢得人的基本权利,而"心灵的探寻"的方向则是现代人自我精神发展的基本走向。在 80 年代,像钱理群、王富仁这样的"第三代学者"正处于国家学位教育改革、新生力量在高校崛起的历史时期,所以在"与时代同步"的节奏中,他们的学术建树很快就进入了知识界的视野,引起热烈的反响,产生了强烈的冲击。在那些新鲜的激动人心的结论此伏彼起地炸裂开来的时候,人们更容易相信"历史突变"的现实,将每一份新的成果都当作与旧时代"决裂"的标识,一时间竟没有耐心来冷静地回看历史的过程,发现那些转折起伏的内在脉络,挖掘思想运动的潜在的动能。于是,在时代的追光灯打不到的暗处,有像王得后先生这样的默然坚实的身影,只有到了所有的"思潮"都呼啸而过,历史的潮流再次泻入了相对平稳的河床之时,那种种刀削斧砍般的运动痕迹,那沧海桑田的历史轨辙,才会慢慢地浮出水面,成为我们注目和记录的对象。

　　王得后先生的鲁迅研究就是这样。《鲁迅研究笔记》

收录了他自1981年至2016年间的鲁迅研究论述总计20篇（包括选自《〈两地书〉研究》的3篇），可以说是先生三十五年来鲁迅研究的代表之作。从中，我们大约可以梳理出先生学术思想发展的基本路径，窥见其文学研究的重要特色。早在1981年9月，在后来震动中国学界的"第三代"学人刚刚完成自己的硕士研究生学业的时候，王得后先生的思考就已经跨出了"阶级论"的束缚，在一个更为广阔的人生关怀与人性关怀的视角上解读鲁迅。他为纪念鲁迅诞辰一百周年而提交的论文《致力于改造中国人及其社会的伟大思想家》十分明确地论述了"立人"的价值：

> 鲁迅独特的思想是什么呢？是不是可以这样来概括：以"立人"为目的和中心，以实践为基础，以批判"根深蒂固的所谓旧文明"为手段的，关于现代中国人的哲学，或者说是关于现代中国人及其社会如何改造的思想体系？鲁迅著作的精华是对于现代中国各阶级和阶层的社会心理的精确描绘和批评。[1]

---

[1] 王得后：《致力于改造中国人及其社会的伟大思想家》，载《鲁迅研究笔记》，商务印书馆，2021，第9页。

人、立人、现代中国人，这些概念对于今天的读者而言已经是十分稀松平常了，几乎引不起任何思想的涟漪。然而，回到新时期以前的历史，我们就会知道，这都不是那个年代的术语和理论方式。正如有人归纳说："在以往关于鲁迅思想研究的文章中，对于鲁迅思想发展的动因都曾接触到了这样两个问题，一是阶级斗争的事实教育了鲁迅，一是马克思主义理论武装了鲁迅。"[①] 阶级、阶级斗争、马克思主义才是鲁迅思想阐述的核心词语。虽然时至今日，这些词语和阐述方式依然有着它们不可替代的价值，揭示了鲁迅思想这一庞大系统的重要侧面，但是，显而易见的是，它们集中强化了作为"阶级一员"的鲁迅在现代政治斗争中的选择，却严重忽略了作为个体的"人"在现代思想文化发展中的精神与情感，并且在很大程度上离开了鲁迅思想发动之际的"原初话语"与"自我逻辑"。四年之后，王富仁公开提出："在我国逐渐形成了一个以毛泽东同志对中国社会各阶级政治态度的分析为纲、以对《呐喊》《彷徨》客观政治意义阐释为主体的粗具脉络的《呐喊》《彷徨》的研究系统，这个研究系统曾对《呐喊》和《彷徨》的研究做出了自己的贡献，但随着研

---

① 马良春：《鲁迅思想研究中的几个问题》，载《1913—1983鲁迅研究学术论著资料汇编》第五册，中国文联出版公司，1989，第516页。

究的深入开展,也逐渐暴露出了它的一些严重缺陷,现在有必要以一个新的更完备的系统代替这个旧的研究系统。"[1] 王富仁由此发出了"回到鲁迅那里去"的呼吁,这其实就是尊重和还原鲁迅作为"现代文化进程"中的个体所表达的思想和语言的基本事实,而表述这一基本事实的鲁迅思想就是"立人",就是作为一位"现代中国人"对"人"的认知和设计。从鲁迅研究史来看,王得后先生的确就是"立人"思想的更早的论述者。

王得后先生不仅在新时期之初就大胆挖掘了鲁迅思想的"立人"核心,而且也如同数年后王富仁"反封建思想革命"的论述一样,形成了一个较为完整的关于鲁迅的阐释系统。《鲁迅研究笔记》虽然只是一部论述选编,但我们也可以从中见出作者围绕"立人"构建自己学术思想的种种努力。

辑一中的三篇论文是对"立人"思想的系统解释,《致力于改造中国人及其社会的伟大思想家》类似绪论;《鲁迅思想中的人性问题》是进一步透视鲁迅对于"人"的一系列基本命题的理解和回答:人性、兽性、人道、人道主义以及国民性、阶级性;《〈鲁迅教我〉题记》是论

---

[1] 王富仁:《〈呐喊〉〈彷徨〉综论》,《文学评论》1985年第3期。

者以"立人"为中心构想的一个宏大的鲁迅研究计划,整整二十条设问绘制出了设想中的鲁迅研究方案。钱理群为此感叹道:"这本是可以写成一本'大书'的。"①

辑二是以《两地书》为例,具体观察鲁迅在具体的家庭与亲情关系中的人性、心理与灵魂。他从鲁迅的手稿获得启发,结合《两地书》原信参照、比对,试图进入鲁迅幽微的精神世界,在私人的爱情、友情与亲情交往中,深入发掘鲁迅的人道主义、个人无治主义,以及丈夫与妻子、母亲与儿子、父亲与儿子之间的精神联系……这是鲁迅最真实的"人性",也是"人"的鲁迅的真实选择。研究将对"人"的鲁迅的"还原"贯彻到了个人生存的细节。

辑三中的三篇论文讨论鲁迅与孔子思想的分歧。这不是一般性的文化思想研究,不是对鲁迅与孔子的社会学说、教育学说的泛泛的比较,而是集中在一个方面,即他们如何定位"人",如何看待人的价值和意义。"鲁迅是为人生的思想家,孔子也是为人生的思想家。因此,鲁迅与孔子,在为人生这一点,有一些共同的思考,鲁迅认同孔子的一些观点,是必然的。不过,鲁迅的为人生,是要

---

① 钱理群:《钱理群评点》,载王得后著、钱理群选评《鲁迅研究笔记》,商务印书馆,2021,第74页。

改良这人生，疗救社会的病态，改善人性，推动社会向前发展。孔子的为人生，是想挽救王纲解纽的社会，培养君子，把社会拉回周王朝的鼎盛时期。因此，鲁迅与孔子分歧多于认同，而且分歧是重大的、根本的。"① 这种比较和辨析，同样为我们呈现了鲁迅"立人"的时代特征。

辑四的四篇论文，集中剖析鲁迅与左翼文学的异同。在过去，我们通常断定鲁迅和左翼文学都是现代中国的"为人生"的进步文学，甚至也笼统地将鲁迅一并归入左翼文学的范畴加以理解和叙述。这自然有它的重要理由，但是，执着于鲁迅独特的历史价值的王得后先生却依然要刨根究底，通过他的精准解剖揭示鲁迅的与众不同，王得后先生深刻地指出，鲁迅与许多左翼文学的重要差异就在于鲁迅始终坚持"立人"的理想，而后者则可能因为其他原则而放弃或牺牲"立人"："鲁迅步入左翼文学阵营，没有改变他的'立人'思想，而是吸纳了马克思主义的基本观点，特别是普列汉诺夫的文艺理论。""历史表明，鲁迅文学比左翼文学的思想根基更深厚，美学品位更丰富，更具开放性，更有可供后人借鉴的资源。"②

---

① 王得后：《鲁迅与孔子的根本分歧》，载《鲁迅研究笔记》，商务印书馆，2021，第173页。
② 王得后：《鲁迅文学与左翼文学异同论》，载《鲁迅研究笔记》，商务印书馆，2021，第261页。

辑五收入七篇杂文，都是对当下各种社会问题的有感而发，但这些感慨多半与鲁迅的思想相互交织，可谓是"鲁迅风"的延续，或者按照编者钱理群的定义来说是从鲁迅出发，"接着继续讲"。接着讲什么呢？当然还是为了人生，为了"立人"而不屈抗争："从鲁迅出发，阐释鲁迅，然后按照鲁迅的思想和思路，思考我自己和我同时代的人的生存、温饱和发展的问题，提出新的思想。"[1]

近四十年来，王得后先生不仅以对"立人"思想的阐释为中心，建构起了一个较为完整的、有机联系的鲁迅研究系统，而且在这一学术领域里，他比别人更加的坚持和笃定，始终全心全意，专心致志地做"祖述鲁迅的人"。正如钱理群所说："我的研究逐渐转移到当代知识分子思想史、精神史的研究，富仁也开拓了'新国学'的新领域，而得后始终心无旁骛地坚守在鲁迅研究岗位上。尽管九十年代和二十一世纪以来，不断有人回避、远离鲁迅，甚至以批判鲁迅为时髦，得后依然毫不动摇地以自己的新研究回应一切对鲁迅的诋毁与攻击。这样，得后就成了'新时代'少有的鲁迅的'守望者'。"[2]

---

[1] 王得后：《从鲁迅出发，回到人类生存、温饱和发展的抗争》，载《鲁迅研究笔记》，商务印书馆，2021，第364页。
[2] 钱理群：《前言》，载王得后著、钱理群选评《鲁迅研究笔记》，商务印书馆，2021，第6页。

《鲁迅研究笔记》的另外一个特别之处就在于它不仅仅是王得后先生的个人学术结集,而且是"第二代"学人的思想如何与"第三代"学人发生内在精神联系的生动记载:王得后先生的代表性文字被钱理群亲自选择、编辑并评点,我们读到的不只是王得后先生的个人独白,更有钱理群的理解、认识和思考,可以说这是一个学术史上十分罕见的文本,两代学人面对同一个话题——关于鲁迅,产生了强烈的思想共鸣,引出了深刻的精神交流,形成了对时代、社会以及自我的各自思考。在我看来,发生在这两代人之间的交流和对话,具有弥足珍贵的历史意义。

中国现代文学研究中的代际分野问题是在"第三代"学人涌现后才引起人们注意的。1989年,作为对新时期十年的某种总结,北京师范大学三位年轻的博士首先定位了"第三代"学者的历史价值以及内在焦虑,他们的判断是:"第三代的基本成员,大都为'文革'后首批招收的中国现代文学专业硕士研究生。作为一个研究群体,他们引起学术界的普遍瞩目是其学位论文集中发表之时。"[1] 从那时到今天,学术史不断得到梳理和追溯,当今的基本共识已经达成:在新中国建立之初即投身于现代文学学科的一

---

[1] 尹鸿、罗成琰、康林:《现代文学研究的第三代:走向成功与面临挑战》,《文学评论》1989年第5期。

代像李何林、王瑶、唐弢、贾植芳、钱谷融等是中国现代文学研究的"第一代";50年代到60年代初毕业走进学界的属于"第二代",如严家炎、叶子铭、陆耀东、范伯群、樊骏、杨占升等;新时期以后出现的则是"第三代"。按照这个标准,王得后先生一路坎坷的求学与人生经历可能多少让他承受了历史的代际尴尬。先生1934年生,1957年毕业于北京师范大学中文系,中间遭逢时代之祸,无缘学术多年,至1976年方才调入北京鲁迅研究室从事专业研究。而数年之后,富有锐气的"第三代"就破茧而出了,"其间,人们是怎样争相传阅、热烈议论这些充满新鲜感的文章,是怎样惊喜地注视和欢呼着一代学术新人的出现"[①]。也就是说,在学历上十足的"第二代"学人王得后先生实际上被历史推挤到了他那个时代的最后一刻,他的默然的思考和研究都不得不遭遇更年轻也更受时代青睐的后起者的遮盖和屏蔽,平心而论,在这种历史的夹缝中坚持自己的思考,坚定自己的立场是需要何等的定力和意志!

所幸的是,历史代际的关系并不都是单纯的竞争和代替,或者说我们曾经想象的"进化"。在精神发展的领域,

---

① 尹鸿、罗成琰、康林:《现代文学研究的第三代:走向成功与面临挑战》,《文学评论》1989年第5期。

不仅有姿态和方法的超越和否定，也有思想和情感的联结与认同，尤其在那些社会历史充满波折顿挫的时期，人生和生命的经验并不都是随着时间的流逝而不断翻新更迭的，多少代人的郁结也会形成思想的盘桓，在某些历史的关节点久久徘徊，沉淀着、等待着思想突破的蓄能。如果我们不甘于成为一位自我感觉良好的轻率的进化论者，就最终会切实体会到这一份"盘桓"的分量。钱理群为王得后先生论著所写的"评点"就是在细细咀嚼这一历史的分量。因为鲁迅，两代学者心灵相遇；因为"立人"，他们共同把握了中国现代文化进程最不能"告别"的思想；因为当代的我们迟迟无法完成某些精神的更新，他们不得不一再重复着自己的宿命，而且穿过历史的烽烟，摸索思想的脉络，和更多的前前后后的人们跨代携手，守望未来。钱理群先生写下的点评，不只是阅读的表达，更是深情的呼唤，是信念的铭记。他说到默然的王得后如何深深地影响了他的学术，说到同一代的王富仁如何与自己同气相求，又说到樊骏、杨占升、王信等"中年一代"的共同追求，钱理群要努力记录的就是这历史顿挫之后的思想的"盘桓"，是这一些看似固执的思想之流所积蓄着的冲毁暗礁、涉过险滩的力量："我们的学术研究从一开始就有极强的社会责任感，历史的参与感，心中始终有一个'中国问题',有一种用学术的方式参与正在进行的中国社会变革的自觉意识。这样的研究,就自然不是为学术而学术,而具有某种实践性的品格,并且把自己的人生选择和学术选择、做人与治学融合为一体。"①

1989年,在更年轻一代学者的眼中,"第三代"异军突起、领时代之风骚,是莫大的历史机遇,但他们也会遭逢新生代的持续挑战,因为他们过于执着于现实的"泛意识形态"批评,终究还是未能确立"文学本体"的艺术高峰。② 三十多年过去了,大概那时的青年一代谁也没有想到,这理想中的艺术高峰并没有在我们的土地上拔地而起,倒是历史逡巡的步履一再令我们蓦然回首,重新打量那些百年岁月的远端,那些与人的现实生存纠缠不休的文学的旧话题。其中,频频提及的就有鲁迅,就有鲁迅的"立人",于是乎,在这条思想脉络上固执坚守的王得后先生还会被更年轻的学人记起、读到。在一个可以预见的将来,我们还会与王得后先生相遇。

---

① 钱理群:《1980年代"生命学派"的追求》,《现代中文学刊》2019年第1期。
② 尹鸿、罗成琰、康林:《现代文学研究的第三代:走向成功与面临挑战》,《文学评论》1989年第5期。

张恩和：永远属于师大校园

第一次见到张恩和老师，是在 1992 年北京新万寿宾馆的郭沫若研讨会上，但真正近距离地向他请教、与他交流，却是十多年以后在北京师范大学校园他的家中。这时我调入了师大教书，有好几次，我有机会在张老师的家中和他促膝交谈，获益良多。

我知道，张老师 1958 年毕业于北京师范大学中文系，在北师大中文系任教长达 25 年，20 世纪 80 年代才转任中国社科院研究生院教授。因为他的夫人邹晓丽也是北师大中文系的教师，所以家依然还在师大，这就是说张老师始终都没有离开过师大校园。1983 年以前，他在这里求学、治学、教学，可以说是北师大中国现代文学学科的重要代表，1983 年以后，这里还是他读书、写作和生活的所在，直到 2019 年 11 月 10 日，他送医不治，才真正离开了师大校园。

张老师与北师大的这种紧密联系不仅见于人生与学术履历，更内化成为他自我精神和情感的一部分。张老师晚年的一些著述、访谈，时不时就会写到他与师大的故事："北京师大中文系名师云集……加上那时学习风气浓厚，大学四年是我一生中过得最充实、获得知识最集中的时期。"① 关于启功、谭丕模、钟敬文、李何林的交往，关于"筒子楼"的生活、"第一次稿费"的经历。虽然身在社科院，却还撰文为"师范大学"的可能更名的传闻而叹息，衷心期待"师范"这顶"帽子""戴得更高，更正，更紧"。② 在我与张老师的交谈中，他也常常将话题引回到师大的人和事来，历史过往、院系掌故，总是娓娓道来，臧否人物，亦是兴之所至，不假思索。看得出来，这点点滴滴，都已经融化成了他铭心刻骨的人生记忆，二十多年的师大生涯在张老师的生命中刻下了极其深邃的痕迹，甚至构成了他思维和语言的一部分。在一般学人的眼中，特别是年轻一代学者的印象中，张老师是中国社科院的学者，殊不知，在这种"单位身份"的刻板形象背后，

---

① 黄海飞：《鱼与熊掌，何妨兼得——张恩和教授访谈录》，《创作评谭》2019 年第 1 期。

② 张恩和：《"师范"这顶帽子不能摘》，载《深山鹧鸪声》，福建人民出版社，2001，第 173 页。

其实藏着一个自始至终都满怀着"北师大情结",处处都有"北师大印迹"的"师大老人"的身影。在见到张老师本人,尤其在与他有过多次的无拘无束的畅聊之后,就会发现这个"师大老人"的清晰的存在。有了这个"师大影像",我再读张老师晚年的文字,似乎更有一种特别的感受,这字里行间秘藏有人生不可磨灭的际遇,而学术思想的选择与追求的背后也隐含着某种特殊的"与北师大相关"的"趣味"与"气质"。

张恩和老师去世后,我断断续续重新阅读了他从60年代至新世纪以来的著述,这个感受越发明确起来。以我个人对"北师大现代学术传统"的理解和认知,我相信在张老师与"师大传统"之间,存在着一种坚实的内在贯通,一方面,是这种传统"塑造"和影响了张老师的中国现代文学学术取向,另一方面,张老师也是这一"传统"在新时期前后的重要的贡献者。可惜的是,无论是张老师作为这一学术传统的重要代表,还是这一学术传统本身,我们都还缺乏足够的重视,也完全没有作出必要的总结和阐发。

"百年师大,中文当先。"描绘北京师范大学中文学科的发展历史,这是一句经常被征引的判断。在一个较为抽象的意义上,它的确昭示了某种令人鼓舞的气象。不过,

"百年"来的中国社会文化实在曲折多变,中国学术的发展也可谓是源流繁复,"当先"的真实意义常常被淹没于时代洪流的汹涌波涛之中,作为某种标榜性口号,并没有得到理性的总结和梳理,也就是说,真正"思想模式"与"学术典范"的北京师范大学中文传统,尤其是现代文学的学术传统一直等待着我们更多的挖掘与理解。

现代中国的高等教育肇始于京师大学堂,京师大学堂发展生成了中国现代高等教育的翘楚北京大学,不过京师大学堂也有另外一条发展线索:在这里,生成了1908年5月的京师优级师范学堂,进而诞生了1912年5月的北京高等师范学校,这就是北京师范大学的前身。北京师范大学秉承了京师大学堂"办理学堂,首重师范"的理念,其引领现代教育与文化发展的首功由此载入史册。但是,京师大学堂"花开两朵"这一史实绝非仅仅是证明了北师大与北大乃"一奶同胞",或者说北师大的历史与北京大学一样的古老,它很快就提醒我们一个十分重要的事实:现代中国高等教育的发展在一开始就呈现出了各自有别的两种模式。与作为"时代先锋"的北京大学有别,北京师范大学走出了另外一条教育之路,形成了自己的文化品格,虽然它和北大一样背负着近代历史的忧患,心怀着五四新文化的理想,也可以说共同面对了现代教育与现代文化建设的未来。

作为面向社会、服务民众的师范教育的开拓者，北京师范大学的教育理想在一开始就是在"精英化"之外矻矻耕耘。从京师优级师范学堂里走出了符定一，京师中国语言文学的优质教育让这位著名的教育家与语言文字学家在后来创办湖南省立一中、执掌岳麓书院之时胸怀天下、垂范后学，培养了包括毛泽东在内的一代平民青年；北京高等师范学校的中文学科云集了当时中国的学术大家，如鲁迅、黎锦熙、高步瀛、钱玄同、马裕藻、沈兼士，不时应邀前来讲学的还有李大钊、蔡元培、胡适、陈独秀等思想界的名流，可谓盛极一时，进入"师范学堂"的各方名家，践行的是教书育人、启蒙普通子弟的职业本分。京师大学堂师范馆、京师优级师范学堂、北京高等师范学校、北京师范大学……这就是北京师范大学的演化历史，这一历史轨迹交织着国家民族现代史上种种的艰难曲折，中文学科的漫漫历史记录着中国现代语言文学的学术历程与平民教育历程：从九十余年前推行白话文、改革汉字，奠定现代汉语的基石到开创现代中国民俗学与民间文学的学科事业，诸多学科先贤都将自己坚实的足迹留在了中国现代思想文化发展的进程中。值得注意的是，同样置身于相似的历史进程之中，北京大学常常更主动地扮演着"时代弄潮儿"的角色，占据学术的高地振臂呐喊，以"文化精英"的自信引领时代的前行；相对而言，北京师范大学的知识分子更习惯于在具体的社会文化问题上展开自己的探索和思考，面对时代和社会的种种痼疾，也更愿意站在相对平民化的立场上进行讨论，践行着更为质朴的"为了人生"的理想。

就中国现当代文学而言，我们目睹的也是这样的事实：民国以来北京师范大学知识分子参与现代中国学术的社会背景是近百年来中国社会发展的风波与激浪，这里交织着进步对落后的挑战，正义对邪恶的战斗，真理与谬误的较量。作为"民众教育"基本品质的彰显，北京师范大学的学术精英似乎没有将自己的生命超脱于现实，也从来没有放弃自己关注社会、"为了人生"的责任和理想。中国语言文学学术哺育了一批批的校园作家，从黄庐隐、陆晶清、冯沅君、石评梅到牛汉、苏童，他们以自己的热情与智慧描绘了"老中国儿女"的受难与奋斗，为现代语言文学的学术思考注入了新的内容。同样，在五四运动，在女师大事件，在"三一八惨案"，在抗日烽火的岁月里，北京师范大学的莘莘学子与皓首穷经的教授们一起选择了正义的第一线。在这个时候，他们不仅仅以自己的思想和智慧，更以自己的热血和生命实践着中国士人威武不屈、身任天下的人格理想,他们的选择可以说是铸造了现代中国学术的另一重令人肃然起敬的现实品格与理想坚守。这其中的精神雕像当然包括了鲁迅。虽然鲁迅作为教育家的历史同时属于北京大学与北京师范大学,但是就个人生活的重要事件(与女师大学生许广平的恋爱)、政治参与的深度(女师大事件、"三一八惨案")以及反精英的平民立场这些更具影响力的生命元素而言,鲁迅无疑更属于北京师范大学知识群体。

鲁迅式的"为人生"的精神传统也在北京师范大学的学术脉络中获得了最充分的继承和发扬。在新时期,鲁迅精神的激活是中国学术开拓前行的旗帜,这面旗帜同时为北京大学和北京师范大学的学者所高擎,北京大学努力凸显的是鲁迅的先锋意识和复杂的现代主义情绪,在北京师范大学这里,则被一再阐述为"为人生"的"立人"的执着。新时期之初,北京师范大学中国现当代文学的带头人之一杨占升先生最早阐述了鲁迅的"立人"思想,而北京师范大学培养的新中国第一个现代文学博士王富仁则将"立人"的价值推及思想文化的诸多领域,并在此基础上构建了他独特的"反封建思想革命"的学术框架、"中国文化守夜人"的启蒙理想。

今天的我们对北京师范大学中国现代文学学科史的观

察，很容易聚焦于80年代的"第三代"学人群体，包括王富仁的鲁迅研究、金宏达的鲁迅研究与张爱玲研究、蓝棣之的新诗研究，此外还有朱金顺的现代文学史料研究、蔡清富的中国诗歌会研究、黄会林的现代戏剧研究、刘锡庆的现代散文研究、李复威的当代文学思潮研究等，稍微向前追溯，则会论及作为第三代"导师"的李何林先生、郭志刚先生以及杨占升先生等。这一学术群体，始终都将现代文学的发展视作社会人生的表现，始终都将学术研究与社会历史及思想文化的发展相联系，一般很少强调"纯艺术"和"纯文学"的价值取向，即便是执着于现代新诗艺术研究的蓝棣之也一向高举"诗歌与人生"的旗帜，凸显自己挖掘人性的"症候式"研究。其实，北京师范大学现代文学群体这种面向现实、学术"为人生"的追求一直根植于北京师范大学"平民教育""社会教育"的基本职责，是"为了人生""服务社会""思想启蒙"教育文化的目标影响和决定了学术活动的现实取向。当然，作为有价值的学术追求，这样的社会现实指向并非来自外部的政治权威，而是北师大学人基于思想启蒙的现代理想的内在倾向，是他们对五四启蒙文化的自觉的领悟和继承。

我想指出的是，作为一个学术群体的自觉追求，这样的学术倾向长期存在，并努力在不同的历史时期以不同的概念逻辑加以传达，当然，到了80年代，在所谓的"新启蒙"思潮中，获得了最理性最系统的表述，代表学者是王富仁。但是，仔细追踪，我们会发现，在新时期获得深入阐发的"为了人生"的现代文学的学术取向，并不是随着新时期的到来从天而降的，它一直就或显或隐地浮动在北师大学人的思想追求之中。在不同的时代或许有过那个时代的语言表达，也打上了特殊时代的某些烙印，然而，有一些东西却似乎始终具有某种延续性，那就是关怀中国的现实人生，不断为现代中国的历史进程努力奋斗，将阻碍现代中国发展的"封建文化"视作现代文学的大敌。在这样的学术脉络中，除了关注思想斗争的李何林，探索鲁迅"立人"观念的杨占升，格外值得一提的就是张恩和老师。这里，仅以张老师60年代和80年代两篇关于鲁迅的论述为例就可以略见一斑。

1963年，还是北京师范大学青年教师的张恩和老师在《文学评论》第五期上发表了《对狂人形象的一点认识》，对鲁迅的《狂人日记》的人物塑造艺术进行了深入的分析。与当时流行的真狂人/革命者的形象争论不同，张老师独具慧眼地发现隐藏在这种复杂思想背后的其实正是作者鲁迅历史混沌期的复杂的处境和心态："《狂人日记》写在早于五四运动一年的一九一八年四月，那时的鲁迅虽然开始受到革命浪潮的冲击,但由于运动还没有形成声势,鲁迅自己也是在经历一段沉思苦闷之后刚刚投入战斗,心情仍不免带有一些痛苦和寂寞。这种心情在他的《〈呐喊〉自序》中已有说明。当时,他更多的是看见周围的黑暗和'昏睡'的人们,较少注视为数寥寥的'精神界之战士'。他的艺术家的眼光主要集中在'病态社会的不幸的人们中'。所以他进行创作,自然而然地选中一个社会的牺牲者狂人为描写对象。狂人的令人感到同情,正是作者这种思想情感流露的结果。"① 这里的分析努力贴近鲁迅的实际人生体验而不是取自外在的政治教条,体现了师大学术的质朴和求真的底色,从这里出发,张恩和老师进一步发现了鲁迅早期思想与尼采的关系,发现了个人主义之于早期鲁迅的重要价值:"许多人在评论《狂人日记》时,较少谈到鲁迅受尼采的影响,这也许是一个疏忽。鲁迅在早期即从西方接受了进化论和个性主义的思想。他在强调'发展'、'变革'的同时,主张'掊物质而张灵明,任个人而排众数'。这种主张主要是受尼采'重个人非物质'的学说的影响。"② 可以说这在新中国的

---

① 张恩和:《对狂人形象的一点认识》,《文学评论》1963年第5期。
② 张恩和:《对狂人形象的一点认识》,《文学评论》1963年第5期。

鲁迅研究史上具有相当的前瞻性，从某种意义上说开启了新时期鲁迅研究的重要思路。

1981年，张恩和老师在《北京师范大学学报》第四期上发表了《论鲁迅早期"为人生"的文艺思想》，1985年，又在《中国社科院研究生院学报》第三期上发表了《鲁迅——伟大的反对封建主义的战士》。以当下的眼光来看，这两篇论文从语言和判断都还余留着阶级斗争年代的一些烙印，显得不那么新潮，与继之而起的新时期文论相比不无陈旧色彩，然而，抛开这些表达的时代印迹，我们却能够发现许多除旧布新的思想结论。例如，他认为鲁迅的反封建并不仅仅属于前期，而是贯穿一生的坚持："他早在日本留学时就得出了必须摧毁封建主义思想体系的结论，此后他批判的笔锋始终没有偏离这一既定目标，在他成为共产主义者之后更对封建主义展开了全面的政治批判和社会批判。"[①] 属于鲁迅研究史的人都可以敏锐地感到，我们曾经长期沿袭瞿秋白的论述，将鲁迅的一生划分为前后阶段，"反封建"主要属于前期，而后期则属于"共产主义战士"，一个不断发展不断进步的鲁迅更契合现代中国政治革命的要求，只有新时期的鲁迅研究才重新回到了

---

① 张恩和：《鲁迅——伟大的反对封建主义的战士》，《中国社科院研究生院学报》1985年第3期。

"思想者鲁迅"的独特性，重新肯定"反封建"思想之于鲁迅一生的贯穿性价值，张恩和老师1985年的结论是最早呼应新时期启蒙学术的思想之一。至于"为人生"的提出，如前文所述，我认为它就是北师大现代文学学术群体的基本命题，1981年的张恩和老师是以对这一概念的阐述总结性地概括了师大学人坚持已久的学术思想。今天的人们一般愿意将王富仁的博士论文《中国反封建思想革命的一面镜子——〈呐喊〉〈彷徨〉综论》视作新时期鲁迅研究启蒙学派的肇始之作，在我看来，王富仁鲁迅研究学术思想的形成依然存在一个源远流长的"北师大背景"，或者说秉承了深刻博大的"北师大传统"，在这样的学术背景上或者学术脉络上，有一些人是值得重视、亟待研究的，例如杨占升，例如张恩和。

今天，我由纪念张恩和老师的学术与人生而想到了北师大学术群落的问题，是因为我发现，就是在这样一个角度，张老师的学术追求与价值可以得到恰当的凸显，这是他学术追求的事实，也是他的精神所系。当然，提出学术群落自然也让人联想到所谓的"学派"问题。从某种意义上说，学派的形成和成熟、壮大是学术研究走向自觉的重要标志，遗憾的是，现代中国学术（不仅仅是中国现代文学研究）在"学派"总结上是相当薄弱的。这里的原因可能是多方面的，政治意识形态的限制和禁忌可能只是其中之一，在另外的时候，我们太容易被外来的概念牵引，在不知不觉中忽略了一代又一代学者蕴藏在某些时代烙印底下的默默连接的精神纽带。即便在政治意识形态裹挟一切的时期，学者的灵魂也没有被完全侵蚀和取代，他们依然在与历史经典的对话中以各种可能的方式隐藏着自己的精神求索，这些些微的努力也许在当时并不足以振聋发聩，但是却构成了我们民族的学术文化不屈生长的最可宝贵的力量。

王富仁：启蒙的记忆[1]

这个情景可能会一直存在于我的记忆之中了。王富仁老师去世的当天晚上，大概到了九十点钟，整个微信圈都在传这个消息。我从中日友好医院回到北师大，已经是凌晨一点多了。中间不断有电话打来，我都没办法接，微信也没办法看。一到家，我看有好多微信，其中有姜飞老师发来的微信。川大的同学都知道，姜飞是四川大学的才子，很著名的才子，恃才傲物，说话都是看着半空的，他眼里没几个他佩服的人。那天深夜，姜飞给我发来了悼念王老师的几句话，这几句话显然是他一气呵成的。我看了之后很感动，眼泪夺眶而出。虽然严格地说姜飞跟我不是一代人，他是70后，我是60后，但有一种东西是相通

---

[1] 本文系在西川读书会上的即兴发言。

的。你看他谈论王老师是什么角度,那是基于一种精神信仰层面的深刻认同:

> 王先生的研究重在现代性。王先生的研究有卓越的成就却从未完成。王先生的研究从未完成是因为他生命不息而反思未已,持续反思的王先生持续进步,他的进步源于对鲁迅思想的深刻领略,源于对中国与中国人愈加深刻的体验,然而更重要的是,源于王先生与生俱来的正义热情和战士品格。
>
> 王先生的研究,所谓反封建的镜子,所谓五四的四个关键词,所谓新批评,新国学,以及各种随机的表达,非无可商之处,然而他的真诚、坚实和他的深刻、锐利为他赢得尊敬,在我们的时代,他是真正的学者。王先生的研究,是以学术的方式抒写他的正义热情和未来期许,王先生的学问不是学问而是诗,激于血性和良知的愤怒让王先生成为诗人,王先生是不写诗的大诗人,是无情的战车未能碾碎的抗议者,是无形的刺刀不能刺杀的英雄人物。
>
> 我对王先生的记忆是风范和温暖,是演讲中

的慷慨激越和无所畏惧,是那句"你不要跟我说组织,我就认定是你,我绝不放过你",是眯眼享受红塔山的表情,却又似享受似嘲讽。

只要有一个人深刻记得,王先生就没有死。我有证据表明王先生未死。其实,我相信王先生有千万人深刻地记得,因此,我相信王先生依然是沛然勃然的伟大生命。

我们都可以体会到姜飞的这种才情,但重要的是这里不仅有才情,更有一种锐利的东西,如果你知道这文字背后好多的中国社会历史的故事,就会有更加深刻的感触。姜飞是才子,他有时候忍不住要炫露一下自己的才华,但在悼念王老师的这些文字中,他的每一句话都掷地有声,充满了切实的内容。我当时看了非常激动,当即就给他回了短信,那个时候已经是深夜两点钟了。

我还特别有感于姜飞文字中的一段话,从中能看出我们这一代人与在座各位在代际上的细微差异。姜飞说,王老师提出了好多概念,这些概念未必都没有可商榷的地方。也就是说,对我们而言,这些存在的可商榷之处其实都不重要。商榷也好,不商榷也好,准确也好,不准确也好,都不要紧。为什么呢?这里边有一个东西更值得我们思考：是什么样的力量让王富仁老师这样谈论鲁迅，这样思考中国现代文学？是什么样的人生遭遇让他这样说话？对于一位真正的思想者而言，某些具体观点的表达其实并不是最重要的，重要的是他的精神的高度、境界和思想方式。

在这里，我们最能够感知到的是一种东西：生命的力量。这个词好长时间没有用，我们几乎都忘了，特别是进入90年代以后，学术成为更加技术化的操作，几乎把这个东西忘了。但是这个东西是非常切实的，曾经是一代人最大的追求，后来却被逐渐放弃了。但是放弃却是时代并不正常的结果。这里我给大家讲一个故事，就是我们这一代人是怎么经过80年代的，怎么懂得所谓的"学术"，又怎样开始自我成长的。

我们这一代人，从小就没有太多自己的思想，当然也没有意识到需要"思想"，我们是无条件地将学校老师的正面教育作为我们的思想，或者说是把别人的思想当作我们的思想。这在我们小学、中学的教育模式当中就能看出来。那个时候我们的班主任常常召开主题班会，班会有各种各样的内容，但开得最多的主题班会是端正我们的学习态度，而所有的班会最后都归结为一个确定的结论：来学校学习可以有各种各样的理由，为了父母，为了家庭，为了光宗耀祖，为了争口气，甚至为了自己。最后老师都会告诉我们，我们所有这些关于学习的理由都是非常渺小的，都是应该抛弃的。我们应该端正自己的学习态度——为了祖国的强大而学习，为了四个现代化的早日实现而学习。连论据都差不多：如从小发誓为中华之崛起而读书。那个时候每个人都熟悉这句话，以此为榜样，这就是我们的思想被塑造的真实过程。我没有任何理由拒绝它，但久而久之，我也没有办法分析它，更没有可能质疑它，因为，它就在我们最基本的言语当中，构成了我们这代人的基本伦理，这跟你们可能是不一样的。至少那时，我认为我只能这样想，除此之外我不知道还能怎样想。在结论固定化的教育之下，我们这代人的一大特点是几乎没有关于"人"的概念。关于人生，关于自我，关于生命，这些概念通通没有。我们也没有听说过，学校也不会给我们进行这种属于个人的"成长"教育。我们怎么度过人生？怎么面对困难？只要提到困难，就会说困难都是暂时的，只要想到我们国家的未来，想到无数的革命先烈，想到那些仁人志士，那这点困难算什么呢？所以，我们高中的时候有一个论证模式就是举例子，举几个资本主义国家的例子，举几个旧社会奋斗的例子，最后得出一个结论：连资本主义国家的人和旧社会的人尚且能够克服困难，何况我们呢？这样困难好像就被消解了。我们就在这种"国家民族大道理"当中长大。

非常抱歉地说，我第一次听到关于"人生"的道理，或者说从自我人生的角度来谈论问题、设想未来，还是我去北京上大学的前一天。那个时候从重庆到北京，得坐两天两夜的火车，不像现在有高铁一天就到了。那时觉得这趟旅行是个很大很大的事情，整个家庭为此做了一个星期的准备。有人告诉我说这两天两夜的火车你是坐不得的，坐下来你都没法走路了，腿都肿了。那我想也没办法了，懵懵懂懂中就踏上了列车。那个时候也没那么多家长来送，没那么奢侈。你们从本科到研究生都需要有人来送，我只能自己去了。但是家里说我从来没有离开过重庆，从来没有坐过火车，还是有点担心。那个时候我父母都忙，就让我的外祖父把我送到火车站。就在我即将登上火车的那一刻，我外祖父拉着我的手说了一段话，我现在都记忆犹新。他说，从今天开始，你就一个人走上你的人生了，你要记住我的话。我好奇他要说什么话，结果他说，你以后的生活当中，如果碰到有同学对你好，你要警惕，你不要轻易相信他。如果有同学对你好，你要看看他对别人好不好。如果这个人对别人也好，那这个人就是一个可以交往的人；如果相反，这个人他只对你好，对别人就很一般，或者不怎么好，说明这个人有求于你，你就要警惕他。我当时听了非常震撼。这几句话，其实在现在看来，是多么的朴素，类似心灵鸡汤的到处都可以找得到的格言警句。但是在那时候，他说的这几句话却令我非常震惊。为什么呢？就是因为多少年来我受到的教育当中，从来没有人从自我、从个人的人生成长、从我面临的非常实际的问题等方面来告诉我人生该怎么办。他们告诉我的人生都是很宏大的叙事，都是关于国家、民族的道理，我不可能怀疑这种叙事，但也不能说这种道理就完全解决了我遇到的问题。

这就是我们那一代人的思想基础。我们是带着这样的思想基础进入80年代的大学课堂的。这就整个构成了我们读王老师的书的"前理解"，我们的知识准备和我们的思想基础。换句话说，我们没有自我，也不知道从自我的角度来想人生，真的是这样。

我记得是1985年一个初夏的晚上，我在北师大的图书馆里面看到很多杂志，那时我也不知道哪个杂志是核心期刊，哪个杂志是国家认定的，那时候没有这些概念。其中有一本杂志叫《文学评论》，它放在比较方便拿取的地方，我就拿来翻，打开第一页，是《〈呐喊〉〈彷徨〉综论》的上下连载，就是你们今天看到的王老师博士论文

《反封建思想革命的一面镜子》的核心部分。刚一读,几行字就了跳过来,一下凸显在我的眼前,那几句话,直到现在我几乎可以背下来。他说,自鲁迅去世以后,围绕着以政治革命的论述为中心,逐渐形成了一整套的对鲁迅的理解。但是,半个世纪过去了,我们今天重新来看这样的政治革命的论述,会发现它和鲁迅本身存在着一个严重的偏离角。所以从政治革命的角度没有办法和我们读鲁迅小说所获得的体验结合起来,今天我们有必要对鲁迅做出一个全新的解释。王老师提出一个口号叫"回到鲁迅那里去"。

就这几句话,真就像一阵大风把封闭已久的窗户吹开了一样,我真有一种莫名的悸动,几乎是不可遏制地往下读着。就在这一刻,你会发现你的人生和你的学业追求,一下就对接起来了。为什么呢?我们曾经知道的鲁迅,其实就是以政治革命的论述、以这个偏离角来理解的,这不就是多少年来我们的思想基础吗?原来,我们并没有真正读懂鲁迅,更重要的是,我们自己的理想教育不也是这样的吗?那个时候除了围绕统一的论述之外,我们有过自己的独立思想吗?没有。我们的思想已经被教育的结论替代了。在那一瞬间,我发现,有人还以"回到鲁迅那里去"作为口号,作为一个冲破思想束缚的口号,真是格外的振奋,特别的激动。

所以我当时就拿出笔记本来抄,抄这篇论文,抄了厚厚一大本。连续抄了两个晚上,头一天晚上待到图书馆关门,第二天晚上又接着去抄。许多年后我回头来想,这种抄的行为该怎么解释呢?如果我需要那篇文章的观点,应该去复印啊!为什么要花那么多时间拿着笔来抄它呢?后来我把我这样的行为解释清楚了:我为什么要抄它,抄的目的何在,抄和复印的区别在哪里?我想抄它表明了不仅仅是我要知道它写的是什么,更重要的就是潜在的想拥有这种思想的冲动,我想把这些思想转化为我自己的。

工作以后,我接触到了和我差不多年龄的人,有现代文学专业的,非现代文学专业的,我们分享了80年代读书的感觉。我发现,好几个人都谈到了自己当年读王老师的《〈呐喊〉〈彷徨〉综论》的经历,他们都大同小异——抄了一大本!我们那代人就这样忽然间都有了思想震动的时刻。你们这一代似乎没有了,从此以后再难有了。后面我会说这带来了什么。

就这样,我们都有了一个忽然"打开了"的感觉,因为在以前我们完全不是这样的思维,我们甚至根本就没有自己的思维。这里的关键不是怎么做学问,不是怎么做学术。那时,所谓的学术就是我们的人生,我们为什么要走进学术，因为它带给了我们全新的人生，让我们明白了我们自己的人生、自我与生命。我觉得从此以后我可以换一个脑袋想问题了，这不仅是为了弄清楚鲁迅，在弄清楚鲁迅的背后是在想我自己。王富仁老师的"突破"也把我们从他人的"灌输教育"中解放出来，把我的人生打开了。

如果说对鲁迅的解读不再遵从过去的政治革命框架，那么应该怎么理解鲁迅呢？鲁迅提出了一个概念："立人"。是为了人，为了人的自我的实现，为了我们人更好地生活在现代世界的中国。这些东西给我们的冲击很大。王老师给我们讲现代文学课，第一讲就是鲁迅的"立人"思想。下课后，我就跑到讲台前给王老师提了一个问题，就像在座的你看完王老师的书有好多困惑一样，我也有好多困惑。但我提问题的角度跟你们今天的不一样，我提的问题在今天看来可能非常可笑，你们可能不一定能理解这个问题对我们来说有多么重要。我说，王老师，我从小受的教育是我们来到这个世界的目的，学习的目的，人生的目的就是为了共产主义的实现，成为大公无私的人，这与您讲鲁迅以"立人"为目标，有矛盾吗？我想今天不会有人这么提问了，你们可能已经不再追问这些"大道理"，不再将社会的"大道理"作为自己必须追问的人生前提，甚至它的存在都与我们个人无关。在现实中，"道理"开始与人生实践脱节，道理只在需要表达的"公共场所"使用，而现实的人生却可以有另外的原则，两者并行不悖。甚至我们也能够体会到这种"不追问"的平静，一种心安理得的"自由生活"的好处。但是，对当时的我们来说却必须要想清楚，因为我们真的需要一种能够说服自己的人生哲学。我记得很清楚，当时王老师一笑说，我认为这两者之间没有矛盾。什么是共产主义？当共产主义实现的那一天，就是人性得到了全面的发展，个性得到了全面的伸张的一天。我一下受到了猛烈的撞击，因为，在我们从小接受的马克思主义教育里，马克思主义的根本主张就是阶级斗争，讲人要斗人，这是它的精华。今天王老师说马克思本来就是为了我们的全面发展，这样一来，马克思表达的东西，和王老师所阐述的鲁迅的追求、立人的理想，就完全无缝对接了。这一下真的就觉得天地是如此的宽广。

然后，王老师说你要想把这个问题弄清楚，就去看一下马克思的《1844年经济学哲学手稿》。这本书是80年代学术界最重要的发现。我当天下午就看了，发现那几年都在讨论这个问题。在过去，我们的理论根据就只有马克思主义的阶级斗争学说，别的思想都是反动的，那么这是怎么转换过来的呢？当然经过了很多复杂的过程，其中一个非常重要的因素就来自马克思，这就是《1844年经济学哲学手稿》被重新发现和重视。在这里面，马克思提出了一个区别于斗争学说的论述。什么是共产主义呢？共产主义的实现就是为了人性的全面的发展，自由的发展。这样，马克思谈论的东西和我们从启蒙运动以来的这些为人的解放，为人的个性解放等思想整个就连接起来了，它不再是一个否定的关系，而是一个连接的关系。我顿时觉得豁然开朗了，鲁迅格外有魅力了，王老师对鲁迅的解释充满了吸引力。

从此，学习和学术研究不再是压制我的个性的东西。在过去我们觉得不仅是学术研究，就是整个学习都是在压制我们的个性，是让我们不断地去除私心，不断地化私为公，不断地把小我融到大我之中，谁融得最快，谁的思想就是最正确的。这个时候你不能反驳它，你也不能完全接受它。但是，大家都这么说，你也得跟着这么说。同时你能感到这个说法本身对你的自我构成一种压力，因为它是以挤压你的方式，挤压你追求生存空间的方式来完成一个理论的建构的。在此之前，我们那代人没有"我"，没有自己的思想，是王老师的思想整个打开了我们，让我们知道了学术研究其实就是自我展开的过程。学术研究不是让我变得渺小，不是让我变成奴隶，而是让我自己成为自己的主人，让我呼唤出了我自己的独立性，呼唤出了我自己的尊严感，呼唤出了我生命的意义。

80年代的学术在今天看为什么还值得留恋呢？尽管它还很粗糙，你说它没有注释也好，没有详细的史料信息也好，这些通通都不过是技术层面上的问题，是学术规范的问题。什么是最重要的？一个人知道了自己不再是奴隶，而是主人，一个人知道了自己也有思考的权利，而不是以某个大人物的思想代替了自己的思想，一个人知道了自己对人性的追求可以得到也应该得到别人的尊重——它不是一件可耻的事情，而是一件非常光荣的事情。而且我可以通过挖掘光荣的人性来解释世界上的文学现象和文化现象，我可以与世界上一流的文学家和思想家直接展开对话。你觉得你的人生多么的灿烂和有意思。这才是翻天覆地的大事啊！

我决定以后一定要从事现代文学研究，从事鲁迅研究。为什么？因为我的人生在这个地方找到了价值。我不再压抑了，我觉得我不再盲从那些灌输给我的大道理了，我的学业充满的是与我生命有关的道理。就像有的老师刚刚发言所说的那样，我们与鲁迅之间也许还有距离，我可能永远都不会成为像鲁迅那样思考和表达情感的人，但是，鲁迅不是与我无关，我再游离，也是与我有关的。他的所有表述都跟我的生命有关，这一刻，你的研究对象就不再是一个僵死的了。他是一个生命体，一个活生生的生命体，不断地跟你发生对话。你接触他一次，不是说你就有了研究能力，这些是多么等而下之的问题。最大的问题是，你接近了他，你的生命在蓬勃展开了，你被点燃了，你的生命重新燃烧起来了，你一下就觉得人生有意思了。

与生命被点燃这样的宇宙当中令人惊叹的事情相比，什么学术，学术规范，哪个观点正确哪个观点不正确，重要吗？不重要了。首先是你的人生的道路被打开了，你自己可以走你的人生之路了。当然你的人生可能跟鲁迅的人生不一样，跟王富仁不一样，但谁也不会责备你，因为你找到了独立的自我。你也拥有了和另一个独立的自我对话的权利，你也可以与王老师对话了。

我自己写的第一篇文章，似乎预示着一种自我的觉醒。我发现王老师对《伤逝》的论述不能完全说服我，所以我尝试着写了一篇文章，就是关于《伤逝》的，我拿给王老师看。有一天王老师找人传话给我，让我去他家里一趟。我怀着惴惴不安的心情去到老师家里——我的观点跟老师的不一样，明显是与老师有商榷的。王老师那天好像很激动，他对我说：自从我的博士论文发表以后，有很多不同的意见，但是到目前为止，只有两个人的意见打中了我的要害。第一个是汪晖，他提出了从生命的角度出发，不能完全是从反封建的角度来看鲁迅，应该进一步透视他的内在生命。我不是没有意识到，而是我必须要首先以这样的方式完成对政治革命说的反拨，反拨之后才能进入汪晖的时代。第二个从具体的角度跟我提出商榷，我觉得也打中了我的要害，那就是你这篇。但是我也要告诉你，不是我没有想到，而是在这篇文章里我要完成逻辑上的自洽。虽然我这样写出来了，但不完全代表我对《伤逝》的全部感觉，所以你这篇文章我同意。

然后他说这样吧，你回去再读一遍，把有些文字、词句再疏通一下赶快给我，我替你投到《名作欣赏》杂志去。后来我做了些调整，王老师真的就把它（《〈伤逝〉与现代世界的悲哀》）投到《名作欣赏》杂志去了，在1988年第2期上发表出来了。那是我第一篇正式发表的学术论文。

我举这个例子想说明什么？我想说明的是王老师本人对这些细节都有过自己的考虑，而我从来也没认为我推翻过他的思想，恰恰相反，我能够想到对《伤逝》的不同的研究，是因为我的思考之门是被他打开的，是他的著作将我这样一个不懂得思考的人带进了一个全新的思考的境界。从此以后，我也慢慢知道了学术是什么，学术究竟有多大的魅力。我立志从事的事业可以表达自我，可以直接与我的生命对话，它绝不是一个沉重的负担。

我始终认为我们的学术基础是薄弱的，我们这代人，外语未必好，古典文学的基础也不扎实，有诸多的先天缺陷。但是，我觉得唯一一个让人觉得踏实的地方就是"我为什么需要学术"的这种思想基础是可靠的，这种思想基础简直是无比的牢固。牢固在我觉得它跟我的生命连接在一起，它是我生命的展开，不是我为了完成任务，不是为了获得学位，不是为了获得老师的一句表扬，不是为了发表一篇 CSSCI 或核心期刊，那些都是不重要的。它使我的生命展开了，这是多么有意思的一件事。这个思想到现在仍对我影响很深。我现在看到我的学生里面有的在抱怨学术过程很艰苦啊，也不能带来很多实惠啊，还不如自己中学时候考得不怎么好的同学啊，他们早早工作了，早就有房有车了，回到老家去都是他们的车来接，而自己读到博士了什么都没有，觉得自己无脸见人，觉得自己被人嘲笑，博士了还不如人家。

每当我听到这样的话，我的心里都大不以为然。不以为然在什么地方？我认为他有一个问题没解决好，那就是你为什么走到这一步，要想清楚，这一步本来就不可能给你带来你所期待的那些。在今天这个时代，当医生和当律师之类，可能更可以给你带来你所需要的财富。学术，尤其是文学的学术，它本来就只能给你带来别的东西，它无助于增长你的家庭财富，给你更多的是无形的精神的滋养、人生的启迪，当然，也只有你自己需要的时候，这些滋养才有价值。

庆幸的是，经过了理想荒芜时代的空虚，我们可能更加珍惜这来之不易的足以"立人"的学术，至少我觉得自己的人生是因为这个过程完全展开了，所以我从来没有后悔过选择这个专业，它破解人生，给我们好多答案。人来到这个世上，除了物质财富之外，还有一个快乐就是活得明白。我再不能为别人所欺骗，再不为别人的一句话所轻易带动，我得有我自己的头脑，我得有我自己的思想。通过学文学，你与有智慧的人在一块。你买书就是把他请到你家里面去了，你书架上那么多书，相当于你同时请进了千万个文学大师，千万个有智慧的人，你翻阅它们，就是跟他们在一起，在一起喝茶聊天。跟他们在一起，充实了你自己，你不觉得人生很快乐吗？另外的人追求财富，追求社会地位，不也是想最后获得踏实感吗？我们也许没有这些财富地位，但坐拥书城，和这些丰富的人类思想为伴不也是很踏实的吗？这样来观察，你就觉得80年代王老师他们这代人所给予我们的最大启发还在人生的境界上，而这是非常非常重要的。

但是，我也要反过来说，随着90年代的到来，我们的人生发生了翻天覆地的变化。其中的一个重大变化，就是我们都处于一个消费主义的时代，拥有了吃喝玩乐的权利。我们从小就在强调艰苦朴素的教育中长大，以至于"朴素"成了我们今天生活中的习惯。我到台湾去，跟我念书的几个学生，也去台湾参加研讨会，我们聚在一起，他们说台湾生活贵啊，吃饭钱不够。我说你们一顿吃几个菜，他们说那起码点三个菜啊。我说你点三个菜，我们两个老师凑在一块才点两个菜。这是一种本能。一个从非常艰苦的年代过来的人，会对物质的东西很收敛。

而在座诸位，可能更多的时候，你们的父母一定是以你们为中心的，从你们来到这个世界就是以你们为中心的。王富仁老师有一篇文章，值得大家看一看，叫作《影响21世纪中国文化的几个现实因素》，其中特别讲到了独生子女这个群体对中国一代人的影响。在过去的年代，我们一个人往往上面有哥哥姐姐，下面有弟弟妹妹，这就是一个社会啊。你从哥哥姐姐那儿，自然地获得一种照顾，同时由于你下边还有弟弟妹妹，你自然得照顾他们。你既要被别人照顾，又自然知道要照顾别人，你就不再是世界的中心了。这就是我们的常态，这就是我们人生的常态。后来我们有了独生子女政策，整个家庭，不是一个家庭，而是几个家庭都以你为中心，你永远都是中心。你觉得这一切都是理所当然的，觉得这个世界本来就应该照顾你。其实这个世界哪有这么多的"本来"啊？你凭什么要受到这个世界的照顾呢？你的父母凭什么要照顾你？其实被照顾都是我们获得的恩惠，但是久了以后我们就忘了这一点。我们安然享受着这一切，同时给我们造成一种假象，这就是90年代消费主义时代给我们造成的假象，觉得我们生活在一个非常自在的，没有任何压力的时代。

我们这代人在成长过程中，总觉得社会不断地在挤压我们，它让我们没有思想。所以我们读鲁迅，读王老师的书，觉得找到了理想。找到理想，是文学给我们的一种恩惠，感恩文学，文学让我们感到很亲切。今天我发现很多研究生他们畏惧文学，厌倦文学，读的是文学专业研究生，却厌倦文学。你不觉得很奇怪吗？他觉得这给了他压力，压力在哪里？他要完成论文，发表论文，还要完成毕业答辩，还要讲学术规范。觉得这些都是压力，处处是压力，觉得人生没意思，生活本来是很自在的，文学反而让他不自在。这跟我们当年的感受是完全相反的。我们是生活给了我们很多压力，我们在文学里面找到了自在感。今天好像是只要离开文学，怎么玩都是很好玩的，进入到文学当中就不好玩了，这是非常荒谬的，其实文学这东西才是给我们真正的自在的。你以为外部世界给了你自在，那完全是一种假象。

我问一个学生，你觉得自由是什么？他说，今天不是很自由自在吗？我想到北门就到北门，想到东门就到东门，没人拦着我啊。我说，你认为这就是自在吗？你就这样轻率地使用"自在"这个词吗？这个词在多少人那里，是用血写出来的。就像姜飞描述王老师那样——他是什么什么样的抗议者，他是什么什么样的英雄——你知道这两句话背后的分量吗？这一代代人为了思想的自由，为了争取人的权利，他们付出了多少？你只看到表面的东西。

其实很多东西王老师那一代人也远远没有完成，但可怕的是你已经感受不到了，你生活在一个幻觉的自在当中，你生活在一个抽象的自在当中，你觉得文学不再是你生活的必需品，我觉得这是 90 年代以后最可悲的一点。你觉得可以自由地谈论很多问题，其实你关心的与你的生命真的不是那么有关系，你经常抱着好多无用的东西，你抱着芝麻，你把芝麻当作西瓜。这就是我觉得近二三十年来中国文化最大的一个失落。

包括今天国学的泛滥，我觉得没有比国学泛滥对中国传统文化的破坏更大的了。许多人把国学当作实用主义来利用，当作心灵的鸡汤来施舍，把孔子当作压迫人、打击人的工具。谁想过了，孔子如李零老师写的，惶惶如丧家之犬的感觉？孔子没人理他啊，他有一腔的政治抱负和理想，周游列国，没人理他，他承受了多大的孤独，承受了多大的不理解。今天谈国学，有多少是从这样一个生命的角度来谈孔子的？都说中国文化失落了，失落在哪里？失落在五四，失落在反传统身上，这完全是胡说八道。没有五四，就没有今天，五四不是破坏了国学，五四是重新拯救了中国文化。没有五四重新激活了对生命的关怀，哪有今天的人从容地研究中国传统文化？

王老师说的新国学，其实就是一个简单而重要的判断：任何学术，必须跟当下的生命有关。与当下生命无关的学术不是学术，没必要看它。古代文化到今天还值得我们研究，是因为它与我们的生命有关，如果它无关，它早就死了。所以说这是一种非常宏阔的建构，直接指向了我们的生命，连通了我们的心灵、内在的精神和追求。但是后来更多东西破坏了它，我们的胃口被败坏掉了，欣赏趣味没有了，所以很麻木地在看待这个世界，他不知道王老师他们这代人做了多么重要的事情。而事实上，这个事情没有完成。今天这一切，有关人的自由、权利、理想与信仰的问题到今天并不是一个理所当然的问题，还有很多问题需要进一步解决，而我们恰恰没有意识到，我们以为我们可以纯粹地搞学问，可以理所当然地享受这"为学术而学术"的环境，其实很可能不是这样。

刚才读了姜飞老师对王老师的评价，其实姜飞跟王老师并没有私下的太多的接触，在王老师去世之后的第二天早上，五点钟的时候我把他写的悼词转到了一个群里面，姜飞看见了，马上就回了我一条。我说凌晨两点我们还在对话，今天五点钟你就回我了，姜飞说，哪里睡得着啊！你想想，这两个没有太多私交的人，就是王老师给他写了一个序，那他为什么睡不着呢？其实就是背后有一个超越私人的基于公义的东西，离不开一个"公"字，就是今晚离开我们的这个人身上承担了中国文化及中国人很多宝贵的东西。这个人的离去是我们共同的一种理想的失落，一种伤逝，他是在哀叹自己的生命。只有到达这一步的时候，你的情绪的抒发才能像他的文章那样真挚动人。如果你考虑到这一层，你想这一批知识分子怎么会没有对我们国家和民族怀着无比深切的关怀呢？

王老师论证的是为了个人的全面的发展，他可能不会用"为中华之崛起而读书"这样一种表述方式了。但是，你会看到，在对"个性主义"如此维护的背后，依然是一种非常广博的人道主义的情怀和对公共性事物的关怀。如果你多一份这样的理解，你就不会觉得他在不负责任地抨击中国文化的缺点。

为什么新一代会得出这种结论？这中间夹杂着一种无言的隔膜。大家能体会我的意思吗？就是两代人之间思考问题的方式发生错位了。当然，一代人有一代人的思维方式和结论，可能这也是人类文明的常态。但是我说的悲哀在什么地方呢？我们今天产生的错位却是以90年代以后历史的某种扭曲为前提的，甚至是以80年代那种尊重自我的启蒙文化传统的丧失为前提的，以破坏80年代最宝贵的信仰认同为前提的。消费主义的时代到来了，其实这个时代不再是增长了对自我的追问和思考，实际上增长的是一种自私自利。大家一定记住，自私自利和启蒙运动的"自我"观念是两回事。我们是在一个自私自利的时代无所顾忌地举着"自我"和"个性"的旗帜，这才是很悲哀的。

到这个时候，我们已经不太分得清什么是个性和自我了，80年代稍稍展开了一点"什么是自我""什么是个性"这样的思考，但这个思潮很快就被淹没在历史的大潮之中了。今天读王老师的著作，可以看到他那种持续不衰的反省力、批评力，他启发我们，必须对我们所处的时代和自己保持批判和反省。只有在这样的过程当中，我觉得我们才能真正地有收获，有成长。

钱理群:"活中国"的姿态

2017年5月,在送别王富仁老师之后的第二天,钱理群先生写下了《"知我者"走了,我还活着》[1],这里,一个"活"字特别引人注目。对于逝者,活是一种生命的延续,对于人生,"活着"则可能是一种理想的坚持和信念的执着,或者说就是一种对自身"原则"的笃定。"活着就是为了最后完成和完善自己,其中最重要的,就是坚守鲁迅的精神与文化。现在,这又成了'幸存者的责任'。我还会这样继续走下去,直到生命的最后一刻。"[2]

就是这个"活"字,让我想起内山完造20世纪30年

---

[1] 钱理群:《"知我者"走了,我还活着》,《文艺争鸣》2017年第7期。
[2] 钱理群:《"知我者"走了,我还活着》,《文艺争鸣》2017年第7期。

代的著作《活中国的姿态》,这是一个耐人寻味的题目。"活"是一种什么样的意义呢?作者表述道:"我观察中华,垂20年,觉得最可注意的,只有一样事情——便是一个存在的中国的文化,可以有两种的看法。""我现在暂将这两种文化,名其一曰文章文化,另一种曰生活文化。""所谓生活文化,是生活着的具体存在着的东西。"[1] 也就是说,"活"就是存在于"生活"中的"具体"的中国现象,这是有意识超越那些流行于世的论说或者理论,"总之,我摒绝从来中国研究的书籍不读,离开了文献的先入为主的思想,拟先将中国人的生活本身加以观察,有所把握"[2]。无论是对于社会考察还是文化研究,这种更加重视实际观察和感受的方法,对现代中国的社会与人生,自觉超越理论的论断转而沉浸于实际的感受可能具有特别的意义,所以1935年3月,鲁迅为本书作序时,就特别指出了这一点。鲁迅首先是用不以为然的口吻讲述了日本人"喜欢'结论'"的性格,这里的"结论"其实就是一种理论的判断,在思维上有点儿接近内山完造所谓的"文章文化"。然而内山却能够另辟蹊径,在"文章文化"所尊

---

[1] 内山完造:《活中国的姿态》,尤炳圻译,载《中国人的劣根和优根》,江西人民出版社,2009,第7页。
[2] 内山完造:《活中国的姿态》,尤炳圻译,载《中国人的劣根和优根》,江西人民出版社,2009,第10页。

奉的"结论"之外另作选择,"将中国人的生活本身加以观察,有所把握",分明就是更富有针对性与现实感的考察,"活中国"的意义在此得以凸显。对于这样的描述中国的方式,鲁迅显然是赞赏的,他认为"活"才是真相:"著者的用心,还是在将中国的一部分的真相,绍介给日本的读者的。"① 他也肯定了内山专注于"生活文化"的具体方式:"著者是二十年以上,生活于中国,到各处去旅行,接触了各阶级的人们的,所以来写这样的漫文,我以为实在是适当的人物。事实胜于雄辩,这些漫文,不是的确放着一种异彩吗?"② 理论的雄辩自有它的价值和魅力,但是对于这纷繁复杂、变幻多端的现代中国,首先还是要有对事实的把握与认知,基于历史的真相和感受的真实。

其实,钱理群先生的学术思想追求也是在努力揭示历史的真相,着力于对事实和生命现实的深切把握。他的文学史写作,他提出的一个又一个的文学命题,他对基础语文教育的长时间的执着关注,乃至对第二故乡贵州地方文化的梳理和挖掘,都一再为我们刻绘、塑造着"活中国的

---

① 鲁迅:《且介亭杂文二编·内山完造作〈活中国的姿态〉序》,载《鲁迅全集》第6卷,人民文学出版社,2005,第276页。
② 鲁迅:《且介亭杂文二编·内山完造作〈活中国的姿态〉序》,载《鲁迅全集》第6卷,人民文学出版社,2005,第276页。

姿态"。

从中央集权的古典时代进入国际竞争的现代历史,如何自处,如何理解周边的世界,如何确立新的家国概念与国际关系,又如何在新的历史时期估定人的价值,甚至如何有效地描述和表达这个时代中人的处境和遭遇,这里都可能面临着从理性逻辑到感受能力的双重挑战。所谓理性逻辑指的是能够解释现代社会情景的一整套理论框架,包括最基本的术语、概念和修辞,在这里,最大的问题是我们发现曾经赖以依存的一套古典传统的确无法准确地表达自己。现代中国必须重建自己的解释框架,这种重建可能得从最基础的概念和术语开始,其实,这就是每个时代都需要的"文章文化",也就是更为系统、更为理论化、更具有理性概括力的判断——关于社会历史的"结论",鲁迅说日本人"喜欢'结论'",其实这里何尝没有包含着明治维新之后生成的一种对世界的理性认知的努力。当然,真切坚实的认识还是以人的生存感受和生命体验为基础,以"活"的生活内容为原料,这就是"生活文化"的意义。尤其对于正处于历史变局中的国家社会而言,"生活文化"更具有特殊的观察价值,只有对变动时代的"活的姿态"持续观察和长久注视,我们才可能诞生和提炼出属于这个时代和这个社会文化形态的理性认知,最后形成能够反映这种历史文化的"文章文化"。不过，我们也必须承认，这种更具有理性逻辑的"文章文化"的形成需要经历一定时间的经验沉淀，其间也不无各自体验的磨砺与思想探索的艰辛。因此，在每一次历史文化嬗变的自我表述之中，"他者"文化的思想系统和理论模式（包括具体的概念和术语）往往都具有快捷有效的启示作用，在我们自身的理性认知尚未成型的时刻，外来理论模式的输入和借鉴不可或缺。但是，事实也很明显，任何他者的理论概括最终还是无法替代自我的理性认知，外来的思想系统的根本意义还在于击破旧传统的认知模式，激发我们在新的感受与体验中发现理性的方向，最终完成适应这个时代的思想创造。也就是说，他者理论的真正意义还在打破、激活与启发，而不是替代和覆盖我们自己的理性认知。

这里的问题就在于，置身于历史转换中的人们如何能够在汲取他者理论认识的基础上充分保存自我感受的鲜活与饱满，并最终形成属于自己的理性方式。鲁迅之所以赞赏内山完造描述中国的方法，就是因为来自异国他乡的内山不曾为中国"文章文化"这个"他者"所束缚，转而从具体的生活体验，从"活的中国"出发总结自己的观感，这样一种认知方法对于同样处于自我表述中的中国人而言，不也值得借鉴吗？

进入近现代历史之后的中国知识分子，的确遭遇到了一系列的"自我表述"的危机，为了及时有效地表述现代社会的新的理念，我们理所当然地开启了思想的对外引进程序，大至新的价值观、世界观、人生观，小至一些基本的术语、概念和修辞，因为借镜他者而思路打开，但也可能长期缺少自我认知的完善而日渐"失语"。内山完造因为警惕而刻意避开的"文章文化"其实也是现代中国思想认知发展所遭遇的一种深刻的窘迫：一方面，我们不得不努力取法外来的成熟的理论概括，以期对中国的问题作出有深度的阐释和剖析，但另一方面，恰恰就是这些"他者"的理论思想也可能在不断扭曲和遮蔽着我们对一些中国问题的精准发现。内山的态度告诉我们，只有对"文章文化"出现了自觉反思的时候，我们才可能重新认识并提出一个"生活文化"的问题，而重视"生活文化"，也就意味着重新回到中国社会历史的事实过程，满怀好奇地打量各种各样的历史现象，相信真相最终并不在那些已经成型的理论模式之中，它需要我们从事实和现象中不断发掘和分析。在这个时代，最有价值的学术姿态不是高深莫测的理论素养，而是脚踏实地的对"活中国"的体验和感受。

我觉得，能够直面现代中国"表述危机"的选择可能正好解释了钱理群先生的学术路径。

因为格外关注历史的过程，他是如此钟情于文学史的写作，"在学术研究上，我更愿意把自己定位为'文学史家'。也就是说，学术研究更是我的生命意义和乐趣所在，而文学史研究与写作更是我的学术研究的重心，最能发挥自己的领域"①，"这是王瑶先生给我指定的路。他对我的师母说，凡是有关'现代文学史研究'的事，都找钱理群；在我的感觉里，这是老师对我的托付：一定要坚守现代文学史的研究。我也真的这么做了"②。从展示新时期学术思考成果的《中国现代文学三十年》到《中国现代文学编年史——以文学广告为中心》再到《中国现代文学新讲》，钱理群先生几乎尝试了各种呈现文学史事实的方式：作为学术前沿思想的文学史，作为文学"周边"的文学史，和以作家作品为中心的文学史，他这是身体力行地为我们证明，历史的真相可能通过哪些角度和方法来充分展现。"我把自己的任务定位为作历史的经验总结，这个

---

① 钱理群：《我的文学史研究情结、理论与方法》，《中国现代文学研究丛刊》2013 年第 10 期。
② 钱理群：《"钱理群现代文学课"丛书总序》，载《中国现代文学新讲》，九州出版社，2023，第 1 页。

经验对当代社会有非常大的意义。"①

因为相信复杂的现代中国现象一定包含着诸多的奥秘和独特的启示，他不断研讨中国现代文学与现代思想文化的各种方法和命题，不仅自己亲历探索，还鼓励学界同道尤其是青年学子共同耕耘，集体攻关，关于现代中国知识分子的"堂吉诃德"与"哈姆雷特"气质，关于40年代的中国文学研究，关于共和国民间思想史的发掘，关于毛泽东时代的精神遗产问题，关于"1957年学"，关于中学语文教育改革，关于地方文化与贵州、安顺的历史文化，关于志愿者文化，关于广告与现代文学的发展，等等，莫不如此。"他思想活跃，学识宽广，对什么课题都有兴趣，也都有自己的看法。"② 樊骏先生1995年的描述在将近三十年之后，依然十分精准。

因为尊重和理解历史现象的丰富和复杂，钱理群先生甚至将自己的思想探索与学术选择也当作"活中国姿态"的一部分，他像勘探外部世界的秘密一样面对自己的内心，像对鲁迅心灵的探索一样直面自己的精神世界，拷问

---

① 钱理群：《我的文学史研究情结、理论与方法》，《中国现代文学研究丛刊》2013年第10期。
② 樊骏：《我们的学科已经不再年轻，正在走向成熟》，《中国现代文学研究丛刊》1995年第2期。

文学史的存在，同时也在拷问自己的灵魂，他将自我"烧"在了历史的过程之中。他从不掩饰自己的困惑和遗憾，从不以时代权威、青年导师的威仪出现在学术的殿堂，"这个老头现在七十七岁，他有一双纯真的眼睛，这双眼睛透露出的坦率与纯粹，令人想起李贽的'童心说'"[①]。他的同道和知己如王得后先生、王富仁老师都曾经对他的某些学术动向有所质疑，公开或私下地表达过不同的意见，但这丝毫没有成为他心怀芥蒂的理由，相反，永远的坦荡、永远的自省是他理所当然的选择，所有的这些思想的分歧都成为他自我思想总结的重要内容，或者自我暴露的叙述，这个时候，"钱理群的思想和学术"本身就成为当代中国历史曲折的一部分，而这曲折的图案则是他亲自为我们刻绘和展现的。在钱理群先生之后的更年轻的一代代学者那里，学术思想方法已经发生了很大的变化，对社会发展与作家价值立场的关切显然已经让位于对文献史料的倚重和细密考证，那种对历史大叙述的广泛的热情和兴趣也收缩至对具体和局部的个别问题的梳理。当然，不同于钱理群先生这一代从个人感性出发的文学史讲述，更丰富、复杂的哲学、美学、文化研究的理论方法

---

① 钱理群、唐小兵：《对话钱理群：当知识分子遇到政治》，载姚丹编《钱理群研究资料》，云南人民出版社，2022，第411页。

得到了娴熟的使用，他者的理论魅力似乎在中国历史和文学的现象中更加自如地展示着，一时间，学术研究的主体性问题还有那么急迫吗？或者说，钱理群先生他们的学术方式还有那么不可替代的意义吗？我觉得，要回答这个问题，得首先追问，中国社会从君主专政转入现代文明的过程是否顺利结束？在这样一种历史变局中，中外矛盾与冲突是不是已经有了合适的解决？现代中国人的人生观、世界观与基本价值观已经稳稳地确立，而我们的理性认知是否也足以超越前人，完形为中外思想史的公认的形态？如果我们的回答都还是不确定的，那么，就得承认，像钱理群先生这样的社会历史关切，这样对"活的中国"的密切观察和执着叙述，绝不是思想的陈迹，更非学术的冗余，它们恰恰是百年中国历史转换最重要的细节，是现代中国学术思想最终得以成立的基础和理由。

在中国现代文学研究的第三代学人中，钱理群先生和被他视作"知我者"的王富仁老师常常被学界相提并论，这不仅因为他们都是研究鲁迅出身，属于新时期第一批脱颖而出的研究生学人，更重要的则是他们共同的学术理想和追求——对现代中国社会历史重大问题的矢志不渝的追问，对现代文学民族启蒙理想的坚守和开掘。不过，有趣的还在于，他们各自的趣味又有所分别，钱理群先生始终对各类纷繁错杂的文学现象满怀好奇，数十年如一日地不断加以端详、打量和描述，而王富仁老师则将现象的感受与自己宏大的理论建构结合起来，不断穿梭在现象的肌理之中，从中抽象出一个个原创性的文学命题：关于中国近现代文化发展的"逆向性"特征，关于现代学术的派别分野，关于现代文学研究的"正名"，关于选择文化学与认知文化学的甄别，关于文学史、文学批评和文学理论的功能，关于文化危机与精神生产过剩的问题，关于悲剧意识与悲剧精神的联系和区别，关于"文学真实"的问题，关于叙事学与叙事艺术，关于"新国学"的价值和意义……如果按照我们前面的说法，理性认识和感性体验都是现代中国寻找新的自我表述的要求，它们分别通达了一个时代的文化建构的两个层面——文章文化与生活文化，那么钱理群先生的兴趣可能更在于感性的生活文化的摄取和揭示，而王富仁老师的志趣则在理性维度的探讨与开拓，正如樊骏先生1995年对王富仁学术特点的总结："他总是对研究对象作高屋建瓴的鸟瞰与整体的把握，并对问题作理论上的思辨。在他那里，阐释论证多于实证，一般学术论著中常有的大段引用与详细注释，在他那里却不多见，而且正在日益减少。他不是以材料，甚至也不是以结论，而是以自己的阐释论证来说服别人，他的分析富有概括力与穿透力，讲究递进感与逻辑性，由此形成颇有气势的理论力量。""他是这门学科最具有理论家品格的一位。"[①] 不过，也如樊骏先生当年就发现的那样，"王富仁有良好的艺术鉴赏能力"，他的理论总是基于自己感受的提炼，而非对他者既成理论的沿袭和挪用，"正名"是他架构和展开自己理论的依据和目的，他要对似是而非的他者的结论完成清理，并重新提出基于中国现代文学现象的理性认识。在这个意义上，王富仁的理性逻辑其实也是以钱理群式的"生活文化"为基础，是对"活的中国姿态"的概括和论证。在根本的学术出发点上，王富仁和钱理群这一代具有心灵的融通，都属于钱理群所倡导的"生命学派"。钱理群和王富仁，他们各自展示了这一学术追求的不同的向度和姿态。

现代中国的思想建设与学术建设还需要好几代知识分子的艰苦努力，那种从思想方法到基本概念的匮乏都一再引发当代学人的焦虑，现代"文章文化"的重建显然就是重要的一环。然而，将近九十年前，试图描述中国的内山完造却在"文章文化"的理论判断之外，格外突出了"生活文化"的价值。这样的选择得到了鲁迅的认可，现

[①] 樊骏：《我们的学科已经不再年轻，正在走向成熟》，《中国现代文学研究丛刊》1995年第2期。

代中国的思想与学术构建可以从什么基层上开始,"活中国的姿态"正可能提供重要的启示。在鲁迅思想的脉络上,行走着一代又一代的知识分子,他们各自仍然有别。2017年,在悼念王富仁逝世的文章中,钱理群第一次提出了鲁迅研究"生命学派"的概念①,第二年,在汕头大学首届新国学高峰论坛的书面发言中,他又再一次论述了80年代的"生命学派"的问题,他说:"这样的鲁迅研究,已经把学术研究和自己的生命、研究对象(鲁迅)的生命融为一体。对我们来说,研究鲁迅就是与鲁迅不断进行精神的对话,思想的交流,是一个生命成长、人生境界不断提升的过程。个人的生命发展史是与自己的鲁迅研究史紧密纠缠在一起的。"② 与鲁迅思想的自觉衔接,也就是对鲁迅思维方式的认同,这样一种基于"个人的生命发展史"的建构就是现代中国学术的坚实的起点,"活中国的姿态"是现代学术思想应有的姿态。

如果"百年未有之大变局"真的已经降临,如果历经启蒙、革命、冷战、运动及改革的现代一再让我们命运沉浮,那么,为当年鲁迅所肯定的基于"生活文化"的观察

---

① 钱理群:《"知我者"走了,我还活着》,《文艺争鸣》2017年第7期。

② 钱理群:《1980年代"生命学派"的追求》,《现代中文学刊》2019年第1期。

和体验就具有不可替代的重要的意义，"活中国的姿态"值得我们更加细致地刻绘和描述，这才是重塑现代中国思想与学术的基础。

刘纳：历史的意义与学术的魅力

刘纳先生在 1980 年代热烈的文学启蒙中以研究五四新文学而著名，但无论是当时还是"超越五四"的 90 年代以降，她的气质和趣味都与学术的主流保持着距离，犹如她早早就从学术圈的中心退至边缘，先是在东北，然后又在华南"审时读世"，以自己独特的方式观看周边一样。关于刘纳的描写值得我们认真地仔细地展开，这里仅仅以对她的代表作《嬗变》的阅读为例，略说一二。

《嬗变》是刘纳的代表作，也是我近年来读到的最好的现代文学史论著之一。当初，一打开书本就获得了一种久违的阅读的快感，那份重返历史的欣喜，那份学术真知的激动。兴奋之余，我也生发了更多的思考：究竟什么是历史的"还原"，什么是历史的"意义"，学术活动应有的意趣和魅力在哪里？

这些问题都在90年代以后引出了许多的议论，从某种意义上讲也正反映着我们当前文学史研究的重要思路：倡议"历史还原"，强调"学术规范"。不过，有一个事实却也撼动着我们的中国现代文学研究，那就是学术思潮的新变又经常伴随着对"五四"、对新文学传统的激烈的批评。这种撼动与其说对我们新文学的"安身立命"构成了莫大的威胁，倒毋宁说是带来了许多学术的困惑。一方面，学术自身的发展注定了它必然要对一切历史现象进行持续不断的阐释和"重估"，我们毕竟不会永远满足于"五四"，哪怕它是一个古希腊式的美梦，我们都得走向新的世纪以至更远更远；另一方面，当前呈现在人们面前的"还原"、对"五四"的清算却又每每是以牺牲历史事实的丰富性为前提，而且渗透着或隐或显的情绪化色彩，这样，原本是理直气壮的历史重估就不得不让人疑虑重重了——这就好像支持着这些清算活动的后现代主义中国版给人的印象一样。

那么，沿着历史主义的还原之路，我们应当如何行走，当代学术的理性之光究竟应当照耀在何方？我以为刘纳的《嬗变》可以给人诸多的启示。

《嬗变》后记告诉了我们一个特别的事实，这部充分代表了90年代学术前沿的论著竟然"开始于1984年"，并且"1986年起就陆续在刊物发表了大部分章节"。80年代中期,那是一个文化激进的年代,对"五四"的顶礼膜拜几乎就是不假思索的。那样的一种意识形态氛围如何诞生了本书的冷静、理性和超越"五四"神话的崭新构想?

其实,沿着个人独特艺术感受的方向从容地推进自己的研究,置任何外在的浪潮于不顾,这正是刘纳的学术个性。正如樊骏先生所总结的那样,她的著作总是"娓娓道来,潇洒从容。她长于描述,能将复杂的问题梳理清晰、剖析分明;在敏锐的艺术感受与雅致的审美品位中,包含着对于一些重大问题的独到见解"[①]。《嬗变》描述的是"辛亥革命时期至五四时期的中国文学",十多年来,刘纳围绕这一课题做了大量的准备、铺垫和梳理,从编选"清末民初文人丛书",仔细盘点这一历史阶段的文学遗产到解读、阐释近代女性作家的《颠踬窄路行》,她是如此有条不紊地走在自己既定的轨道上。

正是这份从容让刘纳以五四新文学论者的身份出现于学术界却又自如地超越了研究对象的话语陷阱,在80年代的启蒙大潮中释放热情却又对启蒙话语本身保持着清醒的审视。在这个意义上看,《嬗变》最根本的价值其实还

---

① 樊骏:《我们的学科已经不再年轻,正在走向成熟》,《中国现代文学研究丛刊》1995年第2期。

不是"填补研究的空白"——在学术"繁荣"的今天，有时候"填补空白"也会堕为某种取巧的代名词——而是标志着一种新的"近代—五四"文学史观的成型。在这种新的文学史观念中，近代文学不再是作为"五四"高峰的反衬，五四文学也不再以光芒万丈的神圣而暗示着后继者的卑弱与阐释者的稚嫩，它们都不过是历史发展这条永恒的螺旋线条上的一个环节，它们都不过是中国文人在特定时代的精神结果；近代文人并不像我们所想象的那么无能，可以为我们作居高临下的随意臧否，而五四文人也不都是那么的高不可及，剔除那些人为的油彩，新文学的贫瘠便赫然在目了。通过对大量的原始材料的掌握和分析，刘纳为我们贡献了一个惊人却又极具说服力的结论：五四新文学实绩贫瘠，而当时大多数的作者又都才情薄弱，缺乏更多的文学修养。

这份从容也让刘纳在90年代的前沿思想严格区别于时下某些躁动着的新潮。同样是超越"五四"的神话，刘纳完全没有那种"现代性"质疑者的潜在焦虑，她既不痴迷于"现代性"神话，也显然更不迷信于"后现代性"神话或者其他任何一种暂时不被称为神话的神话，在这方面，主持丛书审视过中国后现代文化的她是有发言权的。她所感兴趣的仅仅是历史的故事，是历史过程中各色人物的精神状态,她所想做的主要还是观照和叙述,再现历史的悲悲喜喜。既然不想刻意颠覆什么权力话语,那么她便无甚焦虑,她对"五四"神话的消解也仅仅是出自个人对历史的会悟,而消解了神话也并不就意味着她要为自己构筑话语权力的基石,她不过是道出了一些长期为人们所忽略的事实罢了。这里给人留下深刻印象的仍然是"从容",因为从容,刘纳所呈现的新见便不是粗大雄健、咄咄逼人的,它有的是细密与深刻。她告诉我们:"在五四新文学发难时,先驱者并未全盘否定'古典',并未斩断与既往文学历史的联系,他们所要决绝地斩断的是与'今日'文坛的联系。"[①] 她又发现:"在发难者启导下站到新文学营垒里来的年轻的五四文学作者们,却并没有以那样强硬的、决绝的态度去批判传统文化。"[②] 这样的叙述显然有别于后现代论者对"五四"的粗鲁的审判。

什么是历史主义的还原?在我看来,像《嬗变》中所体现的这种立足于个人会悟的从容描述便是对历史的很好的还原。

当晚清遗老、辛亥英豪、五四先驱及其他后继者都因论者的会悟而确立了各自生存的理由,当黑幕小说、鸳鸯

---

① 刘纳:《嬗变》,中国人民大学出版社,2010,第186页。
② 刘纳:《嬗变》,中国人民大学出版社,2010,第308页。

蝴蝶派、新文学、旧体诗词都不再构成简单的对立关系，当进步/倒退、革命/保守不再成为文学史叙述的唯一模式，那么读者便被宽厚的论者引向了一个相当开阔的历史场景，在这里，人与人、流派与流派、艺术与艺术之间的许多微妙而复杂的关系得到了充分的尊重和细致耐心的剔掘。每一个新近介入的研究者都相信自己比前人更客观更真实地还原了历史，而事实上只有那些以广博的心境包容了更多的历史现象，并且为这纷繁复杂的现象梳理了更多的生存理由的努力才是真正的有意义的"历史还原"。

由此我也想到，那些自诩突破了"二元对立"，对五四新文学大加责难的后现代论者之所以未能还原历史的真实，就是因为他们的阐释不是扩大而是缩小了历史运动的景观。当他们竭力通过后现代性与现代性的对立来抨击五四启蒙主义之时，我们的历史事实上是在一种新的二元对立当中变得简单和狭窄了，而这种对立与过去我们所熟悉的无产阶级/资产阶级的对立其实并无多大的不同。

归根结底，"还原"是思维方式的调整，是研究者对于传统积淀形成的各种二元对立思维的真正的突破与超越。同时，这种还原所要求的"学术规范"便不是对主观色彩与个人感情的简单拒绝。因为，任何学术研究都不过是个体面对历史的自我发言，而所有以"客观""公正"

为期许的发言都不可避免地烙上了鲜明的个人印迹与主观色彩。没有个人,没有主观,其实也就没有了文学研究本身,在这里,所有的书写着的历史都不可能是历史本身,所有的还原也都不可能是绝对客观的再现。关键在于,经由我们各自主观的解释,历史的丰富性获得了相当的保存,而来自不同研究者的类似的行为便在总体上扩充着过去的价值。还原过去,毕竟还是为了今天,脱离开今天的智慧与情感,其实也就没有了过去。《嬗变》的从容写作是严谨的、冷静的,充满了理性的光彩,也相当符合90年代我们对学术的规范。然而同样耐人寻味的是,这绝不是一部刻板、僵硬,随处以"学术"为标榜的著作,刘纳显然无意炫示所谓的学养与学识。书中容纳着大量的新鲜而原始的材料,充分证明了论者的学术操作的功力,然而与这些数量惊人的材料相比,刘纳的智慧和情感分明更加引人注目。这里处处荡漾着她的机警的会悟、灵巧的构想和温暖的情感,所有的学术性的"坚硬"都融化在了心灵流动的活水里,所有的逻辑都伴随着论者的情感潮汐。关于近代文学的"女性形象"与"女性写作",关于"五四"与辛亥的文学比较,关于"五四""巨人"的"名人"本质……感动我们的都不是僵死的材料而是论者那搏动的心灵。是的,刘纳是宽厚的,但宽厚并不意味着放弃个人的价值标准。刘纳的《嬗变》充满着对历史嬗变的渴望和激赏，也包含了对"重复"与"迟钝"的感慨批评。有意思的还在于，论者甚至还有意流露着自己面对历史的种种复杂情感，她超越了"神话"，但依旧保持着对文学的世界性进程的认识；她宣布了五四文学的贫瘠和作家才智的匮乏，但又毫不掩饰自己从内心生起的对这一贫瘠而神奇年代的由衷的缅怀和向往。在这些地方，论者历史叙述的从容和优雅与那种动人的情感互相渗透、互相包裹，令人沉醉，令人着迷。

其实，所谓历史的意义也就在这里，而所谓"十年磨一剑"的深长而绵密的学术欣悦也正在这里。刘纳的《嬗变》是十余年自甘寂寞的结果，但寂寞却促成了理性与激情的更为深刻的结合。在各种各样的主义与规范之外，她自如地穿梭往返于理论建构与艺术妙语之间，入乎其内又出乎其外，原本无意解构什么，还原什么，但事实上却更为深刻更为切实也更为动人地解构了传统文学史研究的沉积，呈示了历史的丰厚与完整。

新世纪今日的文学史研究乃至学术史的发展都应当从《嬗变》中获取更多的启示。

吴福辉：学者的趣味和气质

第一次见到吴福辉先生相当偶然。大约是 1989 年 4 月的一天，我奉王富仁老师之命去中国现代文学馆找舒乙馆长借录音带，那是中国现代文学研究会"纪念五四运动七十周年学术座谈会"的现场录音，需要整理成文。这是我第一次踏进北京西郊万寿寺的这座院落，树影婆娑，优雅宁静，想想这就是现代文学的著名殿堂，心中难免忐忑不安。当时舒乙馆长好像有什么公事，我得等待。正在局促惶惑之际，一个身材高大、温文儒雅的中年人热情地招呼我在办公室坐下，询问我的情况，十分自然地和我聊了起来。我这才知道他就是大名鼎鼎的吴福辉先生。那个时候我对现代文学正如痴如醉，虽然在北京听各位知名学者谈文论道并不是什么稀罕之事，但是与一位名家面对面地晤谈却还是第一次。那一天谈了些什么我已经记不清楚了，但总的印象却至今清晰如昨，那一份温暖和亲切存留始终。

后来，随着我一天天走进现代文学队伍，向吴老师这一辈的学者求教的机会也越来越多，彼此逐渐熟悉了起来。1994年，我有机会参加严家炎先生主持的"二十世纪中国文学与区域文化丛书"，在接受任务的当初，心中困扰不断。当时，区域文化与文学的研究尚属起步，如何有效展开实在没有把握，一切都需要重新学习。直到有一天，我在查阅资料之时读到吴老师关于海派文学的一段文字，那种融文学感受于地理体验之中的语言方式一下洞开了我淤塞的大脑，我仿佛看到了一种从生存环境解析文学生态的可能：

> 洋泾浜原来是黄浦江的一条支流，它的闻名是因1845年开辟英租界时成了南部界河，为华洋交界线。到了1849年法租界在上海县城（南市）与英租界之间狭长地带楔入，此河又成了英法租界的分界河。1915年被填平后用英皇爱德华之名称爱多亚路，即今之延安东路。洋泾浜作为一条河流消失后，仍然活在上海人的口头上。"洋泾浜"一词在上海方言里涵义丰富，大约用来指一切不中不西、亦中亦西，既新又旧，非驴

非马的人与事，从来是贬义的代名词。比如洋泾浜英语，就是一种用中国土音（尤其是宁波土音。宁波人在江南一带最先与外国人打交道）、中国语法注出的可笑外语。但人们不应忘记，就是这样的一种洋泾浜语（又称"鸽子英文"），在上海从上一世纪四十年代至本世纪二十年代之前，它是最顶用的外语，以至连英国人都要学习它才能同中国人交流。①

在这里，对海派文学的描述与自我生存的真切记忆水乳交融，客观的社会历史文化与文学的思想情感世界相互连接，向我们展示了区域文化与现代文学的融洽的对话情景，我似乎悟出了新的学术的可能。一年多以后，我的《现代四川文学的巴蜀文化阐释》完成，其中，关于巴蜀区域山川形胜的勾勒依稀可以见出吴老师上述文笔的影子：

打开地图，我们看到的是一个盆地的四川，绵延不尽的崇山峻岭耸立在它的周围，它的东北

---

① 吴福辉：《洋泾浜文化·吴越文化·新兴文化——海派文学的文化背景研究》，《中州学刊》1994年第3期。

为大巴山，褶皱重叠，海拔1500—2000米，东缘有巫山、七曜山与湘鄂西部山脉相连，南部是海拔1000—1500米的云贵高原，北部秦岭山脉海拔800—1500米，划开了中国南北两种不同的自然区域，西缘以岷山、龙门山、邛崃山、夹金山和大凉山与巨大的青藏高原连成一片。今天，当我们乘着列车蜿蜒蛇行在遮天蔽日的秦岭、大巴山中，或乘着客轮一路峰回路转，穿越长江三峡东出夔门，将能够深刻地感受到这种连现代交通工具也很难改变的地理事实。[1]

我想，今天的我不能回避吴福辉老师这一代学人所给予我们的重要影响。20世纪60年代出生的我们，无法改变"先天不足"的遗憾：在我们需要文学启蒙的时代，所经历的却是"文革"中后期的荒芜，断断续续出版的小人书和"供批判使用"的稀少的文学著作已经就是我们精神财富的全部。我们当中的绝大多数都是在80年代的大学教育中开始打开视野，走进文学之门的，到90年代摸索着在学术的道路上蹒跚学步，吴福辉及王富仁、钱理群这

---

[1] 李怡：《现代四川文学的巴蜀文化阐释》，湖南教育出版社，1995，第13—14页。

样的"第三代"前辈,他们的思想、文字、感受方式,甚至举手投足,都是我们的榜样。尽管如此,在以后的岁月里,我还是慢慢体会到,这些前辈学人身上依然有很多的东西是我们所难以传承的,或者说根本就只能是我们仰慕的。比如读吴老师的文章,特别是与吴老师交谈,你会深深地感受到,现代文学对于他而言,主要不是一种学问和知识,而是他人生和生命记忆的一部分,其中储存满满的是他之于各种生命形态的探究的趣味。吴老师生在浙江,长于上海,在鞍山度过青年时代,中年在北京成为研究生,完成了学者生涯最基本的积累,最终成长为重要的学者。这些人生轨迹实际上又往往承载着他的学术历程。他关注京派,更钟情于海派,每每对上海的建筑风土、人情世态如数家珍;他的夫人朱珩青是川西人,从事现代文学的研究和编辑工作,这也形成了一种特殊的生命的联结,吴福辉先生对沙汀等四川文学的兴趣显然与此不无关系。在《沙汀传》里,他以细腻的笔触描绘着这位作家的生存环境:

  从成都到安县三百多里,杨朝熙青少年时代的传统走法,是先乘汽车到绵阳南三十里的新店子,下来再转乘马拉车或黄包车。共计三天的路程。路上的客栈，多半是鸡毛店，破旧得像用猪圈楼板装修的，檐口挂长方白纸号灯，上写"鸡鸣早看天"。像样点的有官店，比较的干净一些。从新店子到安县，途经界牌、花荄、黄土，都是一些有名的乡镇，一路上爬过一处山坡，便是一片平坝，再上一级高地，又是一片平坝，人不知不觉已进入高原山境。直到远远地看到城南山上的一座塔身，才能为结束颠簸之苦长吁一口气。[①]

此时此刻，吴福辉先生已经化身为当年的沙汀（杨朝熙），以沙汀的脚步行走在这片"四围皆山"的土地上，也以沙汀的眼光打量着山境，以沙汀的心灵感受着这层层叠叠的乡土。这一段感同身受的叙写再一次展现了吴福辉先生的学术个性：这不是一般意义的文学史建构，而是他自己的人生意趣的自然流露。他不是作为现代文学工作者在完成学术著作的写作，而是怀着对川西这片土地的强烈的关切在与人生对话，也在和沙汀的灵魂对话，这就是一种深沉的趣味，一种远远超过书斋学术的来自生命内部的呼应和契合。几乎在所有的现代文学论著中，吴福辉先生

---

① 吴福辉：《沙汀传》，北京十月文艺出版社，1990，第5页。

都留下了这样的体贴有加的文字,几乎每一处他所描述过的对象都无不留着他行走的步履,散发着他亲手抚摸的温度。与他同事多年的李今证实:"几十年下来,他探险般的足迹遍布现代作家的出生地、写作地和活动地。通过遍访胡适的老家绩溪上庄,对比周边歙县、黟县、祁门、休宁、婺源等地,让他震惊起胡适何以能够从如此贫苦农村走向杭州、上海和世界的好奇心;长治乡下赵树理家带花饰栏杆楼房的故居,打破了他对这位文艺新方向旗手贫下中农出身的臆想;在周氏兄弟故居,经过对绍兴新台门、老台门的细致勘察,他才意识到其家族原是多么大的一个官宦之家,体味到鲁迅所说'家道中落'的意涵;丰子恺的缘缘堂虽然早就毁于日机的轰炸,但他却不放弃,终于在浙江石门旧址后修的故居中,找到了被邻居抢下的烧焦的木门,目睹原缘缘堂唯一保存至今的物品,摩挲不止,徘徊不去,让自己的心灵经受一次阵阵袭来的情感震撼。"[①] 他的学术未曾覆盖青年时代的故土——鞍山,这成了他需要特别解释的补偿性心结:"我在文学上总觉得欠这个工业城市点什么,但又说不出。最近我的女儿出了一部长篇小说《乐天地》,是写鞍山形成历史的,其中应

---

① 李今:《用心的学术行走——致敬"石斋"吴福辉先生》,《现代中文学刊》2021年第2期。

该也包含了我对它的某些感受，算是部分还了个愿。"①

我有幸几次成为吴老师这种人生趣味的见证人。90年代中期，吴老师的夫人朱珩青女士到重庆北碚查阅路翎史料，考察相关史迹。吴老师亲自写来长信，将相关事宜一一托付，细致到每一个史料可能的出处，每一处遗址可能的位置，仿佛是他本人如影随形，亲临现场。2010年前后，他又筹划川北川南旅行，托我寻觅南充、自贡一带的向导。当时我已经在北师大工作，可能对我千里遥控的效果不太放心，吴老师又专门约我碰头磋商。那一天，令我大为惊讶的是，他竟然对川菜的流派侃侃而谈，从"上川东"（蜀派）、"下川东"（渝派）到中间的"盐帮菜"，无不了如指掌，对其中的流脉掌故娓娓道来，简直让我这个在川渝行走多年的巴蜀人自叹弗如。这是一种将学术融入生命，将研究当作自我人生滋味加以咀嚼的特殊能力。应当承认，体制化的今天，这样的趣味在学人那里是越来越少了。

在纪念吴福辉先生的文字中，我想起认识他的点点滴滴，想起他在学术中所洋溢着的那份特殊的趣味，当然首

---

① 吴福辉：《中国文学城市与我的四城记忆》，《汉语言文学研究》2011年第4期。

先涌上心头的还是一种自我反省。新时期过去了，我们的高等教育发生了巨大的改变，如我们一代那样因为"知识匮乏"而视一切人生的见闻履历如知识的时代结束了，古今中外的学问都爆炸式地陈列在大家的面前，令人目不暇接，无所适从。于是，求知逐步演变为一种学习的技能，学术成了必须精心操练的方法。在这新的"学术训练"的时代，我们的知识储备和思维能力都获得了显著的提升，然而，是不是也有什么深深的失落呢？想到吴福辉先生穿行于历史故址的悠然，那自得其乐的满足表情，我必须承认作为后学者的遗憾。在学术趣味的背后，是80年代那难得的历史气质，五四新文学有"为人生"之说，到后来，此说已渐渐隐入了时代的背景不复为人重提。其实，在追摹"五四"中升起的80年代归根结底也是"为人生"的，不仅吴福辉先生的现代文学研究是"为人生"，其他的绝大多数同代学人也无不都在"为人生"，王富仁、钱理群、刘纳、赵园、陈平原、蓝棣之等莫不如此，虽然他们各自的表现可能有异。这实在是构成了中国现代文学的一种独特的气质，一种视他者的历史故事为一己之生命求索的倔强的秉性，就是这种秉性在"文革"的内乱之后扛起了时代的大梁，清扫出了一条通向未来的道路，值得我们在今天继续追念。

陈平原：学术逻辑中的情感关怀

皇皇二十四卷的《陈平原文集》出版了。这是一套沉甸甸的学术著作，陈平原先生40年的学术历程历历在目。更重要的是，它不只是陈先生个人的学术印迹，也是中国改革开放至今思想和学术演变转折的生动历史，足以给人多方面的联想和反思。

陈平原先生在多个方面的贡献都值得总结。特别是对我们这一代人，具有特殊的历史意义。我们是在1980年代初期进入大学的，那个时候，正是陈平原先生等第三代学人在学界崭露头角的时候，第三代学人的思想、论著打开了我们的视野。当时《在东西方文化碰撞中》及"二十世纪中国文学三人谈"中的论述，"二十世纪中国文学"这样的历史概括真正是打破了思想的藩篱，对我们形成了巨大的冲击。今天阅读这样的文集，其实就是在重拾我个人的成长记忆。

当然,如果回首80年代以来的中国当代学术发展,我又觉得单单是这套《文集》尚不足以完全反映陈平原先生参与、主导的这一段丰富而曲折的历史。陈平原先生的学术贡献并不仅仅存在于他的文字著述之中,也存在于他所主导的学术活动里,包括发起的讨论、会议,主编的期刊、文丛,等等。这些学术活动的策划、运作和推广,已经构成了新时期以来中国学术极为重要的一环。例如,1991年11月《学人》的创刊,被公认是标志着一个与80年代差异巨大的"学术年代"的开始,从《学人》到《现代中国》,陈平原先生参与主导的学术动向对于当代中国学术方式的塑造俨然已经成为历史的主流,其意义怎样估量都不过分。而这一切,显然还不能仅仅从丰富的文字世界中发现,对于其中价值的总结和把握必须回到杂志创办、研讨开展、事业发展的全方位的"景观"之中,回到"学术文字的周边"。换句话说,在《陈平原文集》之外,还有一部更为丰富、浩瀚的"陈平原大全集"可以继续打开和阅读。

总之,从80年代混合而芜杂的启蒙、对历史的批判到90年代寻找和建立中国学术自身恰当的范式和路径,陈平原先生个人的学术追求、教育组织、期刊编辑都发生了核心性的引领作用。可以毫不夸张地说，他就是1980至1990中国学术转型的真正的"学科带头人"，《学人》《现代中国》就是真正的"核心期刊"。

不过今天，我在这里并不打算小结陈平原先生究竟为90年代以降的"学术"规范建立了哪些重要的原则。因为，这早已成为中国学界的共识，更重要的则在于，"新时代"的此刻，陈平原先生在回首自己的学术历程之时，却似乎已经不再多谈那样的"学术"了，在文集的《总序》里，并没有原本理所当然的关于数十年"规范"建设的总结和说明，相反，他却刻意地跳出"规范"，大谈情怀、心情，或者将之概括为旨趣，一篇自我学术之路的总结，梳理的其实是"旨趣的历程"。他说，更重要的是旨趣：早年强调"学者的人间情怀"，中间谈论"压在纸背的心情"，近年则发挥"两耳闻窗外事，一心读圣贤书"。

追溯这一学术转型的"旨趣的历程"，我们可以知道，一开始，陈平原先生是用"人间情怀"修正了80年代的"社会使命"之说，较之于从外降临的社会使命，"人间情怀"侧重的是个人内在的情感发动；到后来，他继续提炼，将它名之为一种气质或韵味："记得有一回，在课堂上借题发挥，谈论起大学者的著述，除了纸面的严谨与理智,纸背的温润与深情,同样值得关切。"[1] "作为读者,喜欢追究作者压在纸背的思考,看好'生命体验与学术研究'的结盟,如此趣味,必然对'有学问的文人',以及'有文人气的学者'情有独钟。"[2] 这是一种更贴近的自我情感特点的描述。在这里,我推测其实存在着一种"学术逻辑之下的情感关怀"。观察陈平原先生90年代以后的学术论述,在字里行间的细微"心情"的传递之外,各种积极建构的研讨主题也始终贯穿着他对内在精神趣味的一以贯之的重视:从"文人的侠客梦""当年游侠人"到"大学有精神",从"读书好玩"到"五四""既是学术,更是精神",从鉴赏"师友风流"到勾勒自家的"中文情怀",在这些被陈平原先生反复揣摩的主观性的命题中,洋溢着对学术"背后"的关切,它更自然地呈现了知识分子的专业性、个人性与精神追求的自然结合,更属于自我抒发的激情与使命担当的理智的一种正常融合,比起80年代更慷慨激昂的"社会使命",其精神内涵的丰富性更值得挖掘。同样,较之于众口一词的所谓"学术转型"的定位,我们似乎完全忽略了作为个人的陈平原对学术意涵

---

[1] 陈平原:《〈当年游侠人〉自序》,载《自序自跋》,生活·读书·新知三联书店,2014,第204页。
[2] 同上书,第205页。

的独特理解。总之,即使是被称作改变中国学术历史的重要选择,陈平原先生的诸多丰富性依然还需要我们进一步总结。我觉得,今天我们对 90 年代这一转折的种种还缺乏认真的解剖和分析——虽然我们都一致承认 90 年代"学术转型"的历史大势,但这一转型之后究竟如何重新认定知识分子的理想精神,尤其置身于"转型"过程的中国学人究竟各自有哪些不同的风格与特点,几乎就没有仔细分辨。要么是顺应历史转型的逻辑,将"学术规范"的进程当作历史的"进化",转而反思和否定 80 年代理想主义的简陋和肤浅;要么相反,在对 80 年代的怀念中简单地断言这是中止了至关紧要的新启蒙。在这样二元对立的逻辑之外,是否还存在种种的复杂性?个人内心深处的情志,如何参与了历史的转型,并形成了更为多元的指向?我觉得,如果忽略了学术逻辑深处的细微的"情感关怀",我们就难以准确描述这一时期的学术转型,当然也无法准确说明 90 年代与 80 年代的参差与斑驳,其中究竟哪些是真的不同了,哪些却还在默默地延续和坚持?

当然,更重要的一点是,陈平原先生所一再自我表述的精神状态——从"人间情怀"到"压在纸背的心情",再到"窗外事"与"圣贤书"的勾连,都属于一些极具个人性的体验和追求,不好混同于"学术转型"后的普遍走向，甚至不一定是当代学术主流的主导倾向。这话的潜在意味就是，更值得我们看重和关注的并不是特定年代的那种"共同"的学术特征，其实也可能不存在所谓真正一致的学术方式，就是陈平原先生组织、影响下的学术路径也不可能重复他本人的"旨趣"。90年代以降，对我们更多的人而言，似乎更容易进入到对"学术时代"的拥抱和皈依当中，常常在"知识更新"的意义上"超克"80年代，因为"认知装置"的加持而陷入新的知识结构的自恋和陶醉，又因为自恋和陶醉而迷失自我。有时候，"学术"虽造就了一个90年代的全新的"我"，却也可能以新制的知识牢笼困住了"我"。每当忆及于此，我们都不妨回味一下陈平原先生的"旨趣"，那一份不曾抛却的对人自身的关切。所有丰富的知识堆砌，都不能替代人主观感情的默默运行，在目不暇接的知识的迭代更新中，人情的温润与深厚，可能更稳定和持久，但也是这样的稳定和持久，保存了我们那些跨越时代的值得长久关注的问题，而历经淘洗而不变的问题，也可能才是我们人文思想的真问题。

杨义:"大文学"史观的重启和实践

杨义先生是一位痴迷于自己的文学史工作的学者,我第一次见到他大约是在20世纪90年代中后期。以后,在学术会议上有过多次接触。杨义先生很健谈,但一般不聊闲天,说的都是学术研究的主题和思路。学者高远东对杨义先生这一代学者有过生动的描绘:"那时的现代文学界群星闪耀,风气清正,好人和好人会聚,不与坏人周旋。王富仁、钱理群、赵园、刘纳、蓝棣之、杨义、吴福辉等,各有个性、贡献和精神,圈粉能力超强,不管什么会议都吸引一众年轻与会者围谈。以钱理群老师为中心的,话题一般都围绕着社会国家大事,凡涉及人类命运共同体的政治经济文化思想等几乎所有内容,全都关心,一个不落。以刘纳老师为中心的围谈,话题多偏于社会和人性。以蓝棣之老师为中心的,所谈多是诗歌和风月。以杨义老师为中心的,则多围绕杨老师个人的学术成就来谈论……"[①]需要补充的是,这里所说的"个人成就"也不是那种浅薄的吹嘘,而是实实在在的学术内容,多半都是文学史的种种新思路、新设想,纯粹工作的总结和展望。有时候这些个人的工作太过专业,听众未必都能保持长久的耐心和关注,但杨义先生却总能旁若无人地滔滔不绝,不太在意他人的反应和评价。

对文学史的关注和投入贯穿杨义先生的一生,从而给学术界留下了无比深刻的印象,包括我们这更年轻的一代人,也对他的文学史研究颇为熟悉。80年代,我们这一代人在大学课堂上刚刚接触到中国现代文学,突然就像打开了一片新天地。我们都急于拓展现代文学知识,也相信靠我们的努力能够极大地打开一个被遮蔽已久的"新世界"。当时夏志清的《中国现代小说史》很受追捧,除了观点、角度与先前的文学史不同外,还有一点很重要,那就是他描述了许多完全被我们忽略甚至闻所未闻的文学人的创作,除了张爱玲、钱锺书、沈从文,还有师陀、吴组缃,等等。到读到杨义先生的三大卷《中国现代小说史》,同

---

① 高远东:《泰山其颓乎 哲人其萎——我所接触和理解的王富仁老师及其时代》,载汕头大学文学院主编《在辰星与大地之间》,上海三联书店,2019,第130页。

样丰富的作家作品再一次涌入了我们的视野，真是令人振奋，也让人佩服。而且，这也是凭一己之力绘制的现代文学史长卷，仅仅找到和看完这些小说原著就已经是前所未有的工作了。通过小说史的研究，杨义先生迈出了他一生事业的坚实的一步，展开了他对当代学术的重要贡献的方向——为我们尽力展示现代中国丰富完整的文学史画卷。这不是那种个别的拾遗补缺，不是凭个人审美趣味作的局部凸显，属于常人所谓"补白"之类的增添，而是一种宏大的全面建构文学史的雄心与气魄，可以称作是杨义先生的"大文学史"追求。他一生的学术工作和努力，都可以说是从各个方面尝试和构建大文学史观。

当然，"大文学"这个概念不是杨义先生提出来的，它有自己的漫长的历史过程，也是一系列学者共同追求的文学史观念，但是杨义先生却以个人之力在新世纪使之发扬光大，特别是在实践中持续开展，为建构一个系统、完整的中国文学的大文学史的大厦，作出了自己的重要贡献。

一般认为早在 1909 年，日本学者儿岛献吉郎就曾出版过一部《中国大文学史》，这是最早关于中国文学的"大文学史"概念的使用。中国学者"大文学"概念的提出，最早可追溯至四川大学学者谢无量先生于 1918 年在中华书局出版的《中国大文学史》。作为现代史上最早的文学史家之一，谢先生有感于近代以来西方"纯文学"观念的冲击，试图将传统中国的文字学、经学、史学等，都纳入到"文学"的描述之中，以提醒人们正视中国的众多本土文类都蕴含了不同意义的"文学性"，并不能因为有外来的新的"文学"的加入，就舍弃我们固有的"文学"传统。谢无量在东西学术的交汇与碰撞中贡献了中国文化的内涵和智慧。

新中国建立后，文学史观念的建构一般是在政治意识形态的框架中进行，但是对中国文学自身特点加以把握，并试图提出符合中国文化特质的文学概念依然是少数学者的愿望。例如东北师范大学教授杨公骥，他在50年代试图继续推进这一概念的研究，还与公木先生多次就这一问题进行过讨论。他撰写了《中国文学》第一册（吉林人民出版社1957年），发表论文《考论古代黄河流域和东北亚地区居民"冬窟夏庐"的生活方式及风俗》（1980年）、《楚的神话、历史、社会性质和屈原的诗篇》（1958年）等，都与我们习见的文学研究的思路大为不同。1984年，吉林省哲学社会科学"六五"规划项目中还列有《先秦两汉大文学史》的题目。

至90年代，先后有傅璇宗、陈伯海、董乃斌、梁超然等古典文学学者组织编撰了一系列从宏观的、跨学科的角度研究中国古代文学的论著丛书,实际上已经在具体领域中推进"大文学史"的研究了,如傅璇宗主编的《大文学史观丛书》(现代出版社1990年),陈伯海、董乃斌共同主编的《宏观文学史丛书》(中国社会科学出版社1994年),梁超然主编的《唐诗与中国文化丛书》(漓江出版社1996年),等等。特别值得一提的是,在90年代中后期的中国社科院文学所,以古代文学研究为代表,已经形成了浓郁的大文学学术氛围。中国社会科学院文学研究所负责编纂的国家"六五"规划课题"中国文学通史系列",最初也曾名为"大文学史",只是后来正式出版之时修正了名目。杨义先生就是在这一氛围中发展着自己的学术思想,他逐渐将"大文学"的研究视野引入到现代文学、少数民族文学研究之中,最后又从现代出发,贯通古今,不断扩展自己的文学史视野,完成了属于自己的"大文学"学术建构。

到新世纪之初,杨义先生开始在一系列文章中频频使用"大文学"的概念,也进一步提炼和总结了大文学研究的思路和方法。下面几篇论文就是他尝试这一概念的开始。

2001年他发表了《作为文化现象的京派与海派》,提出:"文学流派是一种文学现象,现象还原和文化定位是对文学流派进行研究的两个基本点。在作家、作品原始资料的个案积累基础上,进行文化分宗,发掘流派的文化成因、文化姿态、文化意义和文化趣味。京派、海派在开放、动态、富有层面感的流派学中,存在着从容蕴藉和活跃躁进、经典性和先锋性的文化心理张力,互相构成南北两极的文化磁力场。在大文学观的统摄下,从文化人类学、生命哲学或生命诗学、比较文学的视角对京派和海派进行观照,将具有丰厚的学术潜力。"①

2003 年的《重绘中国文学地图》一文发出了扩大中国文学版图的设想,支撑这一扩张的便是"大文学观"的理念:"文学史的写作不仅要把握文学是一种生命体验这一要义,同时需要树立起'大文学观'的理念,从文化表达的层面创建现代中国的文学学理体系。因此,可以从如下三个层面来重新考察中国文学的历史:一是精神层面的内外相应,即个体生命与历史时代命题的交互作用;二是文化层面的雅俗相推,即文人探索与民间智慧的互动互补;三是跨地域民族文化的多元重组,即中原文学与边地少数民族文学的相激相融。"②

---

① 见《海南师范学院学报》2001 年第 2 期。
② 见《文学遗产》2003 年第 5 期。

2007年他继续研讨《重绘中国文学地图的方法论问题》,指出:"'重绘中国文学地图'这个题目主要是用大文学观来考察我们中华民族文化共同体形成过程中的文学本质和它的总体特征,以此来弥补以往文学史所存在的某些缺陷。重绘中国文学地图,要处理好三个关键性的学理问题。第一个学理问题是文学的时空结构的问题,要在以往所注重的时间维度上强化空间维度。第二个学理问题就是发展动力体系的问题,我们要进一步关注边疆的、边缘的文化活力,在中心动力上强化边缘动力。第三个关键学理问题就是文化精神深度的问题,要从文献认证中深入文化透视,通过'追问重复'和'破解精彩'的方法,揭示出研究对象的深层意义。"①

到了2012年,在武汉大学文学院、哈佛大学东亚系和《文学评论》编辑部主办的武大·哈佛"现当代中国文学史书写的反思与重构"国际高端学术论坛上,杨义先生发表了《以大文学观重开中国现代文学史写作的新局》,算是对于他设想和规划多年的大文学理念的全面的展示。此文发表在《湖北大学学报》2013年第3期上。

在此以后,杨义先生身体力行,完成了对中国现代文

---

① 见《社会科学战线》2007年第1期。

学的大文学史考察和写作，不仅涉及扩展现代文学的版图问题，还包括文字与图像的关系，民间文学与精英文学的关系，汉族主流文学与少数民族文学的关系，不仅有现代中国的文学扩展，还进一步跨越古今，打通中国文学的漫长的历史，进而从文学跨入思想和哲学，在文学作品的世界里接通先秦元典。

有意思的是，从上世纪之初中国学者开始启动大文学概念到杨义先生的"再启动"和广泛实践，这些"大文学"追求各自的目标和趋势也并不相同。面对西方文学新的文类冲击，谢无量完成的概念整合其实是一种中国文化的自我保护，这体现了上世纪初，中国学者于中西文化冲突之际的某种焦虑。我们注意到，通过引入"大文学"概念，在新的时代语境中保存传统文类的愿望虽然成了现实，但如何更好地回应当时"纯文学"出现的特殊时代的挑战并有所建构，在谢无量这里却几乎搁置不论了，可谓是有"问题意识"却没有致力于问题的解决；80年代，一些现代文学学者引各种文化批评、社会研究方法进入文学，让作为艺术的文学在各种文化关系中敞开了自己，这个时候，他们虽然没有使用"大文学"这一概念，却是在一种超出纯文学的宏阔视野中挖掘和展开了文学背后的诸多社会文化信息，文学已经在无形中"扩大"了，虽然

"纯文学"很长时间还是我们拨乱反正的一面旗帜；90年代，同样的问题又被古代文学学者所发现，于是，人们试图在古代文学的研究领域拓展话题，不过，这些研究主要还是在古代文学史的范围内展开，是重写中国古典文学史的一种方式。

与前述的各种追求相比，杨义先生的特点显然不在思想文化的突破，单纯的文学史的研究方式的尝试也不能完全概括他的雄心，他另有一种属于自己的对于"大国学术"的大视野、大框架的宏愿。虽然置身于20世纪的又一次中西文化的碰撞和纠缠，他显然不太有百年前谢无量那样的焦虑，对文类与文化思想的差异和交锋的问题并没有付出太多的关注。他虽然长期致力于文学史的写作，但平心而论，仅仅揭示一些具体的文学史现象也不是他的主要目的。在我看来，杨义先生更有一种对中国文学史发展演变宏大结构的新型样态的兴趣，这是文学史专业工作者在一个"大国崛起"的时代重构历史的大气魄，"大国气象""大国格局""历史大框架"才是他执着展示的内容。在进入新时代的今天，学术的发展已经在不知不觉中越过了千山万水，一系列全新的范式与方法业已出现。众所周知，像杨义先生这样的"历史大叙述"可能已经不再是时代的主流，越来越多的年轻学者一开始就接受了"以小见大""见微知著""小处着眼"的严格的学术训练,慢慢地,我们已经在精致、细微的考察中远离了一系列的"大问题",杨义先生的"大文学"构想和实践成为历史的远景。这里,无疑有学术的进步,但也可能隐含着历史的失落。在一个"文学史"本身都可能遭遇怀疑的当代,杨义先生这种强烈而执着的历史宏大书写的热情是罕见的,也是稀少的。这里,既有他留存于世的独立的学术个性,也有值得我们年轻一代学人回想和反思自己的启示。

冯铁：遥远的怀念

著名汉学家冯铁（Raoul David Findeisen），离开这个世界已经快五年了。这位瑞士日内瓦人，曾在苏黎世、里昂、柏林、波恩、波鸿、巴塞尔、华沙、日内瓦、哥本哈根、布拉格、耶路撒冷及台北、北京、成都等东西方城市学习和任教，最后的任职是斯洛伐克布拉迪斯拉发考门斯基大学教授、奥地利维也纳大学东方语言文学客座教授。他致力于鲁迅及中国现代文学文献研究，长期往来于中欧之间，与许多中国学者结下了深厚的友谊。

我第一次见到冯铁应该是1992年在北京召开的郭沫若诞辰100周年的研讨会上，他是那种极易给人留下深刻印象的人，一米九以上的个头，高鼻深目，大额头，外形恍若"二战"电影中的"盖世太保"。不过，真正开始和他交往还是在十多年之后的成都。2007年，冯铁受聘在四川大学讲学，就住在望江校区桃园村一幢陈旧的公寓里，平日到学校附近的小餐馆就餐，搜集文献，拜访当地的学者，不知道怎么就与我有了联系。那时，我已经在北京师范大学工作，但是继续在川大带学生，定期到成都上课，不时组织学生到郊外做读书会，毛迅老师也常常参加。于是我们便每每叫上冯铁，一会儿到黄龙溪观水，一会儿去龙泉山看花，每一次他都兴致勃勃，坚持不懈地用怪怪的汉语和我们交流，几乎就不说外语，无论是英语还是法语，尽管我们当中外语口语极佳的不少，如毛迅、钱晓宇等。

冯铁始终坚持用汉语与中国学者交流。他的发音并不标准，一些专业词语也未必准确，给我们彼此的交谈带来了不少困扰。后来我才知道，这里包含了他对于跨文化交流的一种基本理念：语言才是深入其他民族文化的重要桥梁，离开了语言的直接沟通仅仅通过翻译，就无从把握其他文化的内在特点。在川大，我曾经把他请到毛迅老师的现代文学本科课堂上，他的汉语表达很难让中国学生听得明白，我们都力劝冯铁改用英语，由毛迅或其他人在现场进行翻译，但是他毫不犹疑地拒绝了，理由还是：只有语言的直接沟通，才是真正的文化交流。据说，冯铁东奔西走，到过欧亚多个国家，又传说他精通英、法、德、日、意、中等八国语言,在奥地利、斯洛伐克、以色列、德国、法国、日本等国家任过教。我到北师大工作后,也曾两次邀请冯铁到文学院为研究生作短期讲学,他都十分高兴地接受了邀请,一丝不苟地为学生们讲述他在中国现代文学方面的种种心得。他吃力地用汉语和学生进行复杂的学术交流,虽然双方都不时陷入某些沟通的苦恼之中,但是在一番执着的努力过后,彼此显然还是收获大于烦恼的!我发起西川论坛,冯铁为之题词:愉快的思考,一向光明堂。落款是:题"怡倾"西川论坛。这里的一些用词也属于冯铁专有,我们只能得其大意。

除了邀请他在北京、成都讲学外,有好几年时间,我们在多个国内外的学术场合都有相遇,比如四川的乐山、南充,俄罗斯的圣彼得堡,当然都是参加中国文学的研讨,他很早就与我的导师王富仁相熟,也与成都的曾绍义、龚明德老师交往很多。王富仁老师说过,冯铁是一位非常执着认真的学者,这一点从他的研究论著中就可以清晰见出。他的第一部中文学术论著《在拿波里的胡同里:中国现代文学论集》在南京大学出版社出版时,我曾写过一篇书评,为他那些论题而叹服,手稿的辨析、文字渊源的清理、"非著名作家"的事迹考证、作家夫人的文学参与……即便是专注于中国现代文学的学者,也不得不承认这里的不少话题是颇为生僻的，冯铁每每从这些偏枯的小地方入手，除了观察角度与众不同外，他的细致描绘中也透出一种超越他人的耐心。

冯铁如此钟情于他的学术，在生活上反倒显得随意和不拘小节，很多次都是与我们在街边小店随便就餐。他毫不挑剔，或者说根本就不在意这些衣食上的客套，每一次交流的话题才是他的兴趣所在。在北师大有一次讲座结束后，我一时兴起，请他顺路拐到我在塔四楼的家中小坐，一会儿就到饭点了，家中也没有什么吃的，我爱人下班后，手忙脚乱地端出几只吃剩的鸡腿热上，他也吃得津津有味，饭毕一再道谢，盛情邀请我们两人去维也纳和斯洛伐克，说要在那里的家中亲自做饭招待我们。他那一份认真的满意，一扫我爱人仓促待客的惶惑，几乎就要相信自己的厨艺有独门绝技了。

冯铁第一次到北师大讲学，前前后后一个多月的课酬大约两万多元，照规定要打入他在学校附近中国银行新办的卡中，但是因为财务流程，直到他离开北京时钱都没有入账。我深觉不安，一再致歉，但是冯铁却完全不以为意，好像这事根本不存在似的。直到一两年后再到北京，他才告诉我那笔讲课费都还没有领到，因为他弄丢了银行卡，必须回到北京开卡的地方挂失、补办。我请一位研究生协助，但他这一次却是行程仓促，似乎要好好规划日程才行。随后我因有事离开北京去了外地，也不知他最后是不是顺利取到了这笔课酬。

冯铁在生活上的粗放和治学上的严谨反差很大，他也似乎缺少一些处理具体事务的能力或者说经验。据说他在生活中并不会照料自己，在斯洛伐克，他租用了一处由集装箱改造的房屋作为自己的书房，他的生活中除了各类藏书（主要为中国文学的文献）外，没有什么价值连城的财富。有几次的汉学会议都定好在他执教的维也纳大学召开，但作为承办人的他却总是在会务上出现这样那样的差错，让与会者出现签证等方面的困扰，以致最后遗憾不断。有一次议定的会议日期已近，但是大多数与会者都未能办妥去往欧洲的"申根签证"，结果会议被迫取消。只有某大学的一位老师按时取得了签证并购买了来回机票，机票也无法退掉，于是这位老师硬着头皮只身登上了前往维也纳的航班。后来她告诉我，冯铁满怀歉意地在机场等候她的到来，多国会议缩小为双边研讨，冯铁努力抽出时间陪她在维也纳逛了一大圈。S大学的一位青年学者Z老师希望有机会去国外名校访学，我拜托了冯铁。他很快就发来了邀请函，不过接下来的签证等杂事却显然不够熟稔，幸好这一回Z老师早有心理准备，未雨绸缪，通过自己的巧妙策划终于使出访顺利成行了。

但在另一方面，这位在生活上有点迷糊的老兄在学术上却一点也不含糊，他的认真和执拗就如同他对汉语教学的坚持一样令人感动。有一次，我代表朋友当面邀请他参加北京的一次研讨会，在看了我递给他的会议简介之后，冯铁突然一改平日的随和，满脸严肃起来，他指着其中的一位受邀嘉宾的名字问我：为什么要邀请他呢？这个学者到处开会，其实对很多话题都没有研究！一边说一边很不以为然地摇着头。我低头一看，是一位游走于境外的知名学者，只好有点尴尬地向他解释，我们不是会议的主办方，对研讨会的其他嘉宾情况并不知情，仅仅是代表会议方来转送邀请函而已。冯铁在中国讲学交流多年，显然对这里的"学术江湖"并不陌生，随即也就报以无奈的苦笑，不再说什么了。但就在那一瞬间，他满脸的严肃成了我永志不忘的记忆。"走向世界"的中国学者，应当如何自处，如何掂量学术的分量和责任，的确还需要有许许多多修炼。

冯铁20世纪80年代后期到北京外文局任翻译，前前后后出入中国三十多年，对中国文化一往情深，但这并不等同于今日某些"网红"老外对中国的廉价吹捧。在任何场合，特别是在中国学者面前，他都没有说过一句煽情的话，他对中国文化的热情和兴趣都融进了对现代中国文学的理性观察和注释之中，这更显示着中欧人的理性与严肃，还有他所心仪的鲁迅式的冷峻（鲁迅是冯铁博士论文的研究对象）。冯铁对中国的情感点滴只能从一些细节来感受。有一次，我和他一起穿过人行横道线，即便是人行绿灯，那些拐弯的车辆依然鲁莽地抢行，丝毫也没有礼让行人的意思，这让我多少有些紧张，更担心来自一个"守规矩"地方的他有所不便，所以不断提醒他注意安全，也免不了为我们的环境解释开脱几句，出乎意料的是，冯铁对此根本不介意，完全是一副应对自如的模样，过了马路还十分温和地说出了他的观点：虽然有点乱，但是这样也很好，大家反而都会小心、注意的！这样的判断出自严谨的冯铁之口，并不寻常，我能够从中体会到的可能还是他对中国的一种感情，因为有感情，人就会产生特殊的宽容。

冯铁将自己的集装箱书房命名为"捷芗庐"，我一直没有找到机会询问这雅号的来由。当年仅凭发音 jiexiang 推测，可能有两重含义：一是捷克之乡，可能是指以曾经的捷克斯洛伐克为家乡，或指的是捷克斯洛伐克的郊外乡间。因为他的博士学位指导教师高利克就是布拉格汉学学派的著名学者，他自己后来也是斯洛伐克布拉迪斯拉发考门斯基大学的教授,就是集装箱书房的所在地。二是,或者"捷乡"实指"乡捷",也就是古代中国的乡试告捷之意。乡试是古代科举考试的第一关,乡试告捷也就意味着正式走上了读书入仕的道路,换句话说,"捷乡"或曰"乡捷"就是人生事业的第一次成功"通关",这里或许包含着冯铁对自我学术人生的一种中国式的期许。待拙文草成,经陈子善先生解释,所谓 jiexiang 的正确汉字其实是"捷荞"。"荞"在古代中国是指用以调味的紫苏之类的香草。由此说来,我的种种联想都属于主观附会。但不管怎样,我们都能够感受到欧洲汉学的传统中绵延不绝的那种古典气质,这在新一代的现代文学的研究者那里依然延续,冯铁将自己在维也纳大学的工作间取名为"红螺斋",内含佛趣,超凡入圣,这里再建"捷荞庐",另有儒理,通向人间。一圣一凡,相映成趣,似乎更切合他咬文嚼字的追求。冯铁似乎格外看重这"捷荞庐",他邀请了不少相熟的中国朋友为之题写条幅,精心装裱之后高悬"庐"中。他也嘱我书写一幅,这让我深感为难,作为朋友,这是抬爱,有点不好推辞,但我的书法仅仅限于中学时代跟随外祖父的一点练习,早已荒废多年,尤其是看到冯铁出示的样本照片——四川大学书法家曾绍义教授的题词就更不敢动笔了。但是左思右想之后,我还是决定斗胆一搏，这在潜意识中可能就是想在外人眼中保留一点中国学人的"脸面"。我利用大量空余时间勤奋练习，各种字体的条幅写了一大堆，眼看就要"拿得出手"了，却万万没有想到，冯铁溘然长逝，再也无法接收我这笨拙而认真的书法作业了。

冯铁师从德国著名汉学家顾彬（Wolfgang Kubin）教授攻读博士学位，博士论文是鲁迅研究，他的学术工作也得到了斯洛伐克科学院研究员马立安·高利克（Marián Gálik）教授的指导和帮助。后来，我又认识了著名的高利克教授，当面向这位满头银丝、酷似爱因斯坦的汉学家讨教布拉格汉学学派的一些历史，也见到了高利克教授的孙女魏白碧，一位汉语口语异常流利的维也纳大学的硕士研究生，她的汉语口语水平显然超越了自己的外祖父，更是冯铁望尘莫及的。魏白碧对郭沫若诗歌有独到的心得，曾在北师大的诗歌课堂上侃侃而谈，给人印象深刻。从高利克到冯铁再到魏白碧，我们可以真切地感受到深厚的欧洲汉学传统如何一代又一代地传承着、发展着。在20世纪80年代和更早的时候，还没有声势浩大的"走出去"战略，这些欧洲的人们主动而真诚地探寻着中国的文化，质朴而深沉地热爱着中国的文学，而且，引起他们兴趣的已经不是想象中的辉煌的古典中国，而是在艰难困苦中不屈奋斗的忧伤的现代中国，是像鲁迅这样忧愤深广的情感在他们那里激荡起了久久的回响。冯铁的研究试图向我们证明，许多精神现象都可以跨越民族和文化的隔膜实现深刻的沟通，许多偏枯的话题其实本来就是历史和社会发展的常态，只是有待我们的发现和阐发。在这里，人类的普遍性与文化的独特性并行不悖，无需特殊的自我凸显，我们就能获得许多真挚的认同，中外文化交流的经验在此可能更加意味深长。

除了朋友聚会席间偶尔的哈哈大笑，冯铁在大多数时候都是一位理性而严肃的学者，安静地坐在那里，认真倾听别人的观点，不时从腰间的荷包里摸出烟丝，卷制他独家发明的手工烟卷。不过，学者的理性和感性往往都有一种特殊的结合。据我观察，冯铁又有一份对于友谊和感情的特别的需求。刚刚与他熟识，我就收到了他发自境外的郑重的邀请函，请朋友们在北京某处参加他的生日聚会，记得预定在某个夏日。刚好我另有他事，无法出席，甚至以为他就是顺便一说，所以连回复也没有及时发出。十年后，冯铁六十岁生日快到了，他又早早地预定了朋友的聚会，这一次是相约在2018年的上海。我突然意识到这样的聚会是他人生的重要规划，也是他对友情的一种格外的珍视，我们都不可等闲视之。可惜的是，这一回他却未能实现自己的心愿，2017年11月4日，离他预定的生日聚会还有大半年之时，他却作别那些受邀的朋友们，独自远行了。

在最后一次北京讲学结束的前夜，冯铁忽然把我电话招至他住宿的京师大厦，他从皮箱里取出一个小信封，十分严肃地托付我说，这里是他祖父传承下来的白金打火机，跟随他已经多年，因为首都机场严格的规定，这一次是无法带回维也纳了，请我代为保管。我小心翼翼地接过东西，郑重承诺，希望他早日再来中国，让这一份家族的记忆物归原主。从北京到成都，我几经辗转，但这一枚小小的打火机却始终放在我家中最稳妥的地方。每当想起冯铁当年的托付，就颇不平静，也不知道是否还有机会能够将它交还到维也纳、瑞士或者斯洛伐克，在那里，可还有他的亲人？

为我们自己的人生作传
——代后记

在学院生活久了，也就慢慢疏于情感性的写作了，习惯于用"中文系不培养作家"来搪塞某些"心有旁骛"的弟子，说多了难免自己也相信了。据说北大中文系杨晦先生、复旦中文系朱东润先生都说过这样的话。

只是问题在于，无论谁说过什么，人的情感表达的需要还是不能轻易被压制的，因此，文学性表述的冲动总归还是要寻机表现出来。人生也不缺这样的机会。

我的文学写作的复苏来自《传记文学》杂志。

我一直喜欢阅读传记文学，也留意过这一文体的发展历史。中国的"传记文学"可以追溯到司马迁的《史记》，史圣司马迁"究天人之际，通古今之变，成一家之言"的庄严一直回响在我心中，当然，这样的理解也曾经造成一个结果：案头的传记作品都是必须远观也只可景仰的典范文本，郑重有余，亲切不足。

这一情形的改变是从我阅读《传记文学》开始的。《传记文学》创刊于1984年，现在的主管单位是文化和旅游部，由中国艺术研究院主办，是国内"传记三大刊"之一，这些高大上的标签曾经令人敬畏，也让人在敬畏中生发了一些距离感。大约在新世纪初年，我偶然读到了杂志上的几篇文章，记叙梁启超的书法趣味，青年学子讲述自己导师的好玩，一批当代人讲起自己的高考故事，一批初出茅庐的学者回想自己的求学和成长，还有写作者的"个人记忆"，包括对声名并不那么显赫的普通公民的忆念，媒体人对自己导师的追忆。在一系列的精英故事——历史名人的史实补订、共和国英雄的动人事迹、时代人物的珍贵档案——之外，我发现普通人的人生经验和日常感悟也陆陆续续地在文学的传记中亮相了，这其实是揭开了另一个世界的巨大帷幕。曾几何时，在各种传记中寻找对历史的敬畏几乎就是我们唯一的阅读诉求。"天不生仲尼，万古如长夜"，每一个读者都期待在漫长的黑夜中阅读先贤圣哲的故事，他们的人生传奇是历史高地的灯塔，指引着我们生命的航船，他们的思想与智慧是大雪纷飞时节的炉火，温暖了每一个前行者的灵魂。然而，当一些普通人的人生见闻和朴素经验也开始被讲述时，我突然意识到，这世界的光明并不只有天穹之上那一轮高悬的太阳，每当夏夜降临，旷野之上那星星点点的萤火虫的光芒也点亮了孩子们由衷的欢欣；而在北中国的隆冬的乡村，简陋的柴房中一处刚刚生起的炉火则可能是驱除恐惧、呵护幼雏的莫大的庇佑，这世界的伟岸和卑微、强大与孱弱，究竟该作怎样的计量呢？

我没有钻研过传记文学理论，仅仅从阅读的直觉出发捕捉了《传记文学》上这些悄然显露的信息，似乎对传记文学的当代发展有了一些新的体会和收获。我想，我们可能不再是历史大叙述的一个长久的旁观者、学习者，在某一天，我们也可以有勇气参与这一历史的过程，以个人的小叙述补充宏大，以萤火虫般的明灭的光亮映照一小片的空间。再微弱的光明也是光明，再微不足道的私人空间也是真实世界的一部分。

就是在阅读《传记文学》的过程中，我突然忆起了我不在世多年的二舅，他曾留下一本手写的自传《我的一生》，这是他退休以后陆续写出的文字。二舅不是文学家，无意通过文学性的渲染为自己树碑立传，传之后世，他所做的仅仅是抒发自己人生的感慨，充其量也就是让后代在不经意的翻阅中获得些许的过往经验。好长一段时间，这些抄录在稿笺纸上的文字都埋在家中堆放旧物的箱底，几乎无人问津，是《传记文学》上的普通人的故事让我想起了它。二舅的文字既属于私人，又包含着一代人的共同的信息："我这一生既有过辉煌、愉快与顺利，也经历过失败、教训和打击。我当过官，也当了三十几年的教师、老百姓。我这一生真正地爱过祖国，爱过很多的人，爱过长辈，爱过兄弟姐妹、后代人及其他亲属，爱过同学，爱过朋友、同事、邻居。也恨过破坏我家园的侵略者，也恨过我周围的小人。我用自己的努力冲刺过，为我的成功和短暂的顺利而骄傲，而沾沾自喜，也曾为我在纷杂的人间，无力冲破而苦闷、自卑。""现在，我自己支配的时间多了，回顾我活过的一生和我知道的宗族琐事，借此吐露一点我终生压抑在心底的一些话和怨气，也留给子孙后代们对家族亲属们的一点了解，在茶余饭后看看，但愿能获得一点人生启示。我们的下一代都是在顺境当中成长，实在缺乏抵抗力，我这点缺乏艺术性的写实文字，但愿能让他们悟出一点做老百姓的人生哲理，提高一点生存能力。"提炼"老百姓的人生哲理"，提高普通人的"生存能力"，这样的愿望难道不也蕴藏在我们阅读一切国家民族的大历史的期待中，不也寄托在其他社会贤达风云人物的生平纪事里？我意识到，这些民间语文珍藏的不只是我家庭内部的亲切的回忆，更是一代中国人值得铭记的人生，种种的普通和平凡之中显然也就有了超越平凡的意义。

我开始整理二舅留下的手写自传，录入、校对，还寻找相关的地方史印证其中所涉及的历史背景，例如民国以来中国乡村建设的模范小城北碚，这是二舅曾经生活和工作的重要地方，也是自传中被反复叙述的地域背景，二舅青年时代就熟读过郭沫若的自传，自传中对乐山、沙湾的地理和家族的有意识的刻绘和再现也十分自然地出现在了他的笔下，我觉得其中所承袭的也就是中国现代自传的传统。这本薄薄的不足6万字的小册子让我感叹良多，二舅不是文字高妙的文学家，尽管他不无文学的天赋，也以自己的文学素养给如我这样的后人莫大的启蒙；二舅的"家史"最终也不可能是誉满天下、广泛流传的"公共"的史诗，尽管其中充盈了市面流行的那些历史故事也不曾有过的细节与意趣。一生无意追名逐利的二舅始终只是千千万万中国普通的知识分子之一员，他的个人纪事也纯粹是湮没于历史洪流中的微不足道的私人记忆。然而，近百年中国历史翻天覆地、波谲云诡的演变，都伴随着无数最普通的老百姓的私人生活的动荡，大的社会历史的每一分所谓的"发展"和"前进"都裹挟着一大批善良的底层百姓的悲喜。在这个意义上，即便抛开一己的亲情渊源，我们也应该为这些最普通的命运记录奉献我们的感激与爱惜！在保存民间历史的意义上，其价值丝毫不亚于那些光彩夺目的文人学士们的著作。二舅的手写自传在我和家人的整理校对后重新打印，刊行于亲友之间，我也将上述的感想记录为文，作为自传的"跋"保存下来。

对二舅手写自传的整理也复活了我自己的童年蒙学记忆，以及新时期之初遭遇"思想变革"的种种经历，在那些或清晰或模糊的记忆片段中，有二舅的身影，也有更多的师长们的身影，这些影像曾经影影绰绰地存在于我的脑际，成为个人历史的片段般的印迹，而今仿佛都一一鲜活起来，那些褪色的过去也重新染上了颜色，碎片化的故事连成了线，更多的线又织成了面，逐渐远去的经验再一次扑面而来，我也有了撰写历史传记的冲动。

感谢《传记文学》，这种"为我们的人生作传"的设想得到了杂志的宽容和支持，我以"与之"的笔名开设了专栏，从"1980年代师大校园里的先生们"开始，又转入"蒙学记"的青少年追忆，那些时远时近的过往是我的见闻，更是我的人生，赋予这些人生见闻更大意义的，则是半个世纪以来我们这一代人所置身的社会与时代。

20世纪80年代的师大校园，留下的是少年人第一次离家远行，在一个完全陌生的环境中求学、生活的故事。我至今还清晰地记得那高大而简陋的东大门，一辆辆装满大小行李的货车鱼贯而入，行李堆上坐的则是我们这一群满眼好奇的外地孩子。那个年代没有豪华大巴，就是装货的大卡车，既装货又拉人。9月初早晨，北京的凉风已经驱散了我们连续数天的旅途疲惫，从北京站到长安街再到新街口外大街，我们高坐在各种各样的行李包袱上，看天安门广场的宏伟，看电报大楼的时钟，看北京大街上潮水般的自行车洪流……踏进这道简陋的大门，我们的人生开始了巨大的改变。与此同时，这所学校以及它所在的这片区域，也正在发生着前所未有的改变，我们恰巧被放置在了这"改变"的关口，因此许许多多的记忆都是如此的铭心刻骨，所有的记忆也由点成片，超越了个人，烙下时代和国家的普遍性的印迹。今天的人们都在使用"命运共同体"这个概念，其实最无可争议的"共同体"感受，可能就来自80年代进入大学的那一代：第一次知道大学课堂不是"受教育"而是激活自我；第一次在激昂的讲座中知道这世界还有这么多的异彩纷呈的思想；第一次尝试课余"打工"，自己挣钱补贴生活费的不足；也第一次在班级的"集体舞"中与异性交流。在80年代的初期，我们蜿蜒在中学生到大学生的曲折轨道上，我们的国家也跋涉在从封闭到开放的历史之路上，几乎每一个个体都沉浸于这样的成长过程，而成长又融入了国家社会的统一发展之中。直到90年代到来，商业大潮分化了我们，众人开始走出校园，各奔前程，日渐消失的认同感愈发让我们怀念那个被称作"新时期"的岁月。我为《传记文学》"与之专栏"写就的最后一篇文字留下了对"80年代师大校园"的怅然一瞥，但是因为哀而有伤最终被压在了案头，我实在不忍继续传递心中的失落："时代变迁，人生延续，新街口外大街与学院南路交会处的师大东门改变了用途，新的商业大厦拔地而起，与校园分割开来，师大的主要出入通道就此截断，那里的故事逐渐沉入了历史的深壑，修葺一新的新东门在北边数百米'正装'出现，作为90年代的主要路径。一代又一代的年轻的面孔出入着校园，旁边是新的教职员工们格外忙碌的身影。铁打的营盘流水的兵，慢慢地，时间在改变和重建着一切，而我们曾经的历史已被层层沙土所掩埋，连回忆也日益模糊和依稀起来。我们都从20岁的青春走向了人生的老境，经历了很多，也磨蚀了很多。有的梦想已然如风中飘絮，轻得无处着落，有时也成为下一代学生满怀狐疑的对象。岁月打造的'认知装置'熔知识、智慧和机巧于一炉，足以让我们的学生们在丰富的中外思想资源中，信心满满地揭批'新启蒙'的破绽，抨击80年代的偏颇和简陋。每当这个时候，我就知道，那个我曾经熟悉的校园已物是人非，而其中的那些先生们都已经渐行渐远了。"

每一代人对自身历史的追忆可能都不无失落和感伤，幸运的是，《传记文学》还是用整整一年的时间为我的"与之专栏"留出了空间，我也在这一空间中描绘了个人的人生见闻，那些关于世界和时代的有限的私人观察，是我内心深处的情志和波澜，更是《传记文学》默默护持与善待的民间语文。谢谢你，《传记文学》！"与之"是我之名字的切音，"与之"也是一种沟通与共享的真切的愿望，我以为，真诚的文学传记都是我们心甘情愿的"与之"。感谢斯日古楞主编，感谢宸芊编辑、若天编辑，没有你们的宽容与督促，就不会有这一轮写作的诞生。

"蒙学记"一路写来，好像另外一种写作方式在我这里越来越重要了，《随笔》主编祝晓风先生给了我继续的支持，而四川人民出版社的黄立新先生在读了我的80年代回忆之后，更鼓励我结集成书。我和立新都是1984级，他在北大，我在师大，我们共同经历了新时期从热烈到终结的重要过程，有着许多历史和思想的默契。最终，我愿意用"我的1980"来命名这个小集子。在这里，"我的"二字必不可少。所有的年代故事都属于"我自己的记忆"，记忆都是主观的，也与后来的、当下的感受密不可分。可能有人会问：1980就那么美好吗？你的故事是不是理想化的？其实，在"我自己的记忆"中，这些故事并非关乎"美好"，它们只代表了我在"当下"需要讲述的一种"心情"，当然，心情之中，也包含了价值的掂量。

在立新兄的鼓励下，我的小书列入了"60后学人随笔"丛书。感谢阿来兄和丁帆老师为丛书作序，他们都是更年长的一代：50后，但正如阿来所说，这套书是作者他们自己的，也是我们共同的寻路记。在漫漫人生路上，这话令人深感温暖。

李　怡
2024年6月于双流长滩

60后学人随笔 丛书

李怡　主编

李怡《我的1980》

赵勇《做生活》

王兆胜《生命的密约》

王尧《你知道我梦见谁了》

吴晓东《距离的美学》

杨联芬《不敢想念》